DAS HAUS ANUBIS

In der Reihe *Das Haus Anubis* sind bisher erschienen:

Band 1: Der Geheime Club der Alten Weide

Band 2: Das Geheimnis des Grabmals

Band 3: Der geheimnisvolle Fluch

Band 4: Die Auserwählte

Band 5: Das Geheimnis der Winnsbrügge-Westerlings

DAS HAUS ANUBIS

DAS GEHEIMNIS DER WINNSBRÜGGE-WESTERLINGS

STUDIO 100

Die Deutsche Nationalbibliothek verzeichnet diese Publikation in der Deutschen Nationalbibliografie; detaillierte bibliografische Daten sind im Internet über http://dnb.d-nb.de abrufbar.

Dieses Buch wurde auf chlorfreiem, umweltfreundlich hergestelltem Papier gedruckt.

Herausgegeben von der Panini Verlags GmbH,
Rotebühlstraße 87, 70178 Stuttgart

Text: Susanne Picard, basierend
auf den Drehbüchern zur TV-Serie
„Das Haus Anubis" von Hans Bourlon,
Gert Verhulst und Anjali Taneja
Lektorat: Ray Bookmiller
Satz: TEBITRON GmbH, Gerlingen
Druck: GGP Media GmbH, Pößneck
ISBN: 978-3-8332-2177-4

www.studio100.de
www.DasHausAnubis.de

PROLOG

Nina Martens schirmte die Augen gegen die kräftige Morgensonne ab und ließ ihren Blick über die endlose Landschaft gleiten. Strahlend blauer Himmel und goldgelbe Sanddünen, so weit das Auge reichte. Und mittendrin die weltberühmten Pyramiden.

Sie und ihre drei Freunde konnten es noch immer nicht fassen. Sie waren tatsächlich in Ägypten.

Im gemächlichen Tempo ritten Delia, Felix, Daniel und Nina auf ihren Kamelen einem neuen Abenteuer entgegen, und Nina spürte, wie ihr Herz allmählich schneller schlug. Mit jeder Sekunde wurde ihr klarer, warum sie hierhergekommen waren und wohin ihr Weg sie führte: Sie mussten das Liebesgrab von Tutanchamun und seiner Geliebten Amneris finden und den Fluch, der auf den beiden lastete, endgültig lösen.

Keine leichte Aufgabe, zumal Nina noch immer nicht wirklich begreifen konnte, was in den vergangenen Wochen alles geschehen war.

Nach vielen glücklichen Jahren hatte sie ihre geliebte Großmutter verlassen müssen und war in ein Internat gezogen, das Haus Anubis. Für Nina brach damals eine Welt zusammen. Außerdem war sie *die Neue* in der Schule – und das war alles andere als ein Zuckerschlecken!

Nina hatte von Anfang an schreckliches Heimweh, das alte Gebäude war gruselig und unheimlich, und der nicht weniger mysteriöse Hausverwalter Victor Rodemer führte ein strenges Regiment.

Auch die Mitbewohner verhielten sich merkwürdig und verlangten von ihr, als Mutprobe eine Nacht auf dem finsteren und verbotenen Dachboden des Internats zu verbringen.

Wenn Nina jetzt daran dachte, welche Abenteuer von jenem Moment an auf sie warteten!

Zuerst war da diese alte Frau im Seniorenheim ihrer Oma gewesen, die ihr ein Medaillon in Form eines Horausauges geschenkt hatte und von einem Schatz im Haus Anubis erzählte. Die alte Frau sprach auch von einem Fluch, den angeblich nur Nina lösen konnte.

Dann war Nina durch Zufall auf eine geheime Kammer, ein paar rätselhafte Wachsrollen und ein Porträt gestoßen, auf dem dieselbe Person zu sehen war wie auf dem Bild in dem Medaillon ...

Nina musste kichern. Hier in der einsamen Wüste, so weit weg von zu Hause, schien es ihr geradezu lächerlich, wie verunsichert sie damals gewesen war und wie sehr sie sich vor all den neuen Dingen gefürchtet hatte. Zum Glück hatte sie sich bald darauf mit Daniel Gutenberg angefreundet, der sie und ihre Sorgen ernst nahm und mit ihr gemeinsam herausfand, dass es sich bei den Wachsrollen um alte Tonaufzeichnungen handelte.

Darauf hatte ein kleines Mädchen die ersten Hinweise auf den Schatz gesprochen, der angeblich im Haus Anubis versteckt war: Es war ein Gral – ein Kelch aus Gold und Edelsteinen, den Pharao Tutanchamun einst für seine Geliebte Amneris hatte anfertigen lassen.

Schon bald fanden sie den Namen des Mädchens heraus: Sarah Winnsbrügge-Westerling. Sie war die Tochter des Archäologenehepaars Winnsbrügge-Westerling, denen einst die Villa gehörte, in der Ninas Internat untergebracht war.

Immer mehr Einzelheiten über den Gral traten ans Tageslicht, außerdem stellte sich heraus, dass die alte Frau im Seniorenheim und Sarah ein und dieselbe Person waren!

Doch Nina und Daniel waren auf ihrer Schatzsuche nicht allein. Auch Victor Rodemer, der immer schlecht gelaunte Hausverwalter, und der Ägyptologe Zeno Trabas waren dem alten Kelch auf der Spur, den Sarahs Eltern von Ausgrabungen aus Ägypten mitgebracht hatten.

Und es war nur eine Frage der Zeit, wer den Gral zuerst finden würde ...

Nina sah stolz zu ihrem Freund Daniel hinüber, der auf dem Kamel neben ihr durch die gleißende Sonne ritt. Ohne ihre Freunde hätte sie das nie geschafft. Sie, ihre Zimmergenossin Delia und Daniel hatten schließlich den Geheimen Club der Alten Weide gegründet, mit dem sie sich der Schatzsuche verschrieben.

Auch Luzy, die Nina zunächst nicht hatte leiden können, stieß zu guter Letzt dazu, ebenso Felix, der im Internat für seinen Erfindungsreichtum und seine Streiche bekannt war. Und zu fünft schafften sie es: Sie folgten Hinweisen auf den Gral – und fanden ihn in Victors altem, ausgestopften Raben!

Aber damit war das Abenteuer noch lange nicht vorbei. Denn als Nina durch Zufall entdeckte, dass man den Gral öffnen konnte, wurde ihre Oma vom Fluch des Pharaos Tutanchamun getroffen. Die alte Frau fiel ins Koma und wurde schwächer und schwächer. Es blieb nur eins: Sie mussten Tutanchamun und seiner Geliebten Amneris ermöglichen, zueinanderzufinden, um den Fluch zu lösen, der Ninas Oma getroffen hatte. Nur wie?

Wieder war es Daniel, der eine Antwort parat hatte. Sieben Aufgaben mussten sie meistern, erst dann würden sie herausfinden, wo sich das Liebesgrab von Tutanchamun und Amneris befand. Um den Fluch endgültig zu brechen, musste der Gral dorthin zurückgebracht werden. Und das war alles andere als einfach! Denn neben Zeno Trabas und Victor, die immer noch hinter dem Gral her waren, trat ein dritter Gegenspieler auf den Plan – Raven, der Mann mit der Rabenmaske.

Zeno Trabas war es schließlich sogar einmal gelungen, den Gral an sich zu bringen. Er hatte daraus getrunken, weil er sich dadurch ewiges Leben erhoffte, doch stattdessen war er wie Ninas Oma ins Koma gefallen.

Das hatte Nina und auch den anderen noch einmal vor Augen geführt, dass der Fluch unbedingt gebrochen werden musste. Und dazu mussten sie die sieben Aufgaben so schnell wie möglich bewältigen:

Als Erstes hatten sie einen Zaubertrank zu brauen. Das brachte die Sibunas, wie der Club sich nannte, darauf, dass eine Auserwählte die beiden Liebenden, Tutanchamun und Amneris, zusammenbringen musste. Die zweite Aufgabe war, eine Pyramide aus magischen Dominosteinen zu bauen. Danach sollten sie einen Lotus in Friedhofserde züchten und einen Liebestanz aufführen. Die fünfte Aufgabe erwies sich als besonders schwierig. Daniel und Felix hatten eine altägyptische Aurakamera gebaut, um der Blutlinie von Amneris und damit der Identität der Auserwählten auf die Spur zu kommen. Diese Aufgabe führte zu einer echten Überraschung – denn niemand anderes als Mara Minkmar, ihre Mitbewohnerin, die gar nichts mit dem Club oder dem Fluch zu tun hatte, war die Auserwählte! Das war für Nina ein besonderer Schock, schließlich hatte sie geglaubt, die Auserwählte zu sein und damit ihre Oma retten zu können. Hatte Sarah ihr gegenüber nicht immer wieder betont, dass sie die Einzige sei, die den Fluch brechen könne?

Dasselbe glaubte wohl auch Raven, denn er brachte Nina in seine Gewalt und führte mit ihr das Gralsritual durch. Da Nina den Gral aber nicht aktivieren konnte, war klar, dass jemand anders die Auserwählte sein musste …

Zusammen hatten sie bisher viel geschafft, die Widersacher waren ihnen allerdings immer dicht auf den Fersen. Nach der Lösung der fünften Aufgabe sah es fast so aus, als hätten sie den Wettlauf um den Ort des Liebesgrabs verloren, denn Mara wurde von dem geheimnisvollen Mann mit der Rabenmaske, bei dem alle Fäden zusammenzulaufen schienen, im letzten Augenblick entführt.

Doch das war immer noch nicht alles. Bevor sie Mara befreien konnten, stand ihnen die sechste Aufgabe bevor: Der Edelstein aus Ninas Amulett sollte verbrannt werden. Dann wussten sie, wo sie Mara suchen mussten! Nun fehlte nur noch das Ritual, das Tutanchamun und Amneris zusammenbringen sollte – und mit der Hilfe aller Freunde im Haus Anubis hatte der Club der Alten Weide es geschafft! Das Ritual wurde durchgeführt, der Fluch gebrochen und Raven vernichtet. Ninas Oma war wieder aus dem langen Koma erwacht.

Zum Dank hatten Tutanchamun und Amneris ihnen ein kleines Stück Papyrus hinterlassen, bevor ihre Geister sich endlich miteinander vereint aufgelöst hatten. Darauf waren die Koordinaten des Liebesgrabs verzeichnet, in das der Gral gebracht werden musste, um den Fluch ein für alle Mal zu brechen ...

1
DER GRAL KEHRT ZURÜCK

Es war totenstill. Seit Jahrtausenden hatte niemand mehr diesen Ort betreten, niemand hatte die Grabesruhe gestört. Niemand hatte all die kostbaren Schätze und kunstvoll bemalten Wände bestaunt.

Doch nun durchbrach ein Scharren die majestätische Stille, und Staub rieselte in die dunkle Kammer.

„Hier! Ich fühle was!“

„Das muss der Eingang sein!“

„Helft mir mal!“

Noch mehr Staub fiel zu Boden, uralter Mörtel, fein wie Sand, rann die Wände hinab.

„Das ist zu schwer!“, jammerte eine Mädchenstimme.

„Na los, zusammen schaffen wir es!“, erwiderte ein Junge.

Dann mischte sich eine dritte Stimme ein: „Super-Felix ist der Stärkste!“

„Hau ruck! Na los, noch einmal, alle zusammen!“

Die gewaltige Steinplatte, die den Eingang zur Kammer verschloss, bewegte sich und stand endlich einen Spalt offen. Ein schmaler Streifen Sonnenschein fiel in die Jahrtausende alte Dunkelheit.

Langsam kletterten die Störenfriede hinein: zwei Jungen und zwei Mädchen, gekleidet wie Touristen, mit leichten Sommerklamotten, Sonnenbrillen und Sonnenhüten. Und so laut sie vorher gewesen waren, so still waren sie jetzt, wo das erste Mal seit vielen Hundert Jahren Licht auf den Inhalt der uralten Grabkammer fiel. Überall in der geheimen Kammer glitzerte und funkelte es. Es gab alte Truhen und Statuen aus Alabaster und Holz, vergoldete und fein gearbeitete Gegenstände, und in der Mitte stand ein großer, bunt bemalter Sarkophag.

Als Erster fand Felix die Stimme wieder. „Wow. Ist ja irre."

„Felix, kneif mich mal!" Delia hüpfte aufgeregt auf der Stelle, angesichts der unzähigen Schätze, die um den großen Steinsarkophag herum angehäuft waren.

Grinsend zwickte Felix sie in den Oberarm.

„Au!" Delia rieb sich wehleidig den Arm. „Nicht so doll."

Nina und Daniel dagegen strahlten sich nur an.

„Wir haben es geschafft", sagte Daniel so leise, dass nur Nina es hören konnte.

Nina nickte. Beim Anblick der Schätze, die Tutanchamun hier für Amneris versteckt hatte, verschlug es ihr die Sprache. Sie stand im Liebesgrab! Zusammen mit Daniel, ihrem Freund. Wie gut alles passte.

Ein wenig verlegen wandte er sich ab. „Dieses Grabmal ist über dreitausend Jahre alt", murmelte er ehrfürchtig.

„Wir sind wirklich im Grab von Tut und Amneris!", bestätigte Nina. Sie war ein wenig nervös, als könne sie es noch gar nicht richtig glauben. War jetzt tatsächlich alles vorbei? „Endlich wird der Fluch ruhen. Tut und Amneris sind wieder zusammen!"

Ihr Blick fiel auf Daniel, der verliebt zurücklächelte.

Doch dann wurde er ernst. „Wir können nicht lange hierbleiben."

Delia und Felix kümmerten sich nicht um die beiden anderen. Sie hatten sich bereits auf das Gold und die Juwelen gestürzt und hatten nur Augen für die Schätze.

„Dieser Tutanchamun muss Amneris wirklich sehr geliebt haben", sagte Delia träumerisch und vergrub beide Hände in dem großen Berg Schmuck, der neben einer kaputten Vase aus Alabaster angehäuft war. Sie legte sich eine goldene Halskette um den Hals und benutzte einen Goldteller als Spiegel, um sich zu bewundern.

Felix fand die ganze Geschichte so aufregend, dass er zu rappen begann. „Yo, yo, yo! *Felix is in da house.* Wir befinden uns im *crypt* von Tut und seiner Schnecke Am-Ne-Riiiis!"

Delia kicherte und ahmte ihn nach. „Yo, Felix!"

„Yo, Delia!"

Daniel war davon ganz und gar nicht begeistert. „Leute! Wir dürfen uns nicht ablenken lassen."

„Es ist Zeit, den Gral zurückzugeben", fügte Nina hinzu.

Delia verzog schuldbewusst das Gesicht und legte den Halsschmuck wieder zu den anderen Juwelen. Dann hielt sie die Tasche auf, damit Nina den Gral herausnehmen konnte. „Wo ist denn das Medaillon?“, fragte sie plötzlich erstaunt.

„An einem sicheren Ort, wo Victor es niemals vermuten wird“, erwiderte Nina fest und hob den Gral hoch. Es wurde still. Nina sah sich ein wenig unschlüssig um. Irgendwo hier musste der Gral doch seinen Platz haben ...

„Los, wir müssen den Platz finden, wo er hingehört“, erklärte Daniel.

„Klar“, grinste Felix. „Und wer ihn findet, kriegt diesen leckeren, weichen und warmen Schokoriegel!“ Er hielt seinen Notproviant in die Höhe.

Aber nur Delia reagierte – und auch nicht so, wie Felix gehofft hatte: Sie rümpfte die Nase und wandte sich ab. „Ekelhaft!“

Nina ging derweil suchend an den Wänden entlang, auf denen noch die verblassten, altägyptischen Gemälde zu sehen waren. Irgendwo musste ein Hinweis sein, wo der Gral hingehörte ... Daniel, Delia und Felix folgten ihr langsam. Schließlich entdeckte Nina etwas. Ein kleines Sims, darüber ein Gemälde von Tutanchamun und einer Frau in einem weißen Gewand. Die Figuren schienen voneinander getrennt und irgendwie traurig. Vorsichtig fuhr sie mit der Hand über das Gemälde.

Delia verzog das Gesicht. „Pass auf, Nina! Das ist unheimlich!“

Nina runzelte die Stirn, entschied dann allerdings, dass nichts weiter dabei sei. Sie wischte Schmutz und Spinnweben von der Zeichnung. Nun waren Tutanchamun und Amneris deutlicher zu sehen.

„Das passt", meinte Daniel. „Wir sind richtig."

„Ja", sagte Nina entschlossen. „Hier muss er hin." Sie atmete durch und schaute ihre Freunde einen nach dem anderen an. „Der Augenblick der Wahrheit. Sibuna!"

Felix wirkte skeptisch. „Und du hast den Gral wirklich einfach so gefunden?"

„Ja", antwortete Nina. „Ich wollte noch einmal zum Turm, um die Stelle zu sehen, an der alles passiert ist. Die Sache mit Raven, mit Mara und so. Da lag er einfach. Und deshalb können wir ihn auch jetzt zurückgeben."

„Genau!" Delia war froh. Die unheimlichen Ereignisse, die sie in den letzten Monaten so in Atem gehalten hatten, würden schon bald ein Ende haben: die Aufgaben, die Amneris ihnen aufgetragen hatte; die Tatsache, dass Mara die Auserwählte gewesen war; die Entführung; Ravens Verrat ...

Doch nun war alles vorbei. Endlich konnten sie wieder wie normale Teenager in die Schule gehen! Und Delia war klar, dass Nina und Daniel auch so dachten.

Nur Felix schien ein wenig enttäuscht zu sein. Aber wer achtete schon auf den!

Alle nahmen sich gegenseitig an den Händen.

„Seid ihr bereit?", fragte Nina.

„Ich schon!", erwiderte Delia.

„Ich auch", sagten Felix und Daniel.

Nina holte tief Luft. „Sarah wäre stolz auf uns."

Damit stellte sie den Gral sorgfältig auf den Sims und rückte ihn noch einmal zurecht. Plötzlich schien das Bild von Tutanchamun und Amneris von innen zu leuchten. Für einen Augenblick wurde es so hell, dass die vier Sibunas blinzeln mussten. Als sie wieder hinsahen, hatten Tutanchamun und Amneris sich einander zugewandt.

„Juhuu!", rief Delia begeistert. „Wir haben es geschafft!"

Nina war ein Stein vom Herzen gefallen. „Endlich ist der Fluch aufgehoben."

Delia umarmte die Freundin. „Jetzt kann Mara und deiner Oma nichts mehr passieren! Lang lebe die Liebe!"

Daniel sah stolz zu Nina. „Lang lebe unsere Freundschaft! Sibuna!" Er legte die Hand vors Auge, die anderen folgten ihm.

„Sibuna!", sagten sie im Chor.

Daniel hielt es nicht mehr aus. Er legte die Arme um Nina und küsste sie zärtlich.

Felix sah die beiden neidisch an. *Wie schön wäre es, wenn auch ich und Delia ...*, dachte er und nahm Delia in die Arme. Vielleicht war sie ja so begeistert, dass es ihr nichts ausmachte.

Aber er hatte Pech. Delia verzog das Gesicht und schubste ihn schnell weg. „Bloß nicht!"

Enttäuscht ließ Felix die Arme sinken und seufzte. Vielleicht ein anderes Mal! Er konnte nicht anders, als weiterzujubeln, er war ja selbst froh, dass nun alles gut ausgegangen war.

Doch schon im nächsten Moment erzitterte der Boden unter ihm und brachte die uralten Mauern des Grabmals ins Schwanken.

Die Eingangshalle war still wie ein Grab. Weiße Tücher bedeckten die Möbel.

Die Atmosphäre war beinahe gespenstisch. Den Bewohnern des Hauses Anubis jedenfalls hätte das sicher nicht gefallen. Die waren allerdings schon seit Wochen in den Ferien. Nur einer war hiergeblieben – und der fand diese Ruhe ausgesprochen angenehm.

Die Tür flog auf. Victor Rodemer, der Verwalter des Internats *Haus Anubis*, stürmte entrüstet ins Haus. Da hatte er endlich einmal ein paar Wochen die nervtötenden Gören vom Hals – und er musste das Chaos aufräumen, das der Gerichtsvollzieher vor den Ferien hinterlassen hatte! Was sich nicht verkaufen ließ, das hatte der Beamte vor die Tür packen lassen, damit der Sperrmüllwagen es mitnehmen konnte. Den Beamten hatte Victor inzwischen bezahlt. Den größten Teil der Sachen hatte er auch schon wieder ins Haus geholt, aber noch immer stand der ganze Flur voller Möbel, die von weißen Tüchern bedeckt waren und die an ihren Platz im Haus gebracht werden mussten.

Das Allerschlimmste jedoch war, dass dieser Unmensch selbst vor Victors geliebtem, ausgestopften Raben Corvuz nicht haltgemacht hatte.

Victor streichelte Corvuz über das struppig gewordene Gefieder. Und verzog gleich darauf angewidert das Gesicht: Eine halb verfaulte Bananenschale lag auf Corvuz' Kopf.

„Wenn ich diesen Raven zu fassen kriege, kann ich für nichts mehr garantieren!", knurrte Victor. „Aber der taucht wohl so bald nicht wieder auf ... Mein armer gefiederter

Freund. Wir waren so nah dran. Ich hatte den Gral in den Händen, und dann? Weg! Verschwunden."

Victor sah sich mit finsterem Blick um. Da stand ihm ja eine schöne Aufräumarbeit bevor! In nur wenigen Tagen würden die Kinder aus den Ferien zurückkommen, und zu dem Zeitpunkt musste hier alles so aussehen wie zuvor. Was, wenn Herr Şahin oder Herr Seefeld erfuhren, dass ihre Kinder Kaya und Delia in einem Haus wohnten, das der Gerichtsvollzieher beinahe gepfändet hatte? Nicht auszudenken.

Dennoch, so anregend der Gedanke, für Ordnung zu sorgen auch war, Victor hätte sich viel lieber um Corvuz gekümmert als darum, die Möbel an ihren Platz zu schieben. Ärgerlich zog er an einem der weißen Laken. Es flog wie ein Geisterhemd auf den Boden. Victor warf der Standuhr, die sich darunter verborgen hatte, einen bösen Blick zu. Aber was war das? Der Uhrkasten stand offen! Und unter dem Pendel lag ein rotes Stückchen Samtstoff!

Victor bückte sich und holte es heraus. „Das kann doch nicht sein", murmelte er. „Corvuz! Wenn es das ist, was ich denke!"

Der rote Samt war kein einfaches Stoffstück, sondern ein kleiner Beutel mit einem schweren Inhalt.

Hastig öffnete der Hausverwalter die schmalen Schlaufen des Säckchens und schüttete den Inhalt auf seine Handfläche. Das Amulett von Anubis!

Aber ... da war noch mehr. Vorsichtig steckte Victor die Finger in den Beutel und zog einen winzigen, rhombusförmigen Edelstein hervor.

Plötzlich wurde er in seiner Andacht gestört. „*Victor!* Victor, Victor! Hast du mich vermisst?“

Victor hatte das Amulett und den Edelstein kaum wieder in das Säckchen gesteckt, als Rosie, die Haushälterin und Köchin im Haus Anubis, ihm schon am Hals hing.

„Vermisst?“, brummelte er. „Ich wusste ja nicht einmal, dass du weg warst.“

Beleidigt ließ Rosie ihn los. Sie wühlte kurz in ihrer Tasche. „Ich war doch auf dem Workshop für Séancen und Geisterkontakt. Und rate, was ich da gelernt habe!“

Im nächsten Moment war Victor von einer Staubwolke eingehüllt. Und schlimmer noch: Sie roch ganz fürchterlich!

Er rümpfte die Nase und hustete. „Was ist das denn!?“

„Knoblauchstaub!“, entgegnete Rosie. „Darin können Geister in Erscheinung treten.

Ärgerlich klopfte Victor den Schmutz von seinem blauen Arbeitskittel. Dann klemmte er sich Corvuz unter den Arm und stopfte den Samtbeutel in seine Tasche. „Tritt du mal lieber in Erscheinung! Und zwar, indem du dich nützlich machst und hier aufräumst!“ Er warf der Haushälterin einen bösen Blick zu und stapfte in sein Büro. „Ha! Geister. So ein Quatsch, Corvuz!“

Mit diesen Worten nahm er ein dickes Buch aus dem Regal. Es war in brüchiges Leder gebunden und angefüllt mit altmodischen Zeichnungen. „Nein. Hier nicht“, sagte er, nachdem er eine Weile darin geblättert hatte. Plötzlich deutete er auf die Zeichnung eines Edelsteins, der die Form eines Wassertropfens hatte. „Ah! Hier ist es.“

In diesem Moment platzte Rosie herein. „Victor, ich habe schlechte Neuigkeiten ...!"

Erschrocken klappte Victor das Buch zu. „Noch schlechter als die, dass du mich ständig belästigst?"

„Victor, es ist ernst! Als du die Treppe hinaufgingst, habe ich ein Zittern gespürt!" Rosie sah den Hausverwalter eindringlich an.

„Wenn dir kalt ist, mach die Heizung an!"

„Du verstehst das nicht! Du wirst von einem Geist verfolgt! Wenn man zittert, während man jemanden anschaut, wird derjenige von einem Geist verfolgt, das habe ich in meinem Workshop so gelernt!"

Victor schnaubte böse. Plötzlich kam ihm eine Idee. „Ist dieser Geist vielleicht ein Quälgeist?"

Rosie nickte eifrig. Die gelbe Blume in ihrem Haar wippte im Takt auf und ab. „Ja, das ist gut möglich!"

„Dann hab ich die Lösung!" Victor ging auf Rosie zu, packte sie an den Schultern, schob sie aus dem Büro hinaus und warf die Tür zu.

„Quälgeist draußen", knurrte er zufrieden.

Seufzend setzte er sich hinter das Buch und schlug es erneut auf. „Ha, Corvuz! Hier ist es. Die Träne der Isis." Er nahm den orangeroten Edelstein aus dem Säckchen und hielt ihn neben die Zeichnung. „Ja, das könnte schon sein", murmelte er. „Was sagst du, Corvuz? So brauche ich den Gral nicht! Ich brauche nur die Träne von Isis, um mein Lebenselixier doch endlich fertig brauen zu können!"

Aufgeregt nahm er den Stein und stopfte sich Amulett und

Säckchen in die Tasche. Danach schnappte er Corvuz und huschte in sein Kellerlabor. Glücklicherweise hatte Rosie sich in die Küche verzogen – dort gehörte sie schließlich auch hin!

In einem Erlenmeyerkolben, den Victor über den Bunsenbrenner geklemmt hatte, köchelte bereits eine grünliche Flüssigkeit.

Victor schaute andächtig auf den winzigen Edelstein in seiner Hand. Er atmete durch und ließ ihn durch den engen Hals des Kolbens in die Mixtur fallen. „Es ist so weit!"

Vorsichtig rührte er um und goss den Inhalt in ein kleines Likörglas. „Ewiges Leben!" Er prostete dem ausgestopften Raben zu und nahm einen kräftigen Schluck.

In diesem Moment erzitterte der Boden und brachte die Mauern des Hauses ins Schwanken. Die Laborgläser klirrten, und Victor ließ das Likörglas auf den Tisch fallen, um sich festzuhalten.

Aus dem Flur, war ein lautes Krachen zu hören. Etwas fiel zu Boden, und es erklang ein Splittern, als wäre gerade ein Glas zerbrochen.

2
HINTER DEN SPIEGELN

Das Beben hörte so plötzlich auf, wie es begonnen hatte.

Besorgt rannte Victor zur Kellertür, denn von oben waren erschrockene Rufe zu hören.

„Mein Gott! Das Bild der Winnsbrügge-Westerlings!“, kreischte Rosie und klatschte aufgeregt die Hände zusammen. „Es ist heruntergefallen. Victor! Victor! ... Wo ist er denn nur? Er wird einen stärkeren Haken dafür in die Wand bohren müssen!“

Victor schnaubte. Als ob er keine anderen Sorgen gehabt hätte! Das Bild der ehemaligen Hausbesitzer würde warten müssen, was war das schon im Vergleich zu der Tatsache, dass er das Geheimnis des ewigen Lebens entdeckt hatte!

Er huschte zurück an seinen Labortisch. Zum Glück war keines der kostbaren Geräte kaputtgegangen. Er hob das Likörglas auf und füllte es nach. Nur diesmal führte er es nicht sofort an die Lippen.

„Starkes Zeug“, murmelte er nachdenklich. „So gesehen ist das Beben ein gutes Zeichen, was meinst du, Corvuz? Aber vielleicht ist es schlauer, auf Nummer sicher zu gehen.“ Er sah sich um, bis sein Blick an einem alten Fliegenfänger hängen blieb. Mit spitzen Fingern zupfte er eine Fliege ab und legte sie auf den Labortisch. Dann nahm er eine Pipette und beträufelte den kleinen Kadaver mit dem Lebenselixier. „Du hast die Ehre, mein geflügelter Vorkoster“, flüsterte er.

Aber nichts geschah. Die Fliege blieb reglos liegen.

Victor runzelte die Stirn. „Na los“, befahl er, zog eine Lupe hervor und betrachtete das Insekt genauer. Irgendwie schien es um die Fliege herum zu blitzen. „Komm schon, breite deine Flügel aus.“

Wieder geschah nichts. Nur das geheimnisvolle Wetterleuchten ging weiter. Ärgerlich schnappte sich Victor die Fliege und warf sie in die Luft. „Du hast gefälligst lebendig zu werden!“, knurrte er. Es musste doch funktionieren! Denn jetzt war er sicher, dass sich das Licht veränderte, heftiger blitzte. Das war sicher die Magie des Tranks!

Aber die Fliege tat ihm den Gefallen nicht. Stumm, tot und völlig leblos fiel sie auf den Labortisch. Stattdessen erwachte etwas anderes zum Leben. Gleißendes Licht durchflutete mit einem Mal den düsteren Keller.

„Victor!“

Victor erstarrte. Diese Stimme. Sie kam ihm irgendwie bekannt vor, auch wenn er sie Jahre oder gar Jahrzehnte nicht mehr gehört hatte. Erschrocken fuhr er herum. Das Licht kam unter dem Schrank in der Ecke hervor! Langsam schlich er sich näher. Was war da los? Und woher kam diese Stimme?

„Hallo ...?“, rief er, aber nichts rührte sich.

Hastig räumte er ein paar Kisten und einen großen Spiegel weg, die vor dem Schrank standen. Nichts!

Da atmet doch jemand, dachte er. War er das selbst?

Victor hielt die Luft an und lauschte. Nein, das war er nicht! Und das Licht kam auch nicht aus dem Schrank. Es kam aus dem Spiegel!

„*Victor!*“ Erneut erklang die unheimliche Stimme.

Vorsichtig trat der Hausverwalter näher und legte das Ohr auf den Spiegel. „Hallo?“

„*Victor!*“

Wie vom Blitz getroffen zuckte Victor zurück.

„Va... Vater?“

Langsam bildete sich auf dem Spiegel ein Bild. Victor sah genauer hin. „Das kann nicht sein ...“

„*Victor, jetzt sei mal ein Mann!*“

„Vater? ... Wie bist du denn in den Spiegel gekommen?“

„*Victor ... rette die Eeeh...*“

„Was meinst du?“

Victor wurde unruhig. Das Licht wurde schwächer, das Bild im Spiegel blasser. „Vater? Vater!“

Victor streckte die Hand aus, als wolle er die Gestalt im Spiegel festhalten.

Aber das Licht war erloschen und damit auch das Bild seines Vaters. Victor war wieder allein und fragte sich, ob es je anders gewesen war.

Sand und kleine Mauerstücke fielen überall um Nina herum auf den Boden. Das Schwanken der Wände hatte so viel Staub aufgewirbelt, dass sie unwillkürlich husten musste. Und warum war es auf einmal so dunkel?

„Daniel?“

„Nina, bist du da?“

„Hilfe, ich will hier raus!“ Das war Delia.

„Sind alle okay?“, fragte Daniel.

„Ich denke schon.“ Nina war erleichtert. Das war Felix gewesen. Immerhin waren sie alle wohlauf!

Plötzlich ging eine Taschenlampe an, und man konnte wieder etwas sehen!

Nina seufzte erleichtert auf, erschrak aber im selben Moment. Sah sie auch so ängstlich aus wie die anderen? Erneut erzitterte die Erde, doch diesmal etwas schwächer als zuvor.

Delia schluchzte.

Schnell nahm Nina ihre beste Freundin in den Arm. So ging es ihr selbst auch besser.

„Los, wir müssen nach dem Ausgang suchen“, sagte Daniel mit fester Stimme. Er und Felix gingen zu der Stelle hinüber, wo sich bis vor wenigen Sekunden noch ein Spalt nach draußen befunden hatte. Er war verschwunden.

Delia heulte auf. „Wir kommen hier nie mehr raus, irgendwann wird dieses Grabmal entdeckt und dann finden sie unsere Skelette, genau wie im Film!“

Nina tätschelte ihrer Freundin den Rücken. Bildete sie sich das nur ein oder sah Felix wirklich aus, als würde er Delias Vorstellung spannend finden?

„Wir schaffen das schon!", erklang Daniels beruhigende Stimme. Wie gut, dass er da war! Er vermittelte eine Ruhe, die Nina selbst so gar nicht spürte. Und obendrein begann es unter ihren Füßen plötzlich erneut zu beben! Sie kniff die Augen zusammen. *Hoffentlich ist es gleich vorbei!*, dachte sie.

Als sie es wagte, die Augen zu öffnen, sah sie einen schmalen Lichtspalt, der vor ihr aufgetaucht war. Hatten Felix und Daniel etwa den Eingang freilegen können? Aber der war doch vorher ganz woanders gewesen ... Voller Neugier ging sie auf das Licht zu. Es kam aus dem Sarkophag! Vorsichtig steckte sie den Kopf hinein.

„Nein, Nina, nicht!", quiekte Delia ängstlich.

Nina war viel zu abgelenkt, um auf die Freundin zu hören. „Ich sehe etwas!"

„Ist da was Unheimliches drin? Bitte lass es kein fleischfressendes Monster sein!"

Behutsam kletterte Nina in die Öffnung. Sie musste einfach herausfinden, was in dem Sarkophag war.

„Eine Kiste!", murmelte sie überrascht. Die sah eigentlich gar nicht so aus, als hätte man sie zu Ehren von Amneris vor Tausenden von Jahren hergestellt.

„Pass auf!", wisperte Delia furchtsam.

Felix war beeindruckt. „Cooles Mädel", meinte er anerkennend.

„Meine coole Freundin", antwortete Daniel stolz, als Nina ein wenig linkisch aus dem Sarkophag kletterte.

Sie hielt eine hölzerne Kiste in den Händen und achtete

darauf, nicht zu stolpern. Die drei Zurückgebliebenen staunten.

„Was da wohl drin ist?“, fragte Delia.

Nina wusste genau, dass sie an etwas Wertvolles dachte.

„Eine riesige fette Spinne, die auf Blondinen steht“, meinte Felix gehässig.

„Da ist das Horusauge drauf!“, lenkte Daniel ab. „Wir sollten nachsehen, was drin ist.“

„Nein, das ist bestimmt ein Geist!“, wisperte Delia. „Mein Gefühl sagt mir, der Fluch ist gerade vorbei! Das Ding sollte verschlossen bleiben.“

Nina holte Luft und öffnete vorsichtig den Deckel. Dann zog sie eine Art Kette heraus, an der vier Amulette hingen.

„Vier Horusaugen“, murmelte Daniel.

Delias Furcht wurde von ihrer Gier übertroffen. „Für jeden von uns eins!“

„Ist noch was drin?“, fragte Felix neugierig.

„Ein Brief mit Hieroglyphen.“ Nina zog ihn hervor und reichte ihn Daniel.

Felix sah Daniel über die Schulter. „Was steht da?“

„Das kann ich ohne mein Buch nicht entziffern“, sagte Daniel und runzelte die Stirn.

„Und hier ist eine Art ... Karte“, sagte Nina.

Daniel ließ den Brief sinken und sah sich die Karte an. „Das hier sind Felder. Sieht wie ein Lageplan aus, ein Grundriss. Und hier sind Isis, Osiris, Horus und Anubis.“

Delia war inzwischen damit beschäftigt, die Kiste weiter auf Schätze zu untersuchen.

Nina griff hinein und holte ein Päckchen heraus. „Was da wohl drin ist?“

Felix schnitt eine Grimasse. „Vielleicht der große Zeh von Tut. Oder die Nase von Amneris! ... Darf ich es aufmachen?“, fragte er aufgeregt.

Nina musste lächeln und reichte dem Freund das Paket.

Kaum hatte er begonnen, es auszupacken, wurde er von Daniel unterbrochen.

„Stopp!“

Nina, Felix und Delia zuckten zusammen.

„Da ist eine Abbildung von Seth“, erklärte Daniel. „Er ist der Totengott. Vielleicht sollten wir es erst zu Hause aufmachen.“

„Aber das wäre doch klasse, ein echter Mumienfuß!“, entgegnete Felix.

„Oder eine Kette mit goldenen Ohrringen!“, meinte Delia.

„Nein“, unterbrach Nina energisch. „Ich habe kein gutes Gefühl dabei. Wir lassen alles hier und nehmen nichts mit.“

Delia und Felix sahen enttäuscht aus, Daniel wirkte überrascht.

„Aber wieso? Du hast es doch selbst herausgeholt“, sagte Felix schließlich.

„Nein, alles muss hierbleiben.“ Nina duldete keinen Widerspruch und packte alles sorgfältig in die kleine Kiste. „Sarah hat gesagt, dass der Fluch erst ruhen wird, wenn alles wieder im Grabmal ist. Anschauen ist erlaubt, aber mitnehmen dürfen wir es nicht!“

Delia schob die Unterlippe schmollend vor. „Aber Tut und Amneris sind doch wiedervereint.“

„Und das Päckchen ist vielleicht unsere Belohnung!“, fügte Daniel hinzu.

„Und was, wenn beides nicht der Fall ist?“, hielt Nina dagegen. „Ich will meine Oma nicht noch mal verlieren. Oder Mara! Das Zeichen ist doch schlecht, oder?“ Sie wies auf den schwarzen Kopf von Seth.

Daniel nickte widerwillig. „Nina hat recht. Wir dürfen kein Risiko eingehen. Wir lassen alles hier. Einverstanden?“

Nina hatte den Eindruck, dass Felix alles andere als einverstanden war und lieber nachgesehen hätte, was in dem Päckchen steckte.

Aber schließlich nickte er auch.

„Sibuna!“, sagten beide gleichzeitig.

Nina legte das Paket zurück in die Kiste, schloss sie und verstaute sie sorgfältig im Sarkophag.

„Also los. Ab zum Eingang“, erklärte Daniel. Er ging voran und stemmte sich gleich als Erster gegen den Stein. Nina und Delia halfen, so gut sie konnten.

„Nancy Ninja!“, ächzte Delia und drückte aus Leibeskräften, aber die gewaltige Steinplatte rührte sich keinen Zentimeter. „Au!“

Daniel gab so schnell nicht auf. „Alle zusammen! Felix, hilf mal mit, sonst verpassen wir den Flieger und müssen nach Hause laufen!“

„Jaja“, tönte es aus der Dunkelheit. Es rumorte kurz, aber weder Nina noch Daniel oder Delia achteten auf das Gepolter. Sie waren zu sehr damit beschäftigt, die Steinplatte vom Eingang wegzuschieben. Doch wieder gelang es nicht, auch wenn Nina den Eindruck hatte, dass sich der Stein etwas bewegte.

„Felix, wo bist du denn?“ Nun wurde Daniel ungeduldig.

In diesem Moment erschien Felix neben den anderen. Seinen Rucksack hatte er auf dem Rücken. „Super-Felix ist zur Stelle!“, sagte er, als würde er einen Befehl beantworten.

Nun schoben sie zu viert. Und diesmal gelang es! Die schwere Steinplatte ruckte erst langsam, dann immer schneller von der Wand fort, und schon bald war der Spalt groß genug, dass alle vier hindurchschlüpfen konnten.

Nina fiel dabei nicht auf, dass Felix das Grab nur zögernd verließ und seinen Rucksack ein wenig vor ihr und den anderen versteckte ...

3
WIEDER DAHEIM

Victor schloss die Kellertür hinter sich ab. Die Gestalt im Spiegel hatte sich nicht mehr gezeigt, und auch von weiteren Experimenten mit dem Lebenselixier hatte er für den heutigen Tag genug.

Sorgfältig kontrollierte er das Schloss, denn im Wohnzimmer erschallten lustige und laute Stimmen. Nicht nur Rosie war aus ihren Ferien wiedergekommen, auch ... Ja, das waren Luzy Schoppa und Charlotte Bachmann.

Victor seufzte. Vorbei war es mit der schönen Ruhe! Wenigstens hatte Rosie hier noch ordentlich aufgeräumt.

Gedankenverloren betrat Victor das Wohnzimmer. Doch kaum hatte er einen Fuß über die Schwelle gesetzt, spritzte Wasser in sein Gesicht. Und es roch nach Knoblauch!

„Bah!“, rief er entsetzt und wütend über das Gekicher, das nun ausbrach und wahrscheinlich von dieser frechen Göre Luzy Schoppa stammte.

Rosie kicherte vor Vergnügen. „Jetzt kann der Quälgeist dich nicht mehr riechen, Victor! Und du musst dich nicht einmal bedanken, denn ich habe bei dem Kurs gelernt, dass diese Arbeit keine Anerkennung bekommt!"

Wütend riss Victor der Haushälterin den Wassereimer aus der Hand. „Oh, ich möchte mich aber bedanken!", knurrte er und goss der verdutzten Rosie den Inhalt über den Kopf.

Dann drehte er sich um und floh vor dem Gelächter. Das war ihm wirklich zu dumm! Nun musste er sich zu allem Überfluss auch noch waschen – und das mitten am Tag.

Missmutig schlurfte er ins Badezimmer und stellte sich vor den Spiegel, um sich mit einem kalten Waschlappen das Gesicht abzuwischen.

Ich sehe blass aus, bemerkte er, öffnete den Schrank, in dem sich die Medikamente befanden, und holte eine kleine Dose hervor.

„Beruhigungsmittel", las er. Na, das hatte er auch dringend nötig. Er war so von seinem Lebenselixier besessen, dass er schon Gespenster sah – und noch dazu seinen längst verstorbenen Vater! Rosie hatte ihn mit ihrer Marotte angesteckt, kein Zweifel. „Chemische Wahnvorstellungen, nicht mehr und nicht weniger", murmelte er. Er nahm ein paar Pillen ein und schüttelte den Kopf. „Vielleicht sollte ich mich etwas hinlegen."

Damit ging er, ohne noch einmal auf den Spiegel zu sehen.

Was gut war, sonst hätte er gesehen, dass sein Spiegelbild nicht mit ihm verschwand, sondern blieb und die Augen aufschlug ...

„Nicht vergessen“, flüsterte Nina, als das Haus Anubis in Sicht kam. „Delia war in Thailand, ich mit meiner Oma im Schwarzwald, Felix auf Mallorca und Daniel in Südfrankreich!“

Delia schlug sich vor die Stirn. „Stimmt ja. Mein Hut!“

Nina verdrehte die Augen und schob Delia vor sich her. „Wir gehen zuerst. Ihr kommt nach, damit wir keinen Verdacht erregen!“, sagte sie zu den Jungs.

Daniel grinste. Erst als sein Blick auf Felix fiel, wurde er ernst. Sein Freund war immer noch ganz blass und verschwitzt! Und zwar, seit sie in Kairo ins Flugzeug gestiegen waren. Vielleicht hätte er sagen sollen, er sei in Norwegen gewesen und nicht zwei Wochen in der Sonne Mallorcas. „Ist dir immer noch schlecht vom Essen im Flugzeug?“

„Was? ... Ja, genau“, erwiderte Felix geistesabwesend.

Die Tür ging hinter Nina und Delia zu. Daniel atmete durch und sah auf die Uhr.

„Puh, das war knapp“, murmelte Nina und schloss die Badezimmertür fest hinter sich.

Gerade hatten sie ihr Gepäck aufs Zimmer bringen wollen, da waren sie auf Daniels Zimmergenossen Kaya getroffen. Natürlich hatte er wissen wollen, wo sie und Delia die Ferien verbracht hatten. Eigentlich eine ganz normale Frage – und eine, auf die sich die beiden Mädchen gut vorbereitet hatten. Und doch wäre die Ägyptenreise, die sie unbedingt geheim halten wollten, beinahe aufgeflogen!

„Dafür kann ich wirklich nichts!“, jammerte Delia. „Wer

kann denn auch ahnen, dass Kaya mit seinem Vater ebenfalls auf Phuket war? Phuket! Ich weiß ja nicht mal, wo das liegt!"

Nina warf ihr einen mitleidigen Blick zu. Kaya hatte auch sie aus der Fassung gebracht. Denn er war wirklich auf Phuket gewesen – während Delia nur so hatte tun wollen, als sei sie dort gewesen. Er hatte Delia nach allen möglichen Dingen gefragt, die sie gar nicht hatte wissen können.

„Ärgere dich nicht", sagte Nina beruhigend. „Du hast die Situation doch hervorragend gerettet!"

Delia ließ sich nicht aufheitern. „Ja, aber wie lange? Zum Glück kamen gerade Felix und Daniel herein und haben Victor mit ihrem Trick abgelenkt."

Nina musste bei der Erinnerung an Felix' *Geschenk* für Victor kichern. „Victor und Konfetti! Damit hat er bestimmt nicht gerechnet, als er sein Geschenk aufmachte."

Nun musste auch Delia lachen. „Das tut ihm mal ganz gut, dem alten Miesepeter!" Aber im Handumdrehen war sie wieder ernst. „Niemand darf erfahren, dass ich gar nicht auf Phuket war ... All inclusive!", rief sie auf einmal so laut, dass Nina, die sich gerade das Gesicht abtrocknete, erschreckt zusammenzuckte.

„Wie bitte?"

Strahlend drehte Delia sich zu ihrer Freundin um. „Wir hatten einen Cluburlaub! Mein Vater und ich waren in einem ganz exklusiven All-inclusive-Familien-Urlaubsclub!"

„Ja!" Nina war begeistert über den Einfall. „Da hättest du Kaya gar nicht begegnen können!"

Delia grinste stolz. Doch erneut fiel ihr etwas ein, und das Lächeln auf ihrem Gesicht verschwand. „Was ist mit den Kreditkartenbelegen? Und dem Visum im Pass? Mein Vater hat gesagt, das soll ich alles für ihn aufheben."

„Das kommt in unser Zimmer. In die Schrankschublade. Nein, besser unter deine Matratze", überlegte Nina schnell.

„Hervorragend!"

„Jetzt musst du nur noch die Kette abnehmen, die du dir aus Ägypten mitgebracht hast, danach sind wir bereit", sagte Nina.

Delia schob die Unterlippe vor. „Wie soll man denn dann sehen, wie gut sie zu meinem Kleid passt?"

Nina seufzte beinahe unhörbar auf. „Gibt es überhaupt noch jemanden, der nicht weiß, wie viel Geschmack du hast?" Nina nahm Delia am Arm und zog sie weg.

Beide sahen nicht, dass im Badezimmerspiegel ein Mann erschien und mit einem bösen Lächeln hinter ihnen hersah. Er sah fast aus wie Victor Rodemer, der Hausverwalter, nur hatte er dichtere Augenbrauen und einen Blick, der kälter und bösartiger war, als der von Victor es je hätte sein können.

Und er hatte alles gehört.

Felix konnte sich vor Neugier kaum noch beherrschen.

Nicht einmal sein Streich mit Victor hatte ihn wirklich ablenken können! Er wollte unbedingt wissen, was in der Kiste und in dem Päckchen war, das er aus dem Grab hatte mitgehen lassen.

Wieder fiel ihm Ninas Warnung ein. *Nur nichts mitnehmen!*, hatte sie gesagt.

Ein wenig schuldbewusst dachte Felix an den Fluch von Amneris, der nur ausgelöst worden war, weil sie den Gral geöffnet hatten.

Dabei hatten sie doch nur getan, was auf dem Gral geschrieben stand! Immerhin hatten Tutanchamun und Amneris sich nach Jahrtausenden der Trennung wiedergefunden, und das dank ihm, Nina, Daniel und Delia. Da hatten sie wohl ein wenig Anerkennung verdient, oder? Und genau aus diesem Grund hatte er die Kiste in einem unbeobachteten Moment mitgenommen. Es war doch klar, dass sie der Preis sein sollte für all die Mühen, die sie gehabt hatten!

Und den würde er nun in aller Ruhe auspacken.

Felix kontrollierte noch einmal, ob er die Zimmertür auch wirklich geschlossen hatte. Glücklicherweise war Magnus noch mit seinem Vater in Mexiko, also hatte er das Zimmer in der nächsten Zeit für sich.

Er setzte sich aufs Bett, holte langsam die kleine Kiste aus dem Rucksack und stellte sie neben sich. Vorsichtig wickelte er sie erst aus dem Pullover, den er darumgeschlungen hatte, damit sie im Flugzeug und auf dem Flughafen nicht beschädigt wurde, dann öffnete er sie langsam. Hoffentlich passierte auch nichts! Felix erinnerte sich an das Beben im Grab, das sie beinahe auf ewig eingesperrt hätte. Selbst hier, in seinem sicheren Zimmer konnte er das Schaudern, das die Erinnerung in ihm wachrief, nicht unterdrücken. Den anderen und besonders seinem Stolz zuliebe hatte er sich nichts anmerken lassen, aber für einen Moment hatte er sich genauso gefühlt wie Delia.

Schnell verdrängte er die Angst und wandte sich wieder der Kiste zu. Er zog die seltsame Kette mit den vier Amuletten hervor. Horusaugen waren es, hatte Daniel gesagt. Jedes hing an einem schwärzlich gefärbten Draht und war an die anderen geknüpft. Vorsichtig legte er sie mit dem Brief, den Nina entdeckt hatte und der voller Hieroglyphen war, neben sich. Eigentlich hätte er gern gewusst, was in der Nachricht stand, aber selbst der schlaue Daniel hatte die Zeichen nicht ohne sein Wörterbuch übersetzen können. Felix bedauerte, dass er niemals erfahren würde, was die Botschaft war.

Er setzte sich erneut auf, um das große Päckchen aus der Holzkiste zu holen.

Doch in diesem Moment kam jemand den Flur entlang.

Felix erschrak. Hastig sah er sich um und warf die Horusaugen und den Brief in die Holzkiste. Aber es war schon zu spät, um auch das Päckchen wieder hineinzustecken. „Nein! Bitte kurz warten!“ Schnell warf Felix die Bettdecke über Kiste und Paket – und sich selbst gleich auf den verräterischen Hügel, der sich darunter abzeichnete.

Erst als sich die Tür öffnete und Daniel seinen Kopf hereinsteckte, fiel ihm ein, was für ein dummes Bild er gerade abgeben musste. Auf dem Bauch, auf einem Extrakissen!

Wie dämlich er wirklich aussah, war an Daniels Gesicht abzulesen. „Hast du mich gerufen? Sprichst du mit mir?“

Felix sah ihn mit großen Augen an. „Wolltest du nicht zu mir?“

„Nein, ich wollte eigentlich in die Küche. Dann hab ich dich rufen hören ... Was machst du denn da?“

Felix überlegte fieberhaft. „Ich ... ich mache Schwimmübungen gegen meine Bauchschmerzen! Das heilende Bauchschwimmen. Ein ... ein altes Rezept aus dem Mittelalter!“

Daniel musste grinsen. „So was gibt's?“

„Ja“, antwortete Felix und versuchte, entschlossen zu klingen. „Hilft gegen Übelkeit und Magenschmerzen. Man muss laut *Schwimm, schwimm!* rufen.“ Er ruderte mit den Armen.

Daniel konnte kaum glauben, was Felix ihm erzählte.

Felix wusste genau, wie sein Freund fühlte, aber zugeben, dass er die Kiste hatte? Auf keinen Fall. „Schwimm, schwimm!“, sagte er noch einmal laut.

„Und? Hat es schon geholfen?“, fragte Daniel schließlich.

„Ich bin erst zwei Bahnen geschwommen“, winkte Felix ab und machte weiter. Hoffentlich verschwand Daniel bald wieder!

Und richtig, Daniel sah noch ein paar Augenblicke zu und ging kopfschüttelnd hinaus.

Gott sei Dank! Felix richtete sich auf und seufzte erleichtert. Er schlug die Bettdecke zurück und betrachtete noch einmal kurz seine Schätze. Dann packte er alles zusammen und schob die Kiste unters Bett.

Das Abendessen wartete, und Rosies Kartoffelsalat hätte er nicht einmal für diese Kiste verpassen wollen!

Alles war wie immer. Schwaches Kerzenlicht erhellte den Raum, es reichte, um sich gegenseitig zu erkennen – und die vielen Streichhölzer auf dem Boden, die Felix verbraucht hatte, um sie anzuzünden.

Nina genoss die sanfte Stimmung, die die kleinen Flammen verbreiteten. Selbst das aufdringliche Rosa von Delias Zimmerhälfte sah gar nicht mehr so grell aus. Und dass Daniel direkt neben ihr saß und ihre Hand hielt, machte ihre gute Laune perfekt.

„Wir sind wieder hier, und alles ist in Ordnung", seufzte sie. „Wie schön!" Dabei sah sie Daniel an, der zärtlich zurücklächelte.

Delia nickte eifrig. „Und Kaya hat mich auch nichts mehr über Thailand gefragt. Der ist mit seinen Gedanken sicher schon beim nächsten Urlaub!"

„Also weiß niemand, wo wir wirklich waren. Das soll auch so bleiben!", sagte Nina und warf Delia einen bedeutsamen Blick zu. Die Reisepapiere lagen nun sicher unter Delias Matratze. Dort würde sie niemand finden! Nicht einmal Daniel oder Felix hatten sie etwas davon erzählt.

Delia nickte unmerklich.

Nina lächelte kurz, wurde dann aber ernst. „Und deshalb möchte ich einen Vorschlag machen."

Felix grinste. „Nichts mit Küssen! Dazu bin ich echt nicht in der Stimmung."

„Wer würde dich schon küssen wollen!", antwortete Delia schnippisch.

Doch Nina achtete nicht auf die beiden Streithähne.„Vielleicht ist es eine gute Idee, den Club aufzulösen."

Stille breitete sich aus.

War wirklich alles vorbei? Natürlich, es hatte jede Menge Aufregung gegeben, sie hatten viele gefährliche, ja sogar lebensbedrohliche Situationen überstanden. Aber hatte es nicht auch Gelegenheiten gegeben, in denen sie gespürt hatten, was gute Freunde und eine richtige Freundschaft wert waren?

Und das aufgeben? Keiner war von der Idee so richtig begeistert. Im Grunde auch Nina nicht.

„Aber warum denn?", platzte Felix nach einer kurzen Pause heraus.

„Das Geheimnis ist gelöst", erwiderte Nina und sah sich um, als bräuchte sie eine Bestätigung ihres Vorschlags.

Delia nickte eifrig.

„Der Gral ist in Ägypten. Meiner Oma geht es besser."

„Und Mara geht es auch wieder gut!", fügte Delia hinzu.

Felix sah enttäuscht zu den Mädchen hinüber, ihm fielen allerdings keine Gegenargumente ein.

Auch Daniel war nicht sicher, was er von Ninas Idee halten sollte. „Ich weiß nicht so recht", meinte er zögernd.

„Aber es ist doch alles gut! Es ist vorbei", erklärte Nina.

„Machen wir keine Treffen mehr?", fragte Felix.

„Woher weißt du, dass wirklich alles vorbei ist?", wollte auch Daniel wissen.

„Ich fühle es!", versicherte Nina.

„Keine Rätsel mehr lösen? Keine Hieroglyphen mehr entziffern? Und keine Geister mehr?" Felix war enttäuscht. Er überlegte, ob er etwas von der Kiste erzählen sollte. Nein! Besser nicht.

„Vielleicht hast du recht. Alles ist ruhig“, meinte Daniel zu Nina.

Aber Felix gab nicht auf. „Nie mehr Sibuna?“

„Es wird nur schlimmer, wenn wir es hinauszögern“, antwortete Nina. „Wir müssen schnell machen.“

„Wie bei einem Pflaster: ratsch!“, sagte Felix. Wenn die anderen es so wollten, würde er nicht weiter protestieren. Plötzlich fiel ihm wieder etwas ein. „Was ist mit Luzy?“

„Die gehört nur offiziell noch dazu“, gab Daniel zu bedenken.

„Und außerdem interessiert sie sich nicht mehr für uns. Ich glaube, ihr ist das egal“, bemerkte Delia.

„Okay“, sagte Daniel. „Dann sprecht mir nach. Hiermit erklären wir ...“

Die anderen wiederholten seine Worte: „Hiermit erklären wir, der Geheime Club der Alten Weide, dass wir bis in unser Grab über die Geheimnisse schweigen und unsere Kenntnisse nicht missbrauchen werden.“

Es wurde für einen Moment still, als alle fertig gesprochen hatten. Beklommen sahen sie sich an.

„Der Club ist hiermit aufgelöst und die geheime Verbindung zwischen uns unterbrochen“, fuhr Daniel fort.

Nina holte Luft, um ihrem Freund auch das nachzusprechen, aber kein Ton kam über ihre Lippen.

Denn plötzlich bauschte ein Windstoß die Gardinen auf und wehte sie weit ins Zimmer, direkt in Delias Gesicht. Sie quiekte laut. Noch bevor Felix ihr helfen konnte, sich von dem dünnen Tüll zu befreien, sprang die Tür auf und flog mit einem lauten Knall gegen die Wand. Der Wind war so heftig, dass sogar die Kerzen erloschen und Streichhölzer durch die Luft flogen.

Dann verebbte der Sturm genauso schnell, wie er begonnen hatte.

Geistesgegenwärtig stand Felix auf und schaltete das Licht an.

Im nächsten Moment schrie Delia auf.

Auch Nina erschrak. Ihr Blick folgte dem ausgestreckten Zeigefinger der Freundin.

Als hätte der Wind schreiben können, waren die Streichhölzchen in eine bestimmte Form gefallen und bildeten eine Botschaft, die jeder verstehen konnte: SOS.

4
DER HILFERUF

SOS.

Felix starrte sprachlos auf den Boden. So viel Zufall gab es gar nicht!

Hastig stand Daniel auf und schloss das Fenster, obwohl es längst nicht mehr stürmte. Aber man konnte ja nie wissen.

„Jemand bittet uns um Hilfe!“, sagte er und setzte sich zurück zu Nina. Seine Stimme klang unruhig und nicht so fest wie sonst.

Felix schluckte. Ob das mit ...?

„Aber wie kann das sein?“, unterbrach Nina seine Gedanken. „Wir haben doch alle Aufgaben gelöst! Und der Gral ist wieder in Ägypten!“

Delia runzelte die Stirn. „Was ist mit der Kiste?“

Felix erschrak. Hatte Delia vielleicht gesehen, dass er ...?

„Nein“, wehrte Daniel sofort ab. „Die Kiste ist sicher im Grabmal. Daran kann es nicht liegen!“

Hilfe suchend wandte sich Delia an Felix. „Was sagst du denn dazu? Und was ist eigentlich los mit dir? Warum bist du so still?“

„Ich?“ Felix suchte fieberhaft nach einer Ausrede. „Nichts, alles in bester Ordnung. Ich hab mich nur erschreckt!“, stotterte er verunsichert.

„Du bist doch Horrorfan“, meinte Delia verwirrt. „Da erschrickt man nicht so einfach vor ein paar Streichhölzern ...“

Felix nickte. „Ich finde, wir sollten jetzt ins Bett gehen und uns nichts dabei denken. Ich bin jedenfalls müde, morgen fängt die Schule wieder an!“ Er täuschte ein Gähnen vor und streckte sich.

Die anderen sahen sich noch einmal unsicher an. Hatte Nina tatsächlich recht? War der Fluch gelöst? Und war es wirklich das Beste, die Sache auf sich beruhen zu lassen und schlafen zu gehen?

Irgendwie beschlich alle plötzlich das seltsame Gefühl, dass der Geheime Club der Alten Weide noch lange nicht aufgelöst war. Im Gegenteil: Es schien, als hätte eine fremde Kraft ihn zu neuem Leben erweckt.

In dieser Nacht schlief Felix so unruhig wie selten. Ständig träumte er von geheimnisvollen Kisten und Gräbern, die ihn in ihrer Finsternis einschlossen. Und am Morgen wurde er vor Müdigkeit kaum wach.

Erst als Rosie zum dritten Mal gegen die Tür klopfte, war er bereit, sich aus dem Bett zu wälzen und in seine Klamotten zu schlüpfen. Ein kurzer Blick auf die Uhr sagte ihm, dass er das Frühstück verpasst hatte. Es war an der Zeit, zur Schule zu gehen. Er war schon fast an seiner Zimmertür, als er sich noch einmal umdrehte.

Bevor er überlegen konnte, was er da tat, zog er die Holzkiste unter seinem Bett hervor und öffnete sie. Wieder einmal fiel sein Blick auf die geraubten Schätze. Was hatte er sich nur dabei gedacht, die Kiste aus dem Grab mitzunehmen? Und hatte der Sturmwind gestern Abend, der die Auflösung des Clubs unterbrochen hatte, wirklich etwas mit der Kiste zu tun?

„Felix! Was ist denn heute mit dir los? Aufstehen, du musst zur Schule!“ Rosie ließ nicht locker.

„Ja, ja!“, antwortete er schnell, schloss die Holzkiste und schob sie zurück unters Bett. Da war sie vorerst sicher. Oder sollte er sie vielleicht in die Schule mitnehmen? Nein, dafür war sie zu groß. Plötzlich ging er sich selbst auf die Nerven. Er dachte wirklich nur noch an die Kiste und ihren Inhalt!

Entschlossen öffnete er die Tür. Halt, er hatte seine Tasche vergessen! Eines Tages würde er noch mal seinen Kopf zu Hause lassen!

Er nahm sich vor, für den Rest des Tages nicht mehr an diese verflixte Kiste zu denken.

Victor rieb sich die Augen.

Was war das nur für ein Getrampel hier im Haus! Ärgerlich sah er auf seine Armbanduhr. *Diese Gören, nie können sie Ruhe geben*, dachte er. Seine Augen weiteten sich. Oje, es war bereits halb acht Uhr morgens! Er war wohl über dem

Arbeitstisch im Kellerlabor eingeschlafen. Und einen hässlichen Albtraum hatte er gehabt! Wie früher war er von seinem Vater bedroht worden. Victor hasste ihn dafür, obwohl er lange nicht mehr daran gedacht hatte. Umso schlechter war seine Laune nun, weil der Traum ihn daran erinnerte.

Er streckte sich mühsam und hörte, wie seine Rückenwirbel knackten. Er zuckte zusammen und warf Corvuz einen wehleidigen Blick zu.

„Nie wieder diese Beruhigungspillen!", stöhnte er. „Die bringen nichts als Unheil, nicht wahr, Corvuz?"

Er stand auf und wollte nach oben gehen. Wenn er schon so schlecht geschlafen hatte, wollte er wenigstens einen ordentlichen Becher Kaffee!

„Victor!"

Der Hausverwalter wirbelte herum. Der Spiegel! Schon wieder! Beinahe ängstlich starrte er auf die gläserne Fläche. Das Spiegelbild des leeren Kellers verschwand langsam und machte einer Gestalt Platz, die Victor nur allzugut kannte.

„Vater ...?" Aber wie konnte das sein? Der war schon seit Jahren tot, er war doch selbst auf der Beerdigung gewesen!

Victor blinzelte, rieb sich die Augen und trat an den Spiegel heran.

„Vater, bist du das?", fragte er beunruhigt.

„Komm näher!", antwortete die Stimme im Flüsterton.

Mechanisch ging Victor noch einen Schritt auf den Spiegel zu und streckte die Hand aus. Vielleicht war das ja gar kein Spiegel. Oder es war Schmutz darauf und verzerrte sein eigenes Bild so sehr, dass ...

Als seine Fingerspitzen die glatte und kühle Glasfläche berührten, war er für eine Sekunde erleichtert. Es war zum Glück ein ganz normaler Spiegel.

Plötzlich blendete ihn ein Blitz. Er zuckte zurück, es war, als hätte ihn jemand geschlagen. Im nächsten Moment fand er sich in einem dunklen Zimmer wieder. Die einzige Lichtquelle war ein Fenster. Ein schmutziges Fenster, das auch nicht nach draußen wies, sondern in einen Kellerraum. Einen Kellerraum mit Laborgeräten und einem Tisch, auf dem ein Rabe stand. Ausgestopft.

Nun dämmerte Victor, wo er war. Er befand sich im Spiegel!

„Neeiin!", schrie er laut und versuchte, die Scheibe beiseitezuschieben. Vergeblich. Dann sah er die Gestalt, die kurz davor im Spiegel gewesen war. Wie er trug sie einen blauen Arbeitskittel, nur mit einem gemusterten Tuch um den Hals. Und mit dichteren Augenbrauen, als er sie hatte.

Entsetzt hämmerte Victor gegen die verschmutzte Glasscheibe, die allerdings keinen Zentimeter nachgab.

„Vater! Nein, lass mich hier raus!"

Erneut schlug er gegen die Innenseite des Spiegels.

Aber niemand hörte ihn.

Victor Rodemer Senior klopfte sich den Staub vom Mantel und sah zurück zum Spiegel. Er hatte es tatsächlich geschafft, in die Freiheit zu gelangen!

Ist dieser Nichtsnutz wirklich mein Sohn?, dachte er. *Hätte ich geahnt, was aus ihm werden würde … ich hätte schon viel früher andere Seiten aufgezogen …*

Wie auch immer. Victor Senior konnte ein Grinsen nicht unterdrücken, als sein verdutzter Sohn nun von innen gegen den Spiegel klopfte. *Ja, jetzt sieht der kleine Dummkopf, wie es sich anfühlt, wenn man eingesperrt ist und der Einzige, der etwas dagegen unternehmen kann, nichts, aber auch gar nichts begreift!*

Sein Blick fiel auf den ausgestopften Raben, den Victor ständig mit sich herumschleppte. Höhnisch sah er noch einmal zu seinem Sohn, der immer noch bettelte, freigelassen zu werden, dann gab er dem muffigen Raben einen Schubs und beförderte ihn damit vom Tisch. Ja, er war nun frei und konnte endlich tun, was er wollte. Und nie wieder würde er sich so lange einsperren lassen, nie wieder!

Er überlegte kurz. Dass diese Kinder, die jetzt hier lebten und die er durch die Spiegel beobachtet hatte, etwas mit seiner Befreiung zu tun hatten, und nicht sein unfähiger Sohn, lag auf der Hand. Also erst einmal nach oben, hinaus aus diesem dumpfen Kellerloch.

Sorgfältig schloss er die Kellertür hinter sich ab. Das Geheimnis um den Spiegel sollte niemand entdecken!

In Victor Juniors – nein, seinem eigenen! – Büro machte er Zwischenstation. Wie unaufgeräumt es hier aussah!

„Was hat er nur aus meinem Büro gemacht!“, knurrte er. Überall diese grässlichen ausgestopften Tiere, die nichts weiter waren als Staub- und Schmutzfänger! Im Regal lauter Gläser mit in Alkohol und Formaldehyd eingelegten Tieren. Ein toter Schwan hing unter der Decke, ein ausgestopftes Frettchen stand neben dem Telefon auf dem Schreibtisch.

Missbilligend schüttelte Victor Senior den Kopf. „Ich habe es immer gewusst, wenn man der Unordnung und dem Schmutz keinen Einhalt gebietet, dann entsteht Chaos."

Angewidert verließ er den Raum. Er musste das Zimmer dieser Delia finden. Sie hatte von einem Geheimnis und einem ägyptischen Grab gesprochen, also würde er dort sicher irgendwelche Hinweise finden.

Und tatsächlich, schon nach kurzer Zeit wurde er fündig. Nicht weit vom Badezimmer entfernt, wo er Delia und ihre Freundin Nina belauscht hatte, war auch ihr Zimmer. Schon beim ersten Blick, nachdem er die Tür geöffnet hatte, war ihm klar, dass er am richtigen Ort war. Eine Hälfte des Mädchenzimmers war komplett in Pinktönen gehalten. Auf dem Bett mit dem rosafarbenen Überwurf lag ein rosafarbenes Kleid. Das musste Delia gehören. Er wollte unbedingt wissen, wo sich dieses Modepüppchen in letzter Zeit aufgehalten hatte!

Schnell riss er Überwurf, Steppdecke und Kissen zurück, um die Matratze anheben zu können. Und tatsächlich, auf dem Lattenrost lag, wonach er suchte: Er hob einen Pass mitsamt Flugticket auf und betrachtete ihn genauer. Delia Seefeld hieß sie also. Aha, und das Flugticket war auf vier Leute ausgestellt. *Die Kinder heutzutage haben viel zu viel Geld!*, dachte er.

Dann fiel sein Blick auf einen aktuellen Eintrag. Hatten die Mädchen nicht gesagt, Delia sei in Thailand gewesen? Das lag doch in Asien! Und das hier waren eindeutig arabische Schriftzeichen!

Victor Senior betrachtete den Stempel genauer. *Die Gören waren tatsächlich in Ägypten und wollen es geheim halten,* dachte er und runzelte die Stirn.

Im selben Moment kamen Schritte den Flur entlang.

Erschrocken sah Victor Senior sich um. Der Schrank! Er riss hastig die Tür auf und versteckte sich zwischen den nach süßem Parfum duftenden Mädchenkleidern. Ihn schauderte. *Wenn ich hier das Sagen hätte,* ging es ihm durch den Kopf, *würde ich als Erstes diese Gören aus dem Haus werfen!*

Er lauschte. Die Schritte waren verklungen. Konnte er jetzt wieder ...?

Plötzlich öffnete sich knarrend die Zimmertür. *Sind diese widerlichen Kinder etwa nicht in der Schule!? Bestimmt schwänzen sie, wie das bei der Jugend von heute so üblich ist!*

„Victor?", erklang überraschend eine freundliche Stimme. „Du warst die ganze Nacht im Keller. Möchtest du nicht eine schöne Tasse Kaffee haben?"

Das war mit Sicherheit Rosie, diese lästige Haushälterin, von der sein Sohn des Öfteren sprach, kein Zweifel. Eine alberne Person, immer viel zu bunt angezogen und viel zu laut. Und natürlich mischte sie sich in ihrem Drang, sich um alles zu kümmern, in Dinge ein, die sie nichts angingen. Am liebsten wäre er ...

Aber da brummelte Rosie schon wieder vor sich hin. „Komisch. Ich dachte, er wäre hier drin. Wie man sich täuschen kann!", sagte sie, verließ das Zimmer und schloss hinter sich die Tür.

Victor Senior schaute vorsichtig aus dem Schrank. Zum Glück, sie war weg!

Ärgerlich wischte er sich einen Kleiderärmel aus weißem Tüll mit rosa Schleifen aus dem Gesicht und schob ihn in den Schrank zurück. Der Blick auf das Kleid brachte ihn allerdings auf eine Idee.

Ja. So würde sich diese Delia in Zukunft zuverlässiger beobachten lassen!

Und dann fand er sicher auch heraus, warum diese Kinder, die im Haus eines Ägyptologen lebten, heimlich nach Ägypten gefahren waren ...!

„Und? Hast du es?“ Die Stimme klang heiser und so, als hätte der Sprecher große Schwierigkeiten beim Atmen.

Beruhigend kümmerte sich der Helfer um die Gestalt, die verloren in den weißen Laken lag, und legte die Hand auf die heiße Stirn. „Ganz ruhig, alles wird gut.“

„Ich bin nicht ruhig!“, krächzte die Stimme wieder. Man hörte, wie viel Anstrengung das Sprechen kostete. „Hier geht es um das ewige Leben, verstehst du?“

„Ja, ich weiß. Niemand hat bisher mitbekommen, dass ich das Haus Anubis im Blick habe, keine Sorge.“

„Es geht um alles!“, stöhnte die Gestalt im Krankenbett. „Wenn du versagst, dann ist das nicht nur mein Ende, sondern auch deines!“

„So weit wird es nicht kommen.“

„Du musst an eines von den Kindern heran! Weißt du schon welches? Was ist mit Nina Martens?“

Beruhigend tätschelte der geheimnisvolle Helfer die Hand der kranken Gestalt. „Ich werde es genau vorbereiten."

Die Atmung der kranken Gestalt wurde etwas gleichmäßiger. „Das ewige Leben. Ich muss es haben ..." Die letzten Worte waren kaum noch zu verstehen.

Der Mann, der den Kranken versorgte, nickte langsam. „Du kannst dich auf mich verlassen. Ich werde dich nicht im Stich lassen."

5
MEINE SACHEN, DEINE SACHEN

Da hämmerte etwas.

War das oben an der Kellertür oder in seinem Kopf? Victor zuckte zusammen und verschob die Beantwortung der Frage auf einen Zeitpunkt, an dem sein Kopf nicht mehr so furchtbar schmerzte wie im Moment!

Vorsichtig versuchte er zu blinzeln. War er wirklich in seinem Kellerlabor? Er rieb sich die Augen, aber da war keine angelaufene Glasscheibe mehr zwischen ihm und den Glaskolben und Bunsenbrennern auf dem Arbeitstisch. Und Corvuz war auf den Boden gefallen.

Mit einem Mal fiel Victor alles wieder ein. Sein eigener Vater hatte ihn hinter einen Spiegel gesperrt – und Corvuz misshandelt! Was für ein schrecklicher Traum. Das konnte nur der Stress sein, den er ständig mit diesen elenden Kindern hatte. Man konnte sich auf nichts mehr konzentrieren!

Er stand auf und ächzte. Der schreckliche Lärm, das Klopfen an der Tür, sie waren immer noch da, und irgendjemand rief schrill seinen Namen.

Nein, das war mit Sicherheit keine Einbildung, das war eindeutig Rosie. Hatte er denn keinen einzigen Moment Ruhe vor ihr?

„Victor! Victor! Nun sag endlich was! Ist alles in Ordnung mit dir? Victor!“

„Herr Rodemer!“

„Sind Sie da drin?“

Nun hämmerten sie schon zu dritt!

Vorsichtig hob er den zu Boden gefallenen Raben auf und untersuchte ihn sorgfältig. Das Gefieder schien etwas struppiger als sonst, aber Victor strich es glatt. Dann klemmte er sich den ausgestopften Vogel unter den Arm und marschierte die Treppe hinauf, um zornig die Tür aufzureißen. „Was soll denn dieser Lärm?“

Auch wenn sein Kopf noch so vor Schmerz pochte, hatte er wenigstens die Genugtuung, dass er in drei entsetzte und erschrockene Gesichter sehen durfte.

Rosie fand als Erste die Sprache wieder. Sie hatte gerade versucht, ihren Mopp als Rammbock zu benutzen, als er die Tür geöffnet hatte. „Aber Victor!“, sagte sie vorwurfsvoll.

Doch Luzy unterbrach sie. „Rosie sagte, Sie haben Kopfschmerzen!“

„Ja!“, knurrte Victor. „Die habe ich von eurem Geklopfe!“

„Aber Victor!“, sagte Rosie erneut und legte fürsorglich ihren Arm auf seinen. „Du erzählst mir jetzt, was los ist! Du warst oben in den Mädchenzimmern, und danach bist du plötzlich im Keller verschwunden. Und hast dich nicht mehr gerührt!“

Ärgerlich riss Victor sich los. „Lass mich einfach mal in Ruhe!“, schrie er, als auf der Mädchenetage ein grässlicher Schrei ertönte.

Es war Delia!

Luzy war die Erste, die in Delias Zimmer stürmte – und abrupt beim Anblick des unglaublichen Chaos stehen blieb.

„Was ist denn hier los?“, fragte sie irritiert, während auch Lotte und Rosie eintrafen.

Als Letzter schlurfte Victor herein, der Corvuz immer noch fest an sich gedrückt hatte und den Mädchen einen griesgrämigen Blick zuwarf.

„Was soll dieses hysterische Gekreische?“, fragte er ungeduldig, als würde er die Unordnung nicht sehen.

„Meine ganzen Sachen wurden gestohlen!“, jammerte Delia.

„Und was ist das?“ Victor wies mit der freien Hand auf den bunten Berg Klamotten, der sich auf Delias Bett türmte.

Aus Delias Jammermiene wurde ein böses Stirnrunzeln. „Diese hässlichen Sachen?“

Entrüstet stemmte Luzy die Hände in die Hüfte. „Hässlich? Also, ich bitte dich, das sind meine Klamotten. Und überhaupt, was willst du denn mit meinen Sachen?“

„Pah!“, schnaubte Delia. „Du glaubst doch nicht im Ernst, dass ich diesen billigen Kram klauen würde!“

„Und wie kommen sie dann bitteschön hierher?“, fragte

Luzy wütend. Wollte Delia sie vor all den andern auf den Arm nehmen?

Delia zuckte mit den Achseln.

Plötzlich kam ihr und Luzy mit einem Schlag die gleiche Idee: *Victor*.

„Und warum seht ihr mich jetzt so an?“, fragte der Hausverwalter entnervt, als er die Blicke der Mädchen auf sich spürte.

Luzy war entsetzt. Sie packte Lotte am Arm und zog sie in ihr eigenes Zimmer. Sie hörte kaum, wie Rosie hinter ihr Victor zur Rede stellte. Es war ja nichts Neues, dass er die Zimmer durchwühlte. Dass er dabei allerdings ein derartiges Chaos anrichtete, war noch nie vorgekommen. Und richtig, als sie und Lotte in ihrem Zimmer ankamen, fand Luzy auf ihrem Bett ebenfalls einen großen Berg Klamotten vor. Über allem lag eine Decke mit einem afrikanischem Muster. Und die gehörte eindeutig nicht ihr!

„Ist das ein schlechter Scherz?“, rief Luzy zornig und wusste selbst nicht, wem sie diese Frage stellte.

„Sind das deine Sachen?“, wollte Victor wissen und schaute drohend zu Delia, die verzweifelt auf den Kleiderberg sah und den Kopf schüttelte.

„Das sind Maras Sachen“, erklärte Lotte.

Nun hatte Luzy genug. Sie wollte endlich wissen, was los war! „Herr Rodemer, was soll das?“ Sie sah den Hausverwalter direkt an. War er wirklich ein wenig unsicher oder schien ihr das nur so? Da war auch ein unmerkliches Zögern, bevor er antwortete.

„Das ist eine neue Zimmereinteilung", verkündete er.

Luzy konnte es kaum fassen. „Kommt gar nicht infrage! Ich bleib bei Lotte im Zimmer!"

„Nichts da", bestimmte Victor. „So ist es eben. Gewöhnt euch einfach daran."

„Und ... äh ... wo bitteschön sind eigentlich meine Sachen?", wollte Delia wissen. Sie klang, als würde sie gleich losheulen.

Victor antwortete nicht sofort.

Es war Luzy, die die richtigen Schlussfolgerungen zog. „Aber wenn meine Sachen bei Nina ... und Maras Sachen hier sind, dann ..."

Delias Augen weiteten sich panisch. „... dann muss ich auf den Dachboden!?", schluchzte sie auf. „Oh nein, bitte nicht, das überlebe ich nicht!"

Rosie kam herbeigeeilt und nahm sie tröstend in den Arm.

„Victor, wieso reißt du die Mädchen auseinander?", fragte sie vorwurfsvoll.

Doch Victor ließ sich nicht erweichen. „Ihr könnt flehen, so viel ihr wollt!", knurrte er. „Aber mein Wille ist Gesetz in diesem Haus! Ich bin hier der Boss. Und nun lasst mich in Ruhe!" Damit drehte er sich um und wollte gehen.

„Nein", schrie Luzy. Sie wollte das einfach nicht akzeptieren!

„Victor, geht es dir wirklich gut?", fragte Rosie besorgt hinter ihm her. Aber auch sie bekam keine Antwort.

Rosie seufzte. „Na, kommt erst mal mit nach unten. Ich mache euch Pfannkuchen zum Abendbrot, danach sieht die Welt schon ganz anders aus!"

Sie strich Delia tröstend über die Wange und huschte hinunter in die Küche.

Luzy, Lotte und Delia folgten ihr langsam.

„Ich weiß wirklich nicht, was das soll!", heulte Delia niedergeschlagen. „Womit hab ich eigentlich verdient, auf den Dachboden zu kommen?"

Luzy blieb am Fuß der Treppe stehen und fuhr zu Delia herum. „Das weißt du ganz genau!", zischte sie. „Victor hat alles durchschaut, und deshalb reißt er uns auseinander. Wärt ihr doch nur vorsichtiger gewesen!"

„Sorry mal grade!", protestierte Delia. „Ich bin ja wohl viel schlechter dran als ihr!"

„Wieso?", entgegnete Luzy.

Plötzlich fuhren die beiden Streithähne auseinander. Denn in diesem Moment waren Mara, Nina und Daniel hereingekommen.

„Victor hat die Zimmer getauscht!", stieß Luzy wütend hervor.

„Und ich muss auf dem unheimlichen Dachboden schlafen!", heulte Delia.

„Aber ich habe doch gar nichts dagegen, weiter auf dem Dachboden zu schlafen", sagte Mara verständnislos.

„Ich schon!", heulte Delia. „Nur Victor interessiert das überhaupt nicht. Und jetzt schläfst du bei Lotte und Luzy bei Nina. Und ich allein!"

„Und wer daran schuld ist, könnt ihr euch wohl denken!", motzte Luzy. Delias Mitleidstour ging ihr auf die Nerven. „Das ist einfach nur gemein!"

„Wir finden das mindestens genauso gemein!“, sagte Delia. „Als ob du nichts damit zu tun hättest!“

„Davon hab ich in letzter Zeit aber wenig gemerkt!“, konterte Luzy. So weit kam es noch. Sie hatte mit den neuerlichen Geheimnistuereien des Clubs wohl kaum etwas zu tun!

„Luzy, sie können doch nichts dafür!“, versuchte Lotte zu beschwichtigen. „Das ist einfach eine total bescheuerte Victor-Aktion.“

Luzy hörte gar nicht zu, sie kam nun erst richtig in Fahrt. „Warum tut ihr alle so unschuldig? Ihr wisst genau, wovon ich spreche!“

„Hui, das ist ja eine Bombenstimmung hier!“, witzelte Felix, der gerade hereingestürmt kam.

Luzy schnitt ihm eine Grimasse. Felix mit seinen Sprüchen hatte ihr gerade noch gefehlt! Sie holte tief Luft, um etwas zu sagen.

„Luzy, aus!“, fiel Lotte ihr plötzlich ins Wort.

Luzy fuhr herum, aber Lotte sah sie streng an.

„Ja!“, meinte Felix begeistert. „Luzy, sitz!“

Luzy streckte ihm die Zunge heraus und verschränkte die Arme. „Ich bin ja mal neugierig, wie dein Zimmer aussieht!“, meinte sie giftig.

Das saß. Es war kaum zu fassen, wie schnell Felix von der Bildfläche verschwand. War sein Zimmer vielleicht auch durchsucht?

Daniel schloss sich ihm an.

Luzy war so böse, dass sie den beiden beinahe wünschte,

Victor hätte auch ihr Zimmer verwüstet und getauscht. Aber die Schadenfreude hielt nicht lange an, denn nun beschimpfte jeder jeden, jeder beklagte sich über alles, und ein schrecklicher Lärm entstand.

„Moment!", schrie Delia plötzlich. Schlagartig waren alle still. „Ich habe eine Idee. Ein Anruf, und alles ist, wie es war!"

Überrascht starrten alle Delia hinterher, die die Treppe hinauf in Victors Büro rannte ...

Hervorragend! Victor war nicht in seinem Büro.

Hastig schloss Delia hinter sich die Tür und drehte an der Wählscheibe des altmodischen Telefonapparats. Eine Nummer, die sie auswendig kannte. Sie war stolz auf sich und ihren guten Einfall! Bald würde wieder alles beim Alten sein, und sie würde nicht auf dem unheimlichen Dachboden schlafen müssen! Schon der Gedanke jagte ihr einen Schauder nach dem anderen den Rücken hinunter.

Als sie die Stimme ihres Vaters hörte, leuchtete ihr Gesicht auf. „Hallo, Papi! Ich hab dich so vermisst! ... Ja, du musst mir unbedingt helfen. Victor dreht völlig am Rad! Er hat alle Zimmer durcheinandergebracht, und stell dir vor: Nina und ich ..."

Delia hielt einen Moment inne. Warum klang ihr Vater eigentlich so streng und wollte ausgerechnet jetzt wissen, was sie in Ägypten zu suchen hatte!

Das Lächeln verschwand von ihrem Gesicht. Sie hatte doch ein ganz anderes Problem!

„Aber woher weißt du das?“ Sie war entrüstet.

Ihr Vater war allerdings noch lange nicht fertig.

Fassungslos lauschte Delia der Strafpredigt, die er vom Stapel ließ: „Victor war so freundlich, mich darüber in Kenntnis zu setzen, was du so treibst. Ich habe dich ein bisschen verantwortungsbewusster eingeschätzt, Delia. Ich habe dich nicht auf ein Internat geschickt, damit du mein Geld ausgibst. Und Victor bin ich sehr dankbar, dass er Maßnahmen ergreift, denn offensichtlich brauchst du die noch. Du wirst deine Reisekosten bis auf den letzten Cent zurückbezahlen. Und das Taschengeld für das nächste halbe Jahr kannst du komplett vergessen.“

Delia wollte ihren Ohren nicht trauen. *Sechs Monate kein Taschengeld?*

„Nein, Papi, das kannst du mir nicht antun!“, schluchzte sie.“

Aber ihr Vater hatte genug gehört. „Und ob ich das kann. Ich muss los, Delia. Ich habe einen wichtigen Termin.“ Es klackte im Hörer.

Entsetzt starrte Delia auf den Hörer, aus dem nun das Freizeichen ertönte. Ihr Vater hatte aufgelegt! Er war stinksauer.

Delia kannte ihn gut genug, um zu wissen, dass er es ernst meinte und tun würde, was er ihr angedroht hatte. Und dabei war sie noch nicht einmal so weit gekommen, ihm zu erklären, dass Victor sie von Nina fortreißen und allein in die Dachkammer stecken wollte.

Zögernd legte sie den Hörer auf die Gabel. Sie überlegte kurz, ob sie ihren Vater noch einmal anrufen und ihm alles erklären sollte. Aber vielleicht war es besser, bis zum Abend zu warten, wenn er aus seinen Sitzungen wieder nach Hause gekommen war. Bis dahin hatte er bestimmt schon etwas über die Sache nachgedacht und war zu der Einsicht gekommen, dass er seine einzige Tochter nicht so hart bestrafen konnte!

In diesem Moment ging die Tür auf.

„Was machst du in meinem Büro?“ Victors Stimme klang zornig.

Delia schwieg und warf noch einen letzten Blick aufs Telefon. Dann würde sie es eben heute Abend noch einmal zu Hause versuchen! Mit hoch erhobenem Kopf ging sie an Victor vorbei, ohne ihn und den widerlichen ausgestopften Raben, den er immer noch im Arm hatte, eines Blickes zu würdigen.

Die Kiste!

Felix war nach Luzys Ansage sofort in sein Zimmer gestürzt. Eilig kniete er sich nun vor sein Bett und schlug die Tagesdecke hoch.

Ihm fiel ein Stein von Herzen. Da war sie! Und scheinbar ganz unberührt – wie er sie zurückgelassen hatte. Er zog die Kiste hervor, stellte sie auf dem Bett ab und überlegte, ob er sie öffnen sollte. Die kostbaren Horusaugen, den Brief, die Karte. Und das in Pergament gewickelte Päckchen mit dem Zeichen des Todesgottes Seth. Sollte er das wirklich alles auspacken?

Noch während er überlegte, klopfte es an der Tür. Er hatte

gerade noch Zeit, den Deckel der Kiste zuzuschlagen und die Tagesdecke darüberzuwerfen.

Daniel streckte seinen Kopf zur Tür herein. „Ist bei euch alles okay?“, fragte er.

„Ja, ja, alles bestens. Und bei dir und Kaya?“

Daniel verdrehte die Augen. „Victor war nur oben bei den Mädchen. Wir haben echt Glück gehabt.“

Felix schloss für einen Moment die Augen. „Das kannst du laut sagen!“ Da war der Kelch gerade noch einmal an ihm vorübergegangen!

„Wir können uns nicht mehr in Ninas Zimmer treffen“, sagte Daniel.

Felix nickte heftig. Er fühlte sich überhaupt nicht wohl dabei, etwas vor Daniel und den anderen Sibunas zu verheimlichen – und auch noch etwas so Wichtiges, dass sogar die Zimmer der Mädchen durchwühlt worden waren. Felix hatte ein schlechtes Gewissen. Er war wohl wirklich an allem schuld. Wenn er die Kiste nicht mitgenommen hätte ...

„Heute Abend Clubversammlung bei dir?“, unterbrach Daniel seine Gedanken.

Felix nickte erneut. „Okay. Super-Felix besorgt schon mal die Süßigkeiten!“

Daniel musste grinsen und verschwand.

Felix wartete ab, bis die Tür endgültig ins Schloss gefallen war, dann schlug er die Decke zurück und nahm sich die Kiste noch einmal vor. Er starrte die Kette mit den Horusaugen, die Papiere und das Paket nachdenklich an.

Schließlich fasste er einen Entschluss.

Später, bei der Clubversammlung, würde er seinen Freunden gestehen, dass er die Kiste mitgenommen hatte, obwohl abgesprochen war, sie im Grab der Amneris zu belassen.

Entschlossen schob Felix die Kiste unter das Bett und fühlte sich gleich viel besser.

6
SARAHS BITTE

„Sechs Monate lang kein Taschengeld!“, jammerte Delia im Kreis der Sibunas. Alle vier hatten sich bei Kerzenlicht in Felix’ Zimmer versammelt.

Delia war untröstlich, sie saß in einem Meer von zusammengeknüllten Taschentüchern. Seit dem Nachmittag hatte sie nicht mehr aufgehört zu weinen, und Felix erwischte sich bei dem Gedanken, sie in den Arm nehmen zu wollen, um sie zu trösten. Er konnte nur hoffen, dass Nina und Daniel ihm diesen Wunsch nicht von den Augen ablasen! Das wäre ganz schön peinlich gewesen!

„Stellt euch vor: sechs Monate!“ Delia schluchzte pausenlos und schnaubte laut in ihr Taschentuch.

Gerne hätte Felix ihr die Hand gereicht, aber er traute sich nicht und gab ihr stattdessen ein neues Taschentuch.

„Ich will nicht auf den Dachboden!“, wimmerte Delia. „Da gibt es Geister!“

Nina tätschelte der Freundin die Schulter. „Nein! Die sind nicht mehr da“, meinte sie tröstend. Doch es half nichts.

„Trotzdem!“, heulte Delia in ihr Tuch, knüllte es zusammen und warf es achtlos auf den stetig wachsenden Berg von weißen Knäueln.

Felix zupfte ein weiteres Tuch aus der Box und hielt es ihr hin.

„Was hat das Leben denn jetzt noch für einen Sinn?“, schnüffelte Delia herzerweichend. „Ich bin ein armer Schlucker und muss in der Pause um mein Brot betteln!“ Dieser furchtbare Gedanke gab ihr den Rest und ließ sie erneut aufschluchzen.

Nina seufzte und wandte sich an Daniel. „Wenn Victor Delias Vater informiert hat, was weiß er dann noch?“, fragte sie besorgt.

Felix schluckte und vergaß Delia für einen Moment. Vielleicht bedeutete die Tatsache, dass der Hausverwalter die Zimmer der Jungen noch nicht durchsucht hatte, nur einen Aufschub. Die Kiste war auf keinen Fall sicher!

Er warf einen verstohlenen Blick unter sein Bett und erschrak. Jeder konnte das Ding sehen! Rasch zog er seine Tagesdecke ein Stück tiefer, damit sie verdeckt war.

Aber auch Daniel schien beunruhigt. „Du meinst, außer der Tatsache, dass wir in Ägypten waren?“

„Er kann überhaupt nicht wissen, was wir da gemacht haben, oder?“, fragte Nina.

Ratlos zuckte Daniel mit den Achseln.

„Wir müssen vorsichtig sein!“, gab Nina zu bedenken.

Felix schnaubte. „Da sagst du was!“ Er nahm sich vor, seine Kiste noch besser im Auge zu behalten.

„Victor führt irgendetwas im Schilde!“, überlegte Nina weiter.

„Warum nur haben wir die Kiste nicht mitgenommen!“, ärgerte sich Daniel. „Dann könnte ich die Hieroglyphen auf dem Brief entziffern! Und was war das überhaupt für eine Karte?“

Resigniert schüttelte Nina den Kopf. „Das finden wir niemals heraus.“

Das war das Stichwort. Und der passende Moment, um den Freunden zu beichten, dass er die Kiste mitgenommen hatte, obwohl Nina dagegen gewesen war!

Felix holte einmal tief Luft, danach begann er zu erzählen. „Leute“, sagte er mit erstickter Stimme. „Ich glaube, ich muss euch was sagen ...“

Aber Delia fiel ihm ins Wort. „O Gott!“, schrie sie plötzlich auf, als sei ihr ein neuer, fürchterlicher Gedanke gekommen. „Ich muss in Zukunft Secondhandklamotten tragen! Ich werde ein Penner, und niemand wird sich mehr nach mir umdrehen!“ Sie weinte lauter denn je und schnaubte einmal mehr kräftig in ihr Taschentuch.

Nina nahm sie in die Arme und murmelte ihr tröstende Worte ins Ohr.

Sogar Daniel hatte ein wenig Mitleid.

Nur Felix wäre ihr in diesem Moment am liebsten an den Hals gesprungen.

Nina verkroch sich trübsinnig unter ihrer Decke.

Das war eine Clubsitzung gewesen, die sie so ratlos verlassen hatte, wie sie hineingegangen war. Sie hatte so sehr gehofft, dass alles vorbei war! Wozu waren sie eigentlich nach Ägypten gefahren? Für umsonst? Immer noch hatten sie Victor gegen sich, immer noch geschahen seltsame Dinge im Haus. Das konnte doch alles nicht sein!

Ständig überlegte sie, was sie falsch gemacht hatten. Sie setzte sich auf und schaute zu Delias Bett.

Was war denn das? Wo war das weiße Netz? Und warum war Delias Bettbezug auf einmal schwarz-rot?

Dann fiel es ihr wieder ein. Ab heute schlief Luzy ja bei ihr – und Delia auf dem Dachboden.

Nina seufzte und kroch zurück unter ihre Decke. Luzy gehörte zwar offiziell noch zum Club, aber sie hatte selbst gesagt, es sei besser, sie nicht mehr ins Vertrauen zu ziehen. Zu groß war die Gefahr, dass sie sich bei ihrer besten Freundin Charlotte verplapperte. Und die war alles andere als dumm, hatte schnell eins und eins zusammengezählt.

Das war Nina bewusst. Ihre Gedanken wirbelten durcheinander. Was sollte sie tun? Beinahe wünschte sie ...

„*Nina*“, unterbrach jemand ihre Überlegungen.

Nina erschrak bis ins Mark. Die Stimme war zittrig und hallte wie in einem riesigen Kirchenschiff. Sie hielt sich die Ohren zu.

„*Nina!*“

Sie wagte kaum, die Decke zurückzuschlagen.

„*Nina! Lass mich nicht allein! Bitte!*“

Mit weit aufgerissenen Augen starrte Nina in die Dunkelheit. Da, an der Tür, da war doch ein Schatten. Und Delia hatte sich beschwert, es wäre so unheimlich auf dem Dachboden!

„Nina! Ich brauche dich mehr denn je!“

„Sarah?“ Nina sah genauer hin.

Da stand tatsächlich Sarah Winnsbrügge-Westerling! In einem geisterhaften Nachtgewand!

„Sarah, bist du das?“

„Nina ... du musst mir helfen! Es ist noch lange nicht vorbei!“

Nina schlug die Decke zurück und tapste barfuß zu Sarah. Die blasse Geistergestalt wich nicht zurück. Seltsam starr sah sie aus.

Nina schauderte. Ihr war kalt. Das Gespenst hob einen Finger und winkte damit, als wolle es Nina damit noch näher heranlocken.

Aber Nina blieb steif stehen. Was wollte Sarah nur von ihr? Hastig wandte sie sich um und sprang wieder in ihr Bett.

„Nina ...“

Jetzt war die Stimme des Gespenstes nur noch wie aus weiter Ferne zu hören. Ein eisiger Windhauch strich über Nina hinweg wie Spinnweben ... oder war das der Geist?

Sie rang nach Luft und stellte fest, dass sie aufrecht im Bett saß.

„Nina? Was ist denn los?“ Das war Luzy, die aufgewacht war und die kleine Lampe an ihrem Bett anknipste. Plötzlich erhellte orangefarbenes Licht das Zimmer.

Und Sarahs Geist war verschwunden.

„Hast du schlecht geträumt?“

„Hast du ... hast du das gehört?“

„Du hast geschrien“, erklärte Luzy ein wenig ungeduldig. „Passiert dir das öfter?“

Nina schluckte. Auf einmal erschien ihr der Gedanke, dass Sarah ihr im Traum erschienen sein sollte, ziemlich albern. Sie war doch nicht Delia!

Nina atmete tief durch.

„Na, dann gute Nacht!“, knurrte Luzy, löschte das Licht und drehte sich demonstrativ auf die andere Seite.

Nina starrte noch lange in die Dunkelheit.

„He, Nina, was ist los?“ Daniel legte seiner Freundin fürsorglich ein halbes Brötchen mit Erdnussbutter auf den Teller. So still und geistesabwesend kannte er sie überhaupt nicht!

„Das kann auch nur ein Junge fragen“, lästerte Delia. „Schon mal dran gedacht, dass man einfach nur müde ist?“

„Na“, gab Daniel zurück. „Du hast ja wohl auch nicht so toll geschlafen, oder?“

Delia zog eine Grimasse und sah zu Nina, die immer noch Löcher in die Luft starrte.

„Nina? Was ist los?“, fragte sie jetzt auch.

Nina schien die Antwort schwerzufallen. Sie schob das Brötchen, das Daniel so liebevoll für sie zubereitet hatte, auf dem Teller hin und her. „Ich hatte einen Albtraum“, sagte sie schließlich halblaut. Dabei sah sie Felix, Nina und Daniel schuldbewusst an.

„Von mir?“, fragte Felix.

Delia rümpfte die Nase. „Wieso von dir?“

Felix strich mit gespieltem Selbstbewusstsein seine dunklen Locken zurück. „Na, Super-Felix kann ganz schön gruselig sein.“

„Pah“, schnaubte Delia. „Felix ist nicht gruselig, sondern bekloppt!“

Nina achtete nicht auf das Geplänkel der beiden. „Ich hab von Sarah geträumt. Sie sagte, es sei noch nicht vorbei! Sie schrie um Hilfe!“

Daniel sah sie mit offenem Mund an. „Das Streichholz-SOS!“

Delia verzog das Gesicht. „Es fängt doch hoffentlich nicht wieder an zu spuken, oder?“

„Keine Ahnung. Aber ich versteh es auch nicht“, sagte Nina. „Es war eigentlich alles vorbei!“

Daniel nickte. „Das war es auch. Wir haben alle Aufgaben gelöst! Aber vielleicht haben wir etwas falsch gemacht?“

Nina sah ihn ratlos an. „Vielleicht.“

Felix wurde blass. Schuldbewusst zerrte er am Kragen seines T-Shirts.

Daniel staunte. Was war denn mit seinem Freund los?

Delia runzelte die Stirn. „Alles gut bei dir?“

Er nickte hastig. „Mir ist nur warm.“ Hastig begann er, sich mit einer Brotscheibe Kühlung zuzufächeln.

In diesem Moment kamen die anderen Hausbewohner herein. Daniel bemerkte gar nicht, dass Felix aufstand und schnell verschwand.

Für Felix war es der längste Schultag seines Lebens. Nicht nur, weil er sein schlechtes Gewissen bezüglich der Kiste kaum beruhigen konnte. Es standen auch die langweiligsten Fächer aller Zeiten auf dem Stundenplan: Physik, Deutsch und Geschichte! Mit ellenlangen Vorträgen von Herrn Altrichter über radioaktive Strahlung, Frau Engels (oder hieß sie seit ihrer Hochzeit nun Altrichter?) endlosen Ausführungen über Hermann Hesses *Glasperlenspiel* und im Geschichtsunterricht, den neuerdings auch Frau Engel übernommen hatte, über *Verrat im Laufe der Zeit* anhand der Fälle Brutus, Judas und General Wallenstein.

Felix war sich selbst wie ein Verräter vorgekommen, als er von Frau Engel die Geschichte dieser Männer hörte.

Eigentlich befand er sich ja in bester Gesellschaft, aber das tröstete ihn nicht. Schweigend trottete er hinter den anderen schließlich in die Eingangshalle des Hauses Anubis. Weder Delias Gejammer darüber, dass sie heute wieder ganz allein auf dem Dachboden würde schlafen müssen, konnte ihn aus seiner Lethargie reißen, noch Rosies Spezialsoße für Spaghetti und den mit Käse gefüllten Hackbällchen.

Er hatte auch keine Lust, mit den anderen Clubmitgliedern weiter darüber zu diskutieren, was sie wohl bei der Rückgabe des Grals falsch gemacht hatten, und so verabschiedete er sich früher als sonst ins Bett und versuchte, die fragenden Blicke der anderen zu ignorieren.

Zurück in seinem Zimmer zog er die Kiste mit dem geheimnisvollen Inhalt unter dem Bett hervor. Glücklicherweise hatte Victor sie noch nicht gefunden.

Vorsichtig griff er nach der Kette, dem Brief und der Karte und legte sie neben sich auf das Bett. Dann nahm er das in uraltes Pergament eingewickelte Päckchen und betrachtete nachdenklich die darauf zu erkennende Abbildung. Hatte Daniel nicht erwähnt, dass es sich dabei um den ägyptischen Totengott Seth handelte?

„Das ist mir egal!“, sagte er laut und entschlossen. „Ich bin sowieso schon ein Verräter. Jetzt kann ich das Paket auch auswickeln!“ Seine Hände zitterten dennoch, als er das Pergament entfaltete. Schließlich hatte er den Gegenstand, der darin war, von seiner Hülle befreit.

Es war ein Modell eines Hauses. Zwei Etagen, ein Turm mit spitzem Dach, neben dem Turm der Eingang.

Felix staunte. Das war das Haus Anubis!

Er drehte und wendete es. Es war absolut naturgetreu, sogar die Anzahl der Fenster stimmte.

Felix suchte nach dem Fenster seines Zimmers. Da war es, er spähte durch die winzigen Streben, doch es war nichts zu erkennen.

Er ließ das Haus auf seinen Schoß sinken, hob den Kopf und starrte auf das Poster an der Wand, ein Filmplakat von „Die Mumie“.

Wie kam dieses Haus denn in das Grab der Amneris? Hatten die Winnsbrügge-Westerlings es dort gelassen? Und wenn ja, warum?

Auf einmal schepperte es laut. Felix erschrak. Das Haus! Es war ihm aus der Hand gerutscht und von seinen Knien auf den Boden vor dem Bett gefallen.

Doch gerade, als er sich bücken wollte, um nachzusehen, ob es auch keinen Schaden genommen hatte, erbebte der Boden unter seinen Füßen.

„Ich komm nie mehr raus! Und auf dem Dachboden schlaf ich auch nicht mehr!“

Bumm. Die Schranktür fiel wieder zu.

Nina seufzte und warf Daniel einen genervten Blick zu. Delia konnte wirklich anstrengend sein. Vor einer Stunde, kurz nach dem Abendbrot, hatte sie behauptet, die Erde würde beben, war in Panik in den Wohnzimmerschrank gekrochen – angeblich, um sich vor herabfallenden Balken und Steinen zu schützen – und war nicht mehr herausgekommen. Kein gutes Zureden von Rosie, Daniel oder Nina hatte geholfen.

Wobei Nina zugeben musste, das war sicher nur eine weitere von vielen Ausreden, mit denen Delia schon den ganzen Tag versuchte, keine weitere Nacht auf dem Dachboden zu verbringen. Und seinem Gesichtsausdruck nach zu urteilen, sah Daniel das wohl genauso. Aber Nina empfand auch Mitleid. Delia war eine wirklich großzügige und liebenswerte Freundin. So bestraft zu werden, mit Taschengeldentzug und unfreiwilligem Zimmertausch, das hatte sie nicht verdient.

„Na komm schon, Delia. Du kannst doch nicht dein Leben lang im Schrank hocken.“

„Nina hat recht“, sagte Daniel sanft. „Komm raus und erzähl uns genau, was los ist.“

„Nein!“, tönte es aus dem Schrank. „Ich komm nie wieder hier raus! Aber immerhin hat Victor jetzt den Beweis, dass es spukt! Er war dabei, als die Erde bebte! Geschieht ihm recht!“

Erstaunt sahen Nina und Daniel sich an. Sie waren ebenfalls die ganze Zeit im Haus gewesen und hatten nichts gespürt! Und Delia zog ausgerechnet Victor als Zeugen heran? Das musste sie sich ausdenken. Nina suchte noch nach Worten, als die Tür des Schranks mit einem Knall aufging.

„Ihr glaubt mir wohl nicht, was?“, zischte Delia böse. „Aber es ist die volle Wahrheit! Ich wollte gerade mit meinen Sachen in Ninas und mein – in Ninas und Luzys Zimmer, um mich da für eine Nacht einzurichten, als Victor aus dem Bad kam. Er hat mich gefragt, was wir in Ägypten zu suchen hatten. Er meinte sogar, wenn ich's ihm erzähle, würde er meinen Vater anrufen und dafür sorgen, dass ich wieder Taschengeld bekomme und dass die Zimmer zurückgetauscht werden!“

Nina hielt die Luft an. So dicht war Victor ihnen auf der Spur?

Daniel hatte ein ganz anderes Problem. Er runzelte die Stirn. „Du hast ihm doch wohl nichts gesagt, oder, Delia?“

„Spinnst du?“, rief Delia entrüstet. „Glaubst du allen Ernstes, ich würde den Club verraten? Du hast sie wohl nicht mehr alle!“

„'tschuldigung“, beeilte Daniel sich zu sagen. „Tut mir leid. Ich dachte nur ...“

„Denkt, was ihr wollt“, schmollte Delia und zog die

Schranktür zu. „Hier bin ich jedenfalls vor Geistern und Erdbeben sicher!"

In diesem Moment öffnete sich die Zimmertür. Felix schob sich herein. „Ist alles in Ordnung?", fragte er besorgt, als sei gerade eine Katastrophe passiert.

Erneut warfen Daniel und Nina sich einen Blick zu. Warum benahmen sich denn alle so seltsam? Das war doch nicht mehr normal.

„Natürlich ist alles in Ordnung", meinte Daniel irritiert. „Hast du ein Erdbeben gespürt?"

„Felix, bist du das?" Die Schranktür öffnete sich einen Spaltbreit. „Gab es hier ein Erdbeben oder nicht?"

Überrascht sah Felix zu seinen Freunden. Die anderen hatten es also gespürt! Vielleicht würde er nun alles beichten müssen. „Aber das Haus – so schlimm ..." Gerade noch rechtzeitig konnte er sich bremsen. Beinahe hätte er sich verraten!

Er sah Nina und Daniel an, die glücklicherweise nicht mehr auf ihn achteten. Sie hatten sich wieder dem Schrank zugewandt und versuchten mit Engelszungen, Delia daraus hervorzulocken.

Felix seufzte. Irgendwie konnte er Delia verstehen. Der Schreck, den ihm das Haus eingejagt hatte, saß ihm auch noch tief in den Knochen.

Er hockte sich neben Daniels Stuhl auf den Boden.

„Ich hab nichts gemerkt. Vielleicht hat Victor seine neuen Frankensteinschuhe eingelaufen", schlug er vor und versuchte, dabei breit zu grinsen.

Nina sah ihn verwundert an. „Delia geht es nicht gut", erklärte sie ein wenig vorwurfsvoll. „Sie hat ein Erdbeben gespürt, und jetzt hat sie sich im Schrank verkrochen."

Felix schwieg betroffen.

„Wir müssen eine Versammlung abhalten", sagte Nina leise, aber entschlossen. „Wieder bei dir, Felix?"

„Nein", fuhr er auf. „Das geht nicht."

„Warum denn nicht?", wollte Daniel ungeduldig wissen. „Magnus ist doch noch in den Ferien?"

„Aber …" Fieberhaft suchte Felix nach einer Ausrede. Was, wenn sie in seinem Zimmer die Kiste entdeckten? Nicht auszudenken. „Meine … meine 26-teilige Stinkbombensammlung ist auf Magnus' Bett umgekippt. Aus Versehen." Er rümpfte die Nase. „Stinkt bestialisch. Ihr könntet also schon kommen, aber ich würde es nicht tun."

„Dann müssen wir wohl auf den Dachboden", murmelte Nina.

Aus dem Schrank ertönte ein Protestschrei. „Nein! Da geh ich nie wieder hin."

Daniel seufzte und stand auf. „Ich habe Hunger. Ich gehe mir ein Joghurt holen", sagte er.

Nina stand auf, um ihn zu begleiten.

Felix wollte ihnen folgen, doch plötzlich kapierte er es. Die beiden wollten ein wenig allein sein. Das konnte er verstehen. Er blieb vor dem Schrank sitzen.

„Seid ihr noch da?", fragte Delia.

„Ich bin noch da", antwortete Felix geistesabwesend. Er wusste sich kaum einen Rat. Ganz klar, das kleine Haus barg ein Geheimnis. Es spukte wieder, die Erde bebte, und Victor führte etwas im Schilde. Felix war sicher, dass das kleine Haus aus der Kiste etwas damit zu tun hatte, aber es war hoffnungslos. Dem Club konnte er das nicht sagen, andererseits: Wie hätte er das Geheimnis ohne seine Freunde lösen sollen?

Er dachte noch darüber nach, als die Schranktür aufflog.

Strahlend sah Delia ihm ins Gesicht. „Ich hab die Lösung!“, rief sie. „Ich schlafe einfach heute Nacht bei Magnus im Bett!“

Felix fuhr erschrocken zurück. Das war ja noch schlimmer als eine Clubversammlung in seinem Zimmer. Was, wenn die Kiste mit dem Haus aus Versehen umfiel? Am Ende wurde noch jemand verletzt.

„Das geht nicht!“, wehrte er entschieden ab.

Das Lächeln verschwand aus Delias Gesicht. „Wieso nicht?“

„Stinkbombensammlung!“, sagte Felix achselzuckend.

Delia runzelte die Stirn und machte Anstalten, sich erneut im Schrank zu verkriechen. „Schöner Freund!“, schmollte sie.

„Ich weiß was“, sagte Felix, bevor er selbst wusste, was er sagte. „Ich übernachte heute einfach bei dir. Dann bist du auf dem Dachboden nicht allein.“ Für eine Sekunde war er stolz auf sich. Super-Felix würde heute nicht mit der unheimlichen Kiste in einem Zimmer schlafen müssen! Doch im nächsten Moment hätte er sich am liebsten auf die Zunge gebissen. Er mit Delia auf dem Dachboden? Er konnte sich gut vorstellen, was die anderen sagen würden ...

Blieb nur die Hoffnung, dass Delia entrüstet ablehnen würde.

Doch den Gefallen tat sie ihm nicht. „Echt? Das würdest du tun? Aber du musst neben meinem Bett schlafen. Nicht darin."

Felix starrte sie an. Das hatte er nun davon ...

Ein Schrei riss Nina aus dem Schlaf.

Keuchend schreckte sie hoch.

„Was ist denn?" Luzys feuerroter Schopf tauchte unter der Steppdecke hervor. „Hattest du schon wieder einen Albtraum?"

Nina antwortete nicht sofort, sondern versuchte, ihren Atem unter Kontrolle zu bekommen. Schließlich nickte sie, doch plötzlich fiel ihr ein, dass Luzy das wahrscheinlich gar nicht sehen konnte. „Ja ... ja, das hatte ich wohl. Sorry."

Genervt warf Luzy sich auf ihr Kissen. „Wenn das so bleibt, schlaf ich morgen auf dem Flur", knurrte sie lautstark.

Nina wurde böse. „Ich werde dich nicht davon abhalten!" Als ob sie etwas dafürkonnte, dass Sarah Winnsbrügge-Westerling ihr im Traum erschien – sie hatte sie nicht darum gebeten! Jetzt war sie es, die sich ärgerlich in ihr Bett vergrub. Von Luzy war nichts mehr zu hören.

Blöde Kuh.

Nina starrte ratlos in die Dunkelheit. Was wollte Sarah nur von ihr? Wie gestern Abend hatte sie um Hilfe gerufen und gesagt, dass es noch lange nicht vorbei sei. Dann war ihr Bild verschwunden, um einer Erinnerung an die Grabkammer von Amneris Platz zu machen. Dem Sarkophag und der Kiste darin. Die vier Horusaugen, der Brief, die Karte, das geheimnisvolle Päckchen.

Danach war Nina wieder in ihrem Zimmer gewesen, Sarah stand vor ihr und wisperte: *„Du musst die Träne der Isis suchen! Finde sie! Du musst es tun!"* Ihre Stimme schien von weit her zu kommen und hallte wie ein Echo, bis sie schließlich verschwunden war.

Nur der Geist Sarahs stand noch vor Nina und starrte sie mit großen dunklen Augen an. Die absolute Stille war nach der hallenden Stimme noch unheimlicher. Langsam hatte Sarah ihr die Arme entgegengestreckt. Immer näher war sie gekommen, und der Gedanke, sie könne sie berühren, hatte Nina aufschreien lassen.

Nina hatte Angst, einzuschlafen. Was, wenn Sarah ihr erneut erschien?

Sie hatte keine Ahnung, wie sie den Geist zur Ruhe bringen konnte.

7
DAS GEHEIMNISVOLLE HAUS

Felix sah sich in der kleinen Dachkammer um. Eigentlich war es hier ja sehr gemütlich, denn eines musste man Delia lassen: Sie hatte wirklich die Gabe, Dinge zu verschönern. Na ja, gut, das Zimmer sah nun so aus, als würde man alles durch einen rosaroten Farbfilter sehen. Und anstelle eines Paris-Hilton-Posters hätte Felix auch lieber eines von Rihanna aufgehängt. Aber dennoch sah es hier keinesfalls düster und unheimlich aus.

„Ich weiß gar nicht, was du willst“, unterbrach er achtlos Delias aufgeregten Redeschwall und legte den Säbel seines Großvaters, den er vorsichtshalber mitgenommen hatte, neben den Schlafsack. „Ich habe nicht das Gefühl, als würde es spuken!“

„Leise!“, zischte Delia. Sie ließ sich auf ihr Bett fallen und schlüpfte unter die Decke. „Willst du vielleicht, dass Victor uns hört?“

„Ach was, hier oben hört der uns gar nicht“, winkte Felix ab. „Und wenn er kommt, dann ...“ Er nahm den Säbel hoch und holte aus, als sei er Captain Jack Sparrow. Natürlich achtete er dabei nicht auf den Stuhl, der vor Delias Schminktischchen stand, und riss ihn mit lautem Krach um.

„Aaargh! Victor!“, stöhnte er.

Delia sah missbilligend unter der Decke hervor. „Lass den Quatsch, Felix. Wir schlafen jetzt.“

Felix zog die Augenbrauen hoch. Mädchen hatten einfach keinen Sinn für Humor. Doch der Gedanke, heute Nacht allein mit der unheimlichen Kiste in einem Zimmer zu schlafen, wenn Delia es sich doch noch anders überlegte, brachte ihn zum Schweigen.

Also machte er es sich in seinem Schlafsack so bequem wie möglich, als plötzlich ein leises Krachen vor der Tür zu hören war. Oder hatte er sich das nur eingebildet? Delia jedenfalls rührte sich nicht.

Aber da war dieses Geräusch schon wieder!

Felix griff nach dem Heft seines Säbels und schlich sich so leise wie möglich an Delias Bett vorbei.

„Bist du das? Hör doch mal auf damit! Das ist voll unheimlich!“, flüsterte sie ängstlich.

„Das bin ich gar nicht! Vielleicht ist es Victor. Wegen dem Stuhl“, wisperte Felix.

Delia kroch auf ihn zu und packte seinen Arm. Das Knarren war jetzt direkt vor der Tür und verstummte. Delias Umklammerung war so fest, dass es eigentlich hätte wehtun müssen, doch Felix spürte das gar nicht.

Wie gebannt starrten beide auf die Tür, deren Klinke sich langsam nach unten senkte. Felix ließ den Säbel fallen und klammerte sich nun seinerseits an Delia. Das war echt zu gruselig!

Auf einmal sprang die Tür ganz auf. Und herein sprang ein Monster!

„Aaaaaah!“ Felix und Delia schrien auf.

Doch im nächsten Moment erkannte Felix, dass das vermeintliche Monster ebenfalls schrie und erschrocken zurückwich. Und überhaupt, diesen Pulli kannte er doch ...

„Magnus!?“

„Felix! Was ... was machst du denn hier? Wo ist Mara?“

„Die ist unten bei Charlotte!“, antwortete Delia, die sich eilig aus Felix’ Griff befreit hatte.

„Wieso bist du aus deinen Ferien schon wieder da?“, fragte Felix. „Du wolltest doch erst später kommen.“

Magnus ließ die Aztekenmaske fallen, die er sich vors Gesicht gehalten hatte. „Ich wollte Mara überraschen.“ Er sah von Delia zu Felix und rümpfte die Nase. „Wieso ist Mara denn bei Charlotte im Zimmer? Und was macht ihr beide hier oben? Oh nein! Du und ... und Delia!?“

Felix warf Delia einen Blick zu. Der Augenblick, als sie sich an ihn gekuschelt hatte, war eigentlich sehr angenehm gewesen. Aber plötzlich räusperte er sich und tippte sich an die Stirn. „Da küsse ich ja lieber einen Zombie.“

Prompt boxte Delia ihm fest in den Oberarm.

„Aua!“, schrie Felix. „Victor hat die Zimmer getauscht. Jeder schläft irgendwo anders.“

Delia warf ihm noch einen vernichtenden Blick zu. „Jedenfalls die der Mädchen. Bei euch Jungs ist alles gleich geblieben!“

„Na ja“, meinte Magnus. „Wenn das so ist, will ich euch nicht weiter stören. Ich geh in *mein* Bett.“ Er drehte sich um.

„Halt!“ Felix hielt den Atem an. Vorhin hatte er in seinem Schreck die Kiste mit dem Haus und den anderen Sachen unter Magnus' Bett gestopft. Es konnte alles Mögliche passieren, wenn Magnus darüber schlief! Das musste er verhindern.

„Das geht nicht, ich habe Stinkbomben auf dein Bett fallen lassen!“

Magnus verdrehte die Augen.

„Dann schlaf ich eben auch hier!“, verkündete er, zog eine Isomatte und einen Schlafsack aus seinem Gepäck und schob Felix' Schlafsack beiseite.

Felix war nicht begeistert. „Aber jetzt habe ich ja keinen Platz mehr ...“

Doch die beiden anderen waren schon eingeschlafen. Zumindest taten sie so.

Felix grinste und legte sich behutsam zu Delia.

Natürlich mit dem Kopf am Fußende ...

Felix war der Erste, der am nächsten Morgen aufstand. So zu zweit in einem Bett war es doch enger und ungemütlicher, als er sich vorgestellt hatte! Mit Schlaf war es nicht weit her gewesen. An Magnus' Geschnarche hatte er sich ja im Laufe der Jahre gewöhnt, aber Delia schnaufte wie ein Walross und hatte ihn damit immer wieder geweckt.

Während seine beiden Freunde noch schliefen, kletterte Felix vorsichtig über Magnus hinweg zur Tür. Er musste unbedingt die Kiste unter Magnus' Bett hervorholen! Er hatte vor dem Einschlafen überlegt, dass es wohl das Beste war, die Kiste mit in die Schule zu nehmen und dort in seinem Spind zu verstecken. Der war abgeschlossen, und niemand – schon gar nicht Victor! – konnte an die Dinge rankommen.

Nach einer Katzenwäsche im Bad rannte er in sein Zimmer und schloss die Tür hinter sich zu, damit auch Magnus ihn nicht stören konnte. Nun zog er sich hastig ein frisches Kapuzensweatshirt über den Kopf und angelte die Kiste unter Magnus' Bett hervor. Er trug sie zu seinem Bett hinüber und packte das Haus aus dem Pergament. War auch noch alles dran? Er untersuchte es vorsichtig.

Wie echt es aussah! Felix vergaß, dass er es eilig hatte. Fasziniert versuchte er, die winzige Eingangstür aufzumachen. Es war ganz einfach! Danach klappte er die Tür noch ein paar Mal auf und zu.

Auf einmal stolperte Delia ins Zimmer.

Er hatte die Tür doch abgesperrt! Felix war völlig verblüfft. Regungslos blieb er stehen und starrte die fertig angezogene Delia an, als hätte sie sich vor seinen Augen in eine rosafarbene Spinne verwandelt.

„Hey, Felix", grinste sie. „Ich wollte mich noch bedanken für den Super-Felix-Schutz letzte Nacht! Ich hab geschlafen wie ein Murmeltier ..."

Dann stand Delia plötzlich wie angewurzelt da und starrte

auf die Kiste, die Felix gerade in seine Schultasche hatte schieben wollen. „Was hast du denn da?“

„Gar nichts!“, beeilte Felix sich zu sagen und wollte die Decke über seinen Schatz werfen.

Doch Delia ließ nicht locker, schob ihn kurzerhand beiseite und zog die Decke wieder hoch. „Sag mal, was ist denn das?“

„Ein Hamster! Ein mordlustiger Hamster!“, schrie Felix.

Aber Delia hörte gar nicht auf diese alberne Ausrede. „Oh nein! Das ist ja die Kiste aus dem Grabmal! Wie kommt die denn hierher?“

„Na ja ... äh ... ich ...“ Felix fiel absolut nichts mehr ein, was als Entschuldigung hätte dienen können. Glücklicherweise wurde er von herankommenden Schritten aus dem Flur gerettet.

„Felix Gaber!“

Victor! Erschrocken sahen Felix und Delia sich an. Jetzt zerrten sie gemeinsam die Decke über die Kiste auf dem Bett und stellten sich davor – dicht nebeneinander.

Als Victor die Tür aufriss, sah er die beiden misstrauisch an.

„Du mit deinen üblen Scherzen!“, donnerte er. „Du sagst mir augenblicklich, was hier vor sich geht!“

„Ein Erdbeben!“, erklärte Delia und riss die Augen weit auf. „Ein schreckliches Erdbeben!“

„Ein Erdbeben ... aha“, schnaubte Victor ärgerlich. „Darauf wäre ich selbst ja nie gekommen! Hältst du mich für blöd? Ich habe gerade die Eingangstür geölt, da schlug sie einfach zu, und danach ging sie wieder auf. Das wäre wohl das erste Erdbeben, das nur Türen in Bewegung setzt!“

„Wie soll ich denn daran Schuld haben?", begehrte Felix auf. „Ich sitze hier die ganze Zeit nur herum!"

„Stimmt, ich war dabei!", bestätigte Delia und nickte eifrig.

Victor funkelte die beiden wütend an. „Na wartet! Ich komme schon noch dahinter!", rief er böse und ging. Die Tür schlug er hinter sich zu.

Sofort wandte Delia sich zu Felix um. „So, und jetzt erzählst du mir, wie die Kiste hierherkommt!"

Felix bekam richtig Panik. Ihm wurde alles zu viel! Hätte er diese Kiste doch niemals mitgenommen! Die Erde bebte, wenn sie herunterfiel, Türen öffneten sich hier, wenn er an den winzigen Türen des Häuschens herumspielte. Das kleine Haus war verhext! Ihm war egal, was Delia davon hielt – er würde die Kiste nun ein für alle Mal loswerden. Ohne auf Delias eindringliche Worte zu achten, kramte er wie wild auf seinem Schreibtisch herum und fand schließlich ein Feuerzeug. Er zündete es und hielt es an die Kiste. „Wir müssen sie verbrennen! Ins Meer schmeißen geht ja nicht!"

Delia riss ihm das Feuerzeug aus der Hand. „Jetzt werde ich gleich richtig böse!", sagte sie. „Los, raus mit der Sprache!" Vorsichtig schob sie die Kiste beiseite und setzte sich neben Felix, der sich erschöpft aufs Bett hatte fallen lassen.

„Ich war einfach so neugierig", murmelte er schließlich. „Ich wollte unbedingt wissen, was drin ist, als ich die kleine Kiste sah."

„Im Grabmal?"

„Ja, sie sah so spannend aus."

„Und du hast sie einfach so mitgenommen? Obwohl du wusstest dass Nina und Daniel das nicht wollten?“

„Ich weiß ... Felix konnte einfach nicht widerstehen!“ Felix sah nun sehr beschämt aus.

„Also, was ist das für eine Kiste, was ist da drin?“

Felix starrte Delia mit aufgerissenen Augen an. „Voodoo!“, stieß er hervor. „Es ist eine Voodoo-Kiste mit einem ganz kleinen Haus Anubis. Sie ist verflucht!“

Delia starrte ihn verständnislos an. „Ich verstehe nur Bahnhof.“

„Seit ich die Kiste mitgenommen habe, geschehen all diese seltsamen Dinge! Das Streichholz-SOS, das mit der Tür gerade, die Erdbeben und sogar Ninas Träume!“

„Ninas Träume? Die von Sarah? Haben die was mit dem Haus in der Kiste zu tun?“

Felix strich sich hektisch durch die dunklen Locken. „Ich fürchte schon!“

„Das müssen wir unbedingt Nina berichten“, sagte Delia kurz entschlossen und stand auf.

„Nein!“, schrie Felix. Er erhob sich, nahm das Päckchen mit dem Haus und verstaute es vorsichtig in der Holzkiste. „Niemals anfassen! Wir dürfen es nie mehr anfassen.“

„Aber wir müssen es doch genauer untersuchen, damit wir Nina und Daniel etwas darüber erzählen können!“

Erschrocken wandte Felix sich zu Delia. Zu ihrem Entsetzen kniete er vor ihr nieder. „Delia, liebste Delia! Bitte sag nichts, ich flehe dich an! Du darfst niemandem sagen, dass ich die Kiste mitgenommen habe!“

Delia runzelte die Stirn. „Felix, wir müssen. Wir dürfen keine Geheimnisse vor den anderen Clubmitgliedern haben!"

Felix spürte Tränen in den Augen aufsteigen. „Aber ... aber dann wird Nina ganz böse auf Felix, und Felix muss den Club verlassen und ..."

Delia winkte ab. „Nun mal keine Panik", sagte sie.

„Von wegen ruhig, dafür haben wir keine Zeit!", meinte Felix nervös. „Wir müssen die Kiste vergraben!"

Delia schwieg und dachte nach. „Ich weiß etwas Besseres. Hier kann jederzeit jemand reinkommen. Auf dem Dachboden sind wir erst mal sicher." Sie stand auf, ging zur Tür und spähte auf den Gang hinaus. „Keiner da ... Na, was ist? Komm schon!"

Etwas zögerlich packte Felix das Paket mit dem Haus in die Holzkiste und diese in seine Schultasche.

„Na los, mach schon!", kommandierte Delia. „Wir müssen gleich in die Schule." Sie ließ ihn nicht aus den Augen.

Felix blieb nichts übrig, als ihr zu folgen.

Ohne Zwischenfälle kamen beide wieder auf dem Dachboden an. Magnus war bereits auf dem Weg zur Schule.

„So. Nun will ich mir das Haus mal in Ruhe ansehen!", erklärte Delia und nahm Felix die Tasche aus der Hand.

Als er protestieren wollte, winkte sie verächtlich ab.

„Still jetzt!", schnappte sie und machte eine wegwerfende Geste mit der Hand. Vorsichtig hob sie das Haus aus der Kiste, wickelte es aus und betrachtete es neugierig von allen Seiten.

„Da hat sich jemand echt Mühe gegeben!“, sagte sie bewundernd. „Mit Puppenhäusern kenne ich mich aus, damit habe ich schon als kleines Mädchen gespielt!“

„Pass bloß auf!“, warnte Felix. „Das Haus ist verhext!“

Delia rümpfte die Nase. „Blödsinn.“ Sie drehte das Haus in ihren Händen, um sich jedes Detail anzuschauen. Auf einmal wurde es dunkel in der Dachkammer. Delia sah verdutzt zum Fenster. „Wieso ist es denn auf einmal so finster? Es ist doch erst acht Uhr?“

„Du ... du hä... hältst das Dachfenster zu“, stotterte er und wies mit dem Finger auf das Haus.

Verständnislos zog Delia ihre Hand zurück. Sofort wurde es wieder hell.

Die beiden sahen sich an.

„Daniel wird wissen, was wir tun müssen“, erklärte Delia.

„Nein!“, rief Felix. „Wir müssen die Kiste vergraben!“

Auf einmal fuhr Delia herum und starrte auf den großen Spiegel, der am Schrank angebracht war.

Felix folgte ihrem Blick. Doch außer ihnen beiden war niemand darin zu sehen.

„Komisch“, murmelte Delia. „Ich hatte echt das Gefühl, da beobachtet mich jemand.“

„Das ist mir alles zu unheimlich!“ Felix hatte die Nase voll. „Wir müssen das Ding vergraben!“

Aber Delia schüttelte energisch den Kopf. „Kommt nicht infrage. Wir verstecken es hier auf dem Dachboden.“

„Bei dir?“ Felix tippte sich an die Stirn. „Damit du es bei der nächstbesten Gelegenheit Daniel und Nina erzählst?“

Delia stemmte die Hände in die Hüften. „Also, ich kann ein Geheimnis bewahren!“, sagte sie schnippisch. „Und wenn du mir nicht vertraust, musst du eben die nächsten Nächte ebenfalls hier auf dem Dachboden verbringen!“ Sie grinste wie ein Honigkuchenpferd, als sie Felix’ langes Gesicht sah. Dann schnappte sie ihre Schultasche und ging zur Tür. „Na los! Schieb die Kiste unter das Bett, und komm! Die Schule fängt gleich an.“

Felix rannte hinter ihr zur Tür.

Im letzten Moment ging er zurück zum Bett, holte die Kiste hervor und stopfte sie zwischen seine Bücher in den Rucksack.

„Felix! Wo bleibst du denn!“, rief Delia ungeduldig.

„Komme schon!“, schrie er zurück. Er würde Delia auf dem Schulweg erzählen, dass er die Kiste dabeihatte und in der Schule in seinen Spind sperren würde.

Er ging, ohne sich noch einmal umzudrehen. Deswegen sah er die Gestalt im Spiegel des großen Schranks nicht mehr. Sie trug einen blauen Kittel, ein Halstuch, hatte einen kahlen Kopf und grinste böse, als die Tür hinter Felix zufiel.

Unruhig wälzte Nina sich hin und her.

Sie wagte nicht einzuschlafen – was, wenn Sarah ihr wieder begegnete?

Nervös starrte sie in die Dunkelheit. Was war das? Bildete sich da etwa ein heller Fleck unter der Tür? Als er im nächsten Moment verschwand, atmete Nina erleichtert auf. Da war wohl nur jemand gegenüber im Bad gewesen.

Entschlossen drehte sie sich zur Wand, um nicht auf die friedlich schlummernde Luzy zu sehen. Wie ruhig die schlafen konnte!

Vielleicht mache ich mir aber auch viel zu viele Sorgen, überlegte Nina. Sie schloss die Augen, kuschelte sich etwas tiefer in die warme Kuhle unter der Decke und versuchte, gleichmäßig zu atmen.

Sie spürte fast schon, wie sie ins Reich der Träume glitt, als sie wie aus weiter Ferne eine Stimme hörte.

„Nina!"

Nein! Nina wollte das nicht hören!

Doch die Stimme, die in einem Augenblick an ihrem Ohr, im nächsten bereits unendlich weit entfernt schien, ließ nicht locker.

„Nina! Du musst aufwachen!"

„Nein", stieß Nina gepresst hervor. „Ich will aber nicht!"

„Nina! Du musst mir helfen! Du musst die Träne der Isis finden!"

Nina seufzte auf. Beinahe verärgert. Warum ließ Sarah sie einfach nicht in Ruhe? Sie schlug die warme Decke zurück und starrte in die Dunkelheit. Als sie entdeckte, dass Sarahs Geist direkt neben ihrem Bett stand, zuckte sie zusammen.

„Folge mir!" Damit wandte sich Sarah um und glitt lautlos durch die Zimmertür der Mädchen.

Nina starrte ihr hinterher. Nachts? Allein auf dem Gang?

Aber plötzlich fasste sie sich ein Herz. Sarah wollte ihr nichts Böses, das wusste sie doch. Seufzend drängte sie ihren Ärger beiseite.

Leise, damit Luzy nicht aufwachte, schlüpfte sie aus dem Bett, öffnete die Tür und sah Sarahs Geist gerade noch hinter der Ecke des Gangs in Richtung Treppe verschwinden.

Sie huschte hinterher.

Als Nina um die Ecke bog, war Sarah bereits unten angekommen und sah erwartungsvoll aus der Eingangshalle zu ihr hinauf. Vorsichtig warf Nina einen Blick in Richtung von Victors Büro. Es war dunkel, und Nina fragte sich, wie spät es war.

Dann schlich sie zu Sarah hinunter, die weiter vor ihr her schwebte. An der Kellertür blieb sie stehen.

„*Das Gleichgewicht! Der Kampf zwischen Gut und Böse hat begonnen, und nur du kannst das Gleichgewicht wiederherstellen!*“, hauchte Sarah. Ihre Stimme klang verzweifelt.

Verwirrt blieb Nina vor der Kellertür stehen. Das Schild mit der Aufschrift *Zutritt verboten!* wirkte bedrohlicher denn je.

„Da soll ich rein, Sarah?“

Kaum hatte sie sich Hilfe suchend an den Geist gewandt, war er verschwunden.

Stattdessen sah Nina in Victors wütendes Gesicht!

„Was machst du denn hier?“, fragte er unwirsch.

Nina stammelte eine Entschuldigung.

Doch Victor ließ sie nicht ausreden. „Geht das schon wieder los, dass ihr nachts im Haus herumgeistert? Du hast im Keller nichts zu suchen, wie oft muss ich das noch sagen!“

Als Nina wieder zu einer Erklärung ansetzte, schnitt der Hausverwalter ihr ärgerlich das Wort ab. „Ab ins Bett mit dir. Na los!“ Er wedelte ungeduldig mit der Hand, scheuchte Nina vor sich her und schob sie in ihr Zimmer. „Na los, rein da – und ins Bett!“

Nina stolperte fast und wollte sich noch einmal bei Victor beschweren, da hatte er die Tür bereits geschlossen und den Schlüssel herumgedreht.

Nina erstarrte.

Victor hatte sie eingesperrt!

8
DER VERRÄTER

„Felix, es reicht!"

Delia hatte die Nase voll. Es war ihr egal, ob Felix gerade Zähne putzte – sie packte ihn am Kragen seines Kapuzensweatshirts und zerrte ihn hinter sich her in ihre Dachkammer.

„Isch putsche mir die Tschähne!", protestierte er empört, doch Delia achtete gar nicht darauf, dass die Zahnbürste noch in seinem Mund steckte.

„Mir egal!", schimpfte Delia. „Wir müssen es Daniel und Nina sagen! Sarah ist Nina schon wieder im Schlaf erschienen!"

Jetzt achtete auch Felix nicht mehr auf die Zahnbürste zwischen den Lippen. Er ging vor Delia auf die Knie und begann zu betteln, sie möge doch nichts verraten.

Delia verdrehte die Augen. So nett es auch war, dass er sie mit seinen Albernheiten zum Lachen bringen konnte, sie fand, dass ihm ein wenig Vernunft hier und da ganz gut getan hätte. Ärgerlich fegte sie seine Hand von ihrem Kleid. Am Ende hatte Felix noch Zahnpastaschaum an den Fingern! Igitt.

„Wir müssen es Daniel sagen!“, sagte sie streng. „Weißt du, was Nina deswegen mitmacht? Sie ist meine Freundin!“

„Na und?“, jammerte Felix.

Delia tippte sich bedeutungsvoll an die Stirn. „Du hast die Kiste geklaut – dann steh auch dazu! Ich geh jedenfalls in die Schule. Und wenn ich Nina und Daniel in der Pause erwische, erzählen wir es ihnen!“

Sie ließ Felix keine Möglichkeit mehr, etwas zu sagen und stapfte davon.

Wo nur war Nina?

Genervt versuchte Delia, sie in der Menge der Schüler auf dem Schulhof zu entdecken, doch ohne Erfolg. Das hatte man nun davon! Dieser ganze Zimmertausch brachte alles durcheinander. Jetzt konnte sie Nina nicht einmal bei ihren Albträumen beistehen, sondern erfuhr erst beim Frühstück davon! Und dann sollte sie auch noch aufpassen, dass sie sich nicht verplapperte und von Felix’ Diebstahl erzählte. Dabei war Delia sicher, dass beide Dinge in Zusammenhang standen: Ninas Träume von Sarah Winnsbrügge-Westerling und die Tatsache, dass Felix das kleine Miniaturhaus in der Kiste mitgenommen hatte.

Eigentlich hätte sie auf Nina aufpassen müssen, stattdessen musste sie alles daransetzen, Felix zu überzeugen, seine Missetat dem Club zu beichten. Sie war doch keine Kindergärtnerin! Wieder wurde sie ein Stück zorniger, als die Schulklingel zur ersten Stunde rief. Nun blieb kaum noch Zeit! Hastig eilte sie den Gang mit den Schülerspinden entlang.

Was sie im nächsten Augenblick sah, ließ ihr einen kalten Schauder über den Rücken laufen. Da war Herr Altrichter vor Felix' Spind! Und der stand wie angewurzelt da und starrte den Schuldirektor mit großen Augen an.

Ja, jetzt fiel es Delia wieder ein: Herr Altrichter hatte angekündigt, jeden Tag einen der Schülerspinde zu kontrollieren! Und in Felix' Spind stand die Kiste ...!

Nicht auszudenken, dass Herr Altrichter sie fand. Er durfte sie auf keinen Fall entdecken!

Geistesgegenwärtig jammerte Delia laut auf. „Hiiilfe!", stöhnte sie, so laut sie konnte, und drückte mit einer dramatischen Geste ihren Handrücken gegen die Stirn.

Wie erwartet, unterbrach Herr Altrichter sein Gespräch mit Felix und wandte sich zu ihr.

Innerlich grinsend jammerte Delia auf. „Ich kann nichts mehr sehen!", schrie sie und ließ sich zu Boden sinken. So perfekt, wie sie es neulich erst in dem Theaterstück gesehen hatte, das sie und ihre Deutschklasse besucht hatten.

Als Herr Altrichter sofort auf sie zustürzte, war sie stolz. Vielleicht steckte doch eine Tragödin in ihr, und sie hatte eine große Schauspielkarriere vor sich!

Erneut jammerte sie auf und presste dramatisch die Hände vor die Augen. Als sie durch die Finger lugte, sah sie, wie Felix mit Daumen und Zeigefinger einen Kreis formte. *Alles in Ordnung*, sollte das wohl heißen, die Kiste war nicht mehr im Spind.

Delia öffnete die Augen ganz und strahlte Herrn Altrichter an, der vor ihr kauerte. „Oh!“, hauchte sie dankbar. „Da kann ich plötzlich doch wieder etwas sehen!“ Flugs stand sie auf, bedachte Herrn Altrichter noch einmal mit ihrem schönsten Lächeln, inklusive Augenaufschlag, und ließ ihn stehen.

Dann packte sie Felix am Arm und wollte ihn vom Spind fortziehen, den Herr Altrichter nun sorgsam kontrollierte. „Jetzt reicht es wirklich!“, zischte sie so, dass Herr Altrichter es nicht hören konnte. „Mir egal, was du sagst, ich werde es den anderen in der großen Pause erzählen, so geht das nicht weiter!“

Doch im nächsten Moment heulte direkt neben ihnen beiden und Herrn Altrichter eine Sirene laut auf.

Erschrocken presste Delia sich die Hände auf die Ohren. Was war denn das für ein grässlicher Lärm?

Selbst Herr Altrichter war erschrocken.

Delia versuchte noch, herauszufinden, ob das schreckliche Alarmgeheul vielleicht mit dem komischen Typen in Kittel und Augenklappe zu tun hatte, der ein seltsames Gerät mit sich herumtrug und der verwirrt ganz in ihrer Nähe stand, als ihr plötzlich jemand auf die Schulter tippte.

Es war Felix. Er deutete auf seine Tasche.

Delia erstarrte. Das Haus darin. Es glühte.

Entsetzt riss Delia die Tasche an sich.

Einen Moment später brach der Lärm abrupt ab.

Dafür begann Herr Altrichter plötzlich loszupoltern. „Was sollte das denn? Waren Sie das mit Ihrem komischen Gerät? Wer sind Sie überhaupt?“

Der seltsame Typ mit der Augenklappe stammelte eine Entschuldigung, doch Herr Altrichter ließ ihn gar nicht zu Wort kommen. Bis Charlotte auftauchte und den merkwürdigen Wissenschaftler mit sich fortzog.

Delia hörte nur noch, dass sie etwas von einem Interview mit diesem Mann erzählte, das sie für die neue Schülerzeitung machen wollte.

Egal. Das ging sie alles nichts an. Das Haus jedenfalls war vor der Entdeckung durch Herrn Altrichter erst einmal sicher.

Der Vorfall allerdings bewies in Delias Augen nur eins: dass Nina und Daniel schnellstmöglich von dem Haus erfahren mussten!

Sie drehte sich zu Felix um. Doch der war in seinem Klassenzimmer verschwunden.

Und Delia stand mit der Kiste allein im Flur.

Ungeduldig wartete Delia die nächste Stunde ab. Sie konnte Frau Engel kaum zuhören, dabei sprach die Lehrerin heute über die englischen Königinnen. Ein Thema, das Delia eigentlich gefiel. Aber da war noch die Kiste. Ständig fiel Delias Blick auf die dunkelbraune Tasche. Ob das Haus darin noch glühte?

Das war alles so gefährlich! Vielleicht hatte Felix ja recht, und es war besser, wenn sie die Kiste sang- und klanglos vergruben. Das konnte doch auch nicht schlimmer sein, als dass sie unentdeckt in einer dunklen Grabkammer lag, oder?

Dann schaute Delia wieder zu Nina, die blass und übernächtigt neben ihr saß. Delia konnte ihr an der Nasenspitze ansehen, wie sehr sich die Freundin den Kopf darüber zerbrach, was im Grabmal schiefgelaufen sein konnte.

Nein. Delia war entschlossen. Sie würde heute, in der nächsten Pause, erzählen, dass Felix die Kiste aus Amneris' Grabmal mitgenommen hatte!

Nachdenklich starrte Nina sich im Spiegel an. Gehörte dieses blasse Gesicht mit den Ringen unter den Augen wirklich ihr? Was war nur los? Es war doch alles vorbei gewesen, sie hatten alles getan, was Sarah ihnen aufgetragen hatte. Sie erfrischte sich ein wenig mit kaltem Wasser.

„Hallo!“ Eine freundliche Stimme weckte Nina aus ihren Gedanken und brachte sie in den Alltag zurück. Sie war in der Schule, auf der Mädchentoilette. Und neben ihr stand Mara und zupfte sich ihren Pferdeschwanz zurecht.

Nina rang sich ein Lächeln ab. „Hallo!“

„Du liebe Zeit, du siehst ja total müde aus“, meinte Mara mitfühlend. „Hast du immer noch Ärger mit Luzy?“

Nina zuckte mit den Achseln. „Ist eigentlich nicht so schlimm. Die kriegt sich schon wieder ein.“

Mara nickte verständnisvoll. „Mit Charlotte zusammenzuwohnen, ist wirklich cool. Und eigentlich bin ich auch froh, dass ich nicht mehr auf dem Dachboden schlafen muss und dass das alles vorbei ist.“

Bei diesen Worten bekam Nina ein schlechtes Gewissen. *Ich wäre auch froh, wenn alles vorbei wäre,* dachte sie. Aber das war es nicht. Sie hob an, Mara zu fragen, ob sie vielleicht auch etwas bemerkt hatte – immerhin war sie die Auserwählte und eine Nachfahrin von Amneris! –, als Delia hereinstürmte.

„Hast du Daniel gesehen?“, fragte sie aufgeregt.

Mara sah sie verblüfft an. „Nein.“

„Nina?“ Delia zappelte nervös auf der Stelle.

Nina sah die Freundin verwundert an. „Nein, hab ich nicht.“

„Dann los, wir müssen ihn unbedingt suchen!“, sprudelte Delia hervor, packte Nina am Arm und zog sie fort.

Verwirrt warf Nina der kopfschüttelnden Mara noch ein Abschiedswort zu und folgte Delia. Doch die verriet nichts, bis sie Daniel und Nina in einen leeren Chemieraum gezogen hatte.

Nina sah verständnislos von Daniel zu ihrer Freundin. Was hatte Delia denn für eine dunkle Schultasche? Ihre Umschlagtasche, die sie immer für die Schule benutzte, war doch pink und mit Pailletten bestickt.

„Was ...?“

„Hoffentlich ist es wichtig!“, knurrte Daniel. „Weißt du, wir haben nämlich eigentlich Unterricht!“

„Kommt drauf an, ob du das hier für wichtig hältst“, meinte Delia und holte tief Luft. „Ich muss euch unbedingt was sagen.“

Daniel sah zu Nina und zuckte mit den Schultern.

„Es fällt mir schwer, das zu sagen!“, seufzte Delia.

„Na, dann los!“, ermutigte Nina sie.

Noch einmal atmete Delia tief durch und stellte die dunkle Tasche auf einen der gekachelten Experimentiertische. Mit einer dramatischen Geste schlug sie den Deckel zurück.

Nina wartete ab. Kam da jetzt ein Kistenteufel herausgesprungen? Das war doch nicht Delias Ernst. Verwirrter denn je wagte sie einen Blick in die düsteren Tiefen der unbekannten Schultasche. War da überhaupt irgendetwas drin? Alles schien die gleiche dunkelbraune Farbe zu haben …

Doch plötzlich erkannte sie etwas. Da war … dunkles Holz. Und auf dem Holz ein – ja, richtig, ein Horusauge!

Entsetzt sah sie auf.

Delia schien genau zu wissen, was sie dachte, und nickte nur kurz.

Hilfe suchend wandte sich Nina an Daniel. „Das ist ja die Kiste aus dem Grabmal!“, wisperte sie entsetzt. „Wie kommt die denn hierher?“

Delia verdrehte die Augen. „Felix hat sie mitgenommen.“

Nina konnte es nicht fassen. „Felix?“ Sie hatte Mühe, ihre Stimme zu dämpfen. „Aber wir hatten doch abgemacht, dass sie dortbleiben muss!“

Delia schaute nun so schuldbewusst drein, als hätte sie die Kiste mitgehen lassen und nicht Felix. „Es tut ihm auch total leid“, murmelte sie.

Nina stöhnte auf. Na, davon hatten sie jetzt alle aber was! „Jetzt weiß ich auch, woher meine ganzen Albträume mit Sarah kommen!“, sagte sie zu Daniel.

Der nickte eifrig. Man konnte förmlich sehen, wie es hinter seiner Stirn arbeitete. Auch er war entsetzt. „Das hängt sicher zusammen“, bestätigte er.

„Die Kiste muss wieder nach Ägypten. Ins Grabmal“, sagte Nina nach kurzem Überlegen.

Doch Daniel schüttelte sofort den Kopf. „Da können wir nicht einfach so hin.“

Nina ließ den Kopf hängen.

„Felix wollte die Kiste vergraben. Vielleicht können wir das ja tun!“, schlug Delia hoffnungsvoll vor. Sie hatte wirklich die Nase voll davon, ständig auf der Hut sein zu müssen und Geheimnisse zu wahren, die niemand entdecken durfte. Das war alles viel zu gefährlich! Wenn die Kiste erst einmal vergraben war ...

„Wir müssen nachschauen, was drin ist“, entschied Daniel. „Dann sehen wir weiter.“ Kurz entschlossen nahm er Delia die Tasche aus der Hand und stellte sie auf einen Tisch, der sich etwas weiter vom Eingang weg befand. Vorsichtig öffnete er sie und wollte schon hineingreifen, um die Kiste herauszuholen.

Auf einmal heulte etwas auf. Grelles Licht hüllte die drei Freunde ein. Nina drohten die Sinne zu schwinden. Sie blinzelte und rang um ihr Gleichgewicht.

Als sie wieder etwas erkennen konnte, sah sie in einigen Metern Entfernung ein Krankenbett. War sie in einem Krankenhaus? Das Licht war so hell ... Wieder blinzelte sie. Plötzlich sah sie, dass in dem mit weißen Laken bezogenen Bett jemand lag. Jemand, dessen Gesicht sich dunkel gegen die schneeweißen Laken abhob, obwohl es unter einer grünlichen Atemmaske verborgen lag. War das …?

In diesem Moment fiel Nina ein Mann in weißem Kittel auf, der neben dem Bett stand. Er trug ein Stethoskop um den Hals, es war ein Arzt.

Vorsichtig legte er eine Hand auf die Stirn seiner Patientin, denn es war ein Mädchen, das dort lag. Dann fühlte er den Puls an der Hand, doch ihm schien nicht zu gefallen, was er spürte. Er schaute nach oben, und Nina sah, dass er ein trauriges Gesicht hatte. Langsam schüttelte er den Kopf.

Nina biss sich auf die Lippen. Das war Mara dort im Bett. Krank – todkrank, wenn man dem Gesichtsausdruck des Arztes glauben konnte.

Sie holte Luft, um zu fragen, was denn los sei, doch in diesem Moment brachte lautes Heulen und Stimmengewirr sie in die Gegenwart zurück. Sie sah sich um und stand wieder im Chemielabor neben Delia und Daniel. Aber nun waren auch Herr Altrichter, Charlotte, Luzy, Max und ein Fremder in weißem Kittel da.

Während Herr Altrichter über den kolossalen Lärm schimpfte und Luzy und Charlotte aufgeregt etwas von einem wichtigen Interview für die Schülerzeitung erzählten, machte sich der Mann im weißen Kittel – das war wohl dieser ominöse Professor Neutrino! – an einem Gerät zu schaffen, das auf dem Tisch neben ihnen stand.

Erschrocken sah Nina auf die offene Tasche, in der sich die Kiste befand, doch Daniel war schon vorgesprungen und schloss sie so unauffällig wie möglich.

Dann warf er Nina und Delia einen bedeutungsvollen Blick zu und huschte hinaus.

Nina sah noch einmal auf die aufgeregt schnatternde Gruppe und hörte, wie Herr Altrichter diesen komischen Professor aus der Schule warf. Eigentlich hätte sie über das Durcheinander lachen können, aber sie war noch viel zu entsetzt darüber, dass Felix die Kiste aus dem Grabmal in Ägypten mitgenommen hatte.

Sie traf die anderen beiden vor den Spinden im Gang.

„Okay!", stöhnte Delia. „Werde ich verrückt oder was ist hier los?"

„Offensichtlich hat diese Maschine die Kiste irgendwie beeinflusst", antwortete Daniel nachdenklich.

Nina konnte immer noch nichts sagen. Zu deutlich hatte sie die unheimliche Vision mit Mara vor Augen!

„Du siehst blass aus", sagte Delia mit einem Stirnrunzeln. „Kein Wunder, es war ja auch so unglaublich laut!"

Daniel sah Nina besorgt an, die nervös von einem Fuß auf den anderen trat. „Hast du ... hast du sie auch gesehen?", fragte er leise und legte den Arm um ihre Schultern.

Nina nickte hastig. „Du also auch?"

Delia riss die Augen auf. „Mara! Ich dachte, dass ich sie in einem Bett liegen sah! Hattet ihr auch diese Vision?"

Daniel und Nina schauten sich unsicher an. Was ging hier nur vor? War Mara nach allem, was sie durchgemacht hatte, schon wieder bedroht?

„Felix!" Daniel sah auf.

Wirklich, als Nina an Delia vorbeisah, stand da Felix. Ein

ziemlich kleinlauter und schuldbewusster Felix, der mit dem fröhlichen Super-Felix, der immer für einen Streich zu haben war, nicht viel gemeinsam hatte.

„Hi“, sagte er gepresst. „Gut, dass ich euch alle auf einmal treffe. Ich hab …“ Er räusperte sich. „Ich hab beschlossen, dass es wohl besser ist … Kurz, ich steig aus dem Club aus.“

Nina klappte die Kinnlade herunter.

„Wie bitte?“, fuhr Delia auf. „Du spinnst wohl. Du kannst jetzt auf keinen Fall austreten!“

Felix richtete sich auf.

„Doch, das kann ich. Der Club ist ohne mich besser dran“, sagte er entschieden. Damit wandte er sich um und wollte gehen.

Aber Nina sprang hinter ihm her.

„Oh Mann, Nina, ich versuche hier grade einen dramatischen Abgang!“, stöhnte Felix. „Und so klappt das echt nicht!“

Nina ließ sich allerdings nicht beirren. „Wenn du denkst, du kannst einfach so austreten, dann muss ich dich enttäuschen“, sagte sie, klang aber nicht streng, im Gegenteil: Ihr Ton war so freundlich, dass nun Felix plötzlich erstaunt dreinschaute.

„Aber … aber ich habe doch die Kiste mitgenommen!“, stammelte er.

Nina musste angesichts von Felix’ sichtbar schlechtem Gewissen beinahe lächeln. „Ja, das hast du. Und das war auch ziemlich dumm.“

„Sehr dumm!“, bekräftigte Delia aus dem Hintergrund.

„Aber ich bin schuld, dass alles wieder angefangen hat!“, argumentierte Felix. „Weil ich nicht auf dich gehört habe!“

„Richtig“, antwortete Nina. „Und deshalb hörst du jetzt mal zur Abwechslung auf mich. Wir brauchen dich nämlich, um das Problem zu lösen!“

„Genau“, bestätigte Daniel. „Das schaffen wir nicht allein. Der Club muss zusammenhalten!“ Er nickte dem Freund ebenfalls aufmunternd zu und erntete dafür von Nina ein dankbares Lächeln.

Felix sah erleichtert aus.

Und so ärgerlich das alles auch war, dachte Nina, es bewies: Der Club würde immer zusammenhalten.

„Die anderen haben recht. Wir brauchen dich“, ließ sich nun auch Delia vernehmen. „Immerhin müssen wir rausfinden, was mit Mara ist.“

Nina nickte. Das hatte sie fast vergessen. „Richtig.“

Verständnislos sah Felix von einem zum anderen. „Mara? Wieso? Was ist denn mit Mara?“

„Ja!“, erklang auf einmal eine ganz neue Stimme. „Das würde ich auch gern wissen. Was ist denn mit Mara?“

Erschrocken starrte Nina auf den neu Hinzugekommenen.

Es war Magnus. Er hatte alles gehört.

9
EINGESPERRT

Wie versteinert standen die Clubmitglieder da. Was sollten sie Magnus sagen? Und er sah ganz klar so aus, als wolle er nicht ohne eine Antwort fortgehen.

„Gar nichts ist mit Mara“, sagte Daniel schließlich ruhig wie immer.

„Nein, ganz und gar nichts!“, schickte Delia mit einem ebenso breiten wie falschen Lächeln sofort hinterher.

Nina nickte. Es fiel ihr schwer, Magnus anzulügen. Sicher machte er sich nur Sorgen um seine Freundin – kein Wunder, das taten sie ja alle. Nur, ihm alles sagen? Das ging selbstverständlich nicht.

Natürlich schenkte Magnus den Ausreden keinen Glauben. „So ein Quatsch! Ihr habt doch gerade von Mara gesprochen! Was ist los mit ihr?“

Wieder holte Daniel Luft, um etwas zu sagen, doch er wurde gerettet.

„Was soll denn mit mir sein?“, fragte Mara, die gerade an Magnus herangetreten war und ihm nun einen Kuss auf die Wange gab.

Jetzt war es Magnus, der nicht wusste, was er sagen sollte. Er warf den Sibunas noch einen bösen Blick zu, ließ sich dann aber von seiner Freundin zum Französischunterricht ziehen.

Erleichterung machte sich breit.

„Das war knapp“, murmelte Nina. „Heute nach der Schule Versammlung“, ordnete sie entschlossen an. „Oben in der Dachkammer, da sind wir sicher.“

Die anderen stimmten ihr zu und hasteten mit ihr zum Unterricht.

„Nicht anfassen!“

„Nein, bloß nicht!“

Daniel und Nina sahen sich an. Da waren sich Delia und Felix wohl ausnahmsweise einig.

„Wir müssen aber wissen, was drin ist“, wandte Daniel ein. Wie immer klang das, was er zu sagen hatte, ausgesprochen vernünftig.

Diesmal war es Nina, die widersprach. „Ich will gar nicht wissen, was da drin ist“, meinte sie. „Ich finde, die Kiste gehört in Amneris' Grabmal!“

„Ich glaube kaum, dass wir in nächster Zeit nach Ägypten kommen!“, entgegnete Daniel.

„Ich bin der Ansicht, wir sollten die Kiste vergraben. Und zwar so tief wie möglich“, sagte Delia.

Felix nickte heftig.

Erneut starrten alle eine Weile auf die scheinbar harmlose Holzkiste. Das aufgemalte Auge leuchtete in einem bösartigen Rot.

Daniel war immer noch nicht ganz überzeugt. „Das", sagte er und wies auf die Kiste, „ist der Anfang eines neuen Rätsels. Wir müssen untersuchen, was dahintersteckt."

„Nein!", rief Felix. „Das Ding ist verflucht!"

„Und wenn es verflucht ist, warum hast du es dann mitgenommen?", fragte Nina ärgerlich.

„Felix war eben dumm", erwiderte Felix düster.

„Ja!", antwortete Nina gnadenlos. „Sehr dumm. Ich dachte wirklich, es wäre alles vorbei. Und jetzt? Wir stecken wieder mittendrin!"

„Daran können wir im Moment nichts ändern", stellte Daniel fest. „Die Kiste ist nun einmal hier."

„Wir müssen sie eben vergraben", wiederholte Felix stur.

Aber Nina war immer noch böse. „Und warum hast du das nicht schon längst gemacht?"

„Delia hat mich davon abgehalten!"

Nina wandte sich ungläubig an ihre Freundin. „Du wusstest, dass Felix die Kiste hat? Wie lange?"

Delia wurde prompt ein paar Zentimeter kleiner. „Nur ein klitzekleines Weilchen!"

„Ein bisschen länger schon", räusperte sich Felix.

Nina konnte es nicht fassen und schüttelte den Kopf. Ihr fehlten die Worte.

„Na und?", stritt Delia. „Das ist noch lange nicht so schlimm, wie eine Kiste aus einem Grabmal zu klauen!"

„Ach! Seine beste Freundin zu verraten, ist ja wohl viel schlimmer!“, schrie Felix zurück.

Wütend boxte Delia Felix auf den Oberarm. „Gar nicht, du blöder Kistenräuber!“

„Doch, du blonde ...!“

„Ruhe jetzt!“, ging Daniel dazwischen. „Das hilft uns alles nicht weiter. Wir kommen nicht nach Ägypten, und wir wissen, der Inhalt der Kiste ist gefährlich. Wir werden sie also, bis wir es schaffen, nach Ägypten zu kommen, vergraben, damit nichts mehr passieren kann. Heute um Mitternacht unten im Flur, alles klar?“

Nina nickte widerwillig. Daniel hatte recht, die Kiste war nun einmal da, es half nichts. Sie zu vergraben, damit Victor und auch kein anderer an sie rankam, war sicher die beste Lösung. Immerhin hatte er – ganz sicher auf der Suche nach diesem verflixten Ding! – die Zimmer der Mädchen schon durchsucht und sie dann getauscht. Doch wohl war Nina dabei nicht.

Delia und Felix dagegen waren ganz auf Daniels Seite. Das Ding vergraben, das war die einzige Lösung.

Und zwar so schnell wie möglich ...!

Wieder einmal wollte der Schlaf nicht kommen.

Dabei hatte Nina gehofft, wenigstens ein Stündchen schlafen zu können, bevor sie um Mitternacht aufstehen musste!

Aber der Ärger auf Felix war zu groß. Wieso nur hatte dieser Armleuchter die Kiste aus dem Grabmal gestohlen! Nach allem, was sie im letzten halben Jahr mitgemacht hatten –

ihre Entführung, die Entführung von Mara, die Bedrohung durch Raven, die Rätsel – war sie so froh gewesen, dass sie ihre Oma und auch Mara hatten retten können. Und nun? Es sah aus, als würde alles von vorn beginnen.

Nina seufzte und sah auf die Uhr. Es war fast Mitternacht. Zeit aufzustehen. Beinahe schwerfällig rollte sie sich aus dem Bett und trat an den Schrank. Wenigstens einen warmen Pulli wollte sie sich noch über das T-Shirt ziehen, in dem sie immer schlief, denn nachts wurde es jetzt, im frühen Herbst, bereits etwas kühler.

Als sie an die geschlossene Tür trat, lauschte sie kurz in die Dunkelheit hinein. Nichts war zu hören. Hoffentlich war Victor auch schon ins Bett gegangen! Langsam drückte sie die Klinke hinunter und wollte die Tür aufziehen – nein, es gelang nicht!

Nina erstarrte. Sie versuchte es ein zweites Mal, aber vergeblich. Die Tür rührte sich nicht. Sie war verschlossen! Aber sie musste doch zu den anderen!

Verzweifelt rüttelte sie am Schloss.

„He, was ist denn los?", erklang es aus der anderen Ecke des Zimmers. Luzy war von dem Gerüttel aufgewacht.

„N… nichts", sagte Nina schnell. „Ich wollte nur mal kurz raus, aber Victor hat die Tür abgeschlossen."

„Was?" Luzy war plötzlich hellwach. Sie sprang auf und kam zu Nina herüber. Sie rüttelte selbst an der Klinke, natürlich vergeblich. „Herr Rodemer! So geht das aber nicht!"

Danach wandte sie sich wieder Nina zu. „Das hab ich wohl nur dir zu verdanken. Super! Jetzt werde ich schon fürs

Schlafengehen bestraft!“ Sie war so wütend, dass sie zu ihrem Bett stapfte, sich hineinwarf und die Decke über den Kopf zog.

„Mir macht das auch keinen Spaß!“, gab Nina zurück.

„Na, dann geistere eben nicht mehr in der Nacht herum! Und nun lass mich schlafen!“, klang es dumpf unter der Decke hervor.

Nina seufzte und starrte auf die verschlossene Tür. Das war es wohl gewesen. Sie konnte nur hoffen, die anderen würden ihr am Morgen glauben, dass sie nicht kommen konnte, weil Victor sie eingeschlossen hatte ...

„Mann, pass doch auf!“

„'tschuldigung!“, wisperte Felix, der gerade in Daniel gelaufen war.

„Da drüben.“ Daniel wies auf eine Stelle nahe dem Zaun, der das Grundstück von der Straße abgrenzte. „Da ist es am unauffälligsten. Und außerdem ist es eine Stelle, die wir vom Wohnzimmer aus im Blick haben. So können wir öfter mal kontrollieren, ob noch alles in Ordnung ist, ohne rausgehen zu müssen.“

Felix nickte verschlafen. „Ist mir recht“, murmelte er.

Entschlossen zückte Daniel seinen Spaten und begann zu graben. „Jetzt hilf mir mal!“

„Wo sind denn die Mädels?“, fragte Felix, der, auf seinen eigenen Super-De-luxe-Klappspaten gestützt, beinahe schon wieder eingeschlafen wäre.

Daniel sah gar nicht auf. „Vielleicht haben sie ...“

In diesem Moment stellten sich Felix' Nackenhaare auf. Da war doch jemand hinter ihm. Er hatte es genau gehört. Mit einem Ruck stand er gerade.

„Mensch, Felix, was ist denn?“, wollte Daniel wissen, aber statt einer Antwort schrie Felix auf aus Leibeskräften auf.

„Aaaah!“

Delia hatte das Gefühl, ihr Herz bliebe stehen. Kurz bedeckte sie die Augen mit den Händen. So grässlich konnte doch nur ein Monster schreien! Aber im nächsten Moment hörte sie ein panisches: „Psssst! Oder wollt ihr, dass Victor aufwacht?“

Sie hielt die Luft an. Das war Daniel. Also war da vielleicht gar kein Monster? Sie riss die Augen auf – und sah in Felix' Gesicht. „Warum schreist du denn so?“, fragte sie vorwurfsvoll.

„Wenn du so schreist? Ich habe mich eben erschreckt“, entgegnete er.

„Jetzt helft mir mal!“, ließ sich Daniel vernehmen.

„Ist Nina denn gar nicht da?“, wollte Delia wissen.

„Nein“, antwortete Daniel und hob noch eine Schaufel voller Lehm aus dem Boden. „So, nun dürfte das Loch tief genug sein.“

Felix starrte in das finstere Erdloch hinab. „Für meinen Geschmack ist das nicht tief genug“, sagte er.

„Du kannst gerne graben, bis du in Australien rauskommst“, gab Daniel zurück. „Ich würde allerdings heute gerne wieder ins Bett gehen. Und zwar möglichst bald.“

„Also los!“, drängte Delia. „Ich will auch ins Bett!“

Vorsichtig nahm Daniel Felix die Kiste aus der Hand und legte sie in die Grube. Sie war zum Schutz vor Feuchtigkeit in Plastik gewickelt. Hastig warf er eine Schaufel Erde nach der anderen darauf. Zuletzt legte er sorgfältig die Grasstücke, die er zuerst ausgestochen hatte, auf die nackte Erde, damit auch keiner sah, dass hier gegraben worden war.

Delia atmete auf.

„Geschafft.“ Erleichtert wischte Daniel sich den Schweiß von der Stirn.

„Ja“, erwiderte Delia. „Und deshalb können wir jetzt endlich in unser warmes Bett. Felix?“

Leises Schnarchen antwortete ihr. Felix war, auf seinen Klappspaten gestützt, schon wieder eingeschlafen! Sie knuffte ihn in die Seite. „Du wolltest doch bei mir in der Dachkammer schlafen!“, erinnerte sie ihn.

Felix nickte mit geschlossenen Augen und ließ sich von Delia wegzerren.

Daniel warf noch einen letzten Blick auf die Grabungsstelle. Dann ging er auch.

Keiner der drei sah das Licht im Boden, das so grell war, dass es durch die dicke Erdschicht hindurch Rauch entwickelte und für wenige Sekunden gespenstisch die Nacht erleuchtete.

Frustriert starrte Nina in die Dunkelheit.

Es war ein komischer Zustand, sie war unendlich müde, wollte unbedingt schlafen, konnte es aber nicht. Ihre Gedanken wirbelten durcheinander. Victor ging eindeutig zu weit. Okay, er hatte schon immer versucht, Nina und ihre Freunde vom Keller fernzuhalten, aber dass er sie deshalb einsperrte, das war neu! Der Hausverwalter benahm sich wirklich noch seltsamer als sonst.

„Nina …!“

Nina zuckte zusammen. War sie doch schon eingeschlafen? Nun, wie auch immer, jetzt war sie wieder wach und richtete sich auf.

„Nina …!“

Das war Sarah. Dort, neben der Tür, der helle Fleck, der so unheimlich leuchtete, das war sie.

Nina lief ein Schauer über den Rücken. Aber wie schon beim letzten Mal sagte sie sich, dass sie von Sarah nichts zu befürchten hatte, und ging leise auf sie zu, damit Luzy nicht aufwachte.

„Nina, du musst deinem Herzen folgen!“, wisperte Sarah. *„Komm, nur du kannst die Träne der Isis finden! Komm, Nina!“* Es klang unendlich weit entfernt, und doch hallte Sarahs Stimme nach.

Wieder musste Nina sich zusammennehmen. „Wohin? Wie soll ich das machen?“, fragte sie Sarah.

Doch der Geist lächelte nur und bedeutete Nina mit der Hand, sie solle ihr folgen. Dann drehte sich das Gespenst um und verschwand – mitten durch die abgeschlossene Tür.

Nina riss die Augen auf. Wie sollte sie Sarah denn jetzt folgen? Victor hatte doch die Tür abgeschlossen! Aber als Nina verzweifelt die Klinke berührte, klickte es leise. Vorsichtig versuchte sie, die Klinke herunterzudrücken. Es gelang! Die Tür öffnete sich! Lautlos schlüpfte Nina hindurch und schloss hinter sich die Tür. Hoffentlich hatte Luzy sie nicht gehört!

Wie schon einige Nächte zuvor war Sarah bereits unten an der Treppe, als Nina um die Ecke bog. Vor der Kellertür angekommen, lächelte Sarahs Geist kurz und verschwand durch die Tür.

Nina sah auf das große Vorhängeschloss hinab, das Victor am Vorabend an der Tür angebracht hatte. Ob es nachgab, wenn sie ... Sie streckte die Finger aus – ihre Hand zitterte! –, und kaum hatte sie das Schloss berührt, ging es wie von Geisterhand auf. Ängstlich blickte Nina sich um. Was, wenn Victor sie wieder erwischte?

Doch der Hausflur lag so dunkel, still und kalt da, als gäbe es keine jugendlichen Bewohner im Haus Anubis.

Leise schloss Nina die Tür hinter sich und huschte die Kellertreppe hinunter. Sie konnte gerade noch einen Blick von Sarah erhaschen, die in den Raum mit der geheimen Wand verschwand.

Schließlich stand Nina vor der Wand, auf der immer noch das Bild mit Amneris zu sehen war, die Maras Gesicht hatte und den Gral über den Kopf hielt. Sarah war auch durch diese Wand verschwunden. Kurz bevor Nina die Wand berührte, zog sie die Hand erschrocken zurück. Sie hatte erwartet, etwas Kaltes, Sandiges und Hartes unter der Handfläche zu spüren, aber stattdessen war da – nichts!

Ob sie genauso durch die Wand gehen konnte wie Sarah?

„Folge deinem Herzen!“, erklang es leise. Hatte sie das gesagt oder war es Sarah gewesen?

Nina fasste sich ein Herz und trat mit geschlossenen Augen durch die Wand.

Als sie die Augen öffnete, stand sie in einem großen Raum. Staunend sah sie sich um. An der Wand hing ein Gemälde, das sie sofort erkannte: Es war ein Porträt von Herrn Winnsbrügge-Westerling, Sarahs Vater. In einer Ecke stand eine Statue des Anubis – klar! Sie war ja auch im Haus Anubis. Dann noch ein Schreibtisch. Anscheinend war seit Ewigkeiten niemand mehr hier gewesen. Große Spinnweben hingen von der Decke, alle Gegenstände lagen unter einer so dicken Staubschicht, dass man bei einigen gar nicht mehr erkennen konnte, was sie darstellen sollten.

Ehrfürchtig sah Nina sich um. Doch plötzlich fiel ihr auf, dass etwas – jemand! – fehlte.

Sarah war fort.

Nina drehte sich um sich selbst.

„Sarah? ... Sarah!“

Doch der Geist blieb verschwunden.

Nun wurde es Nina unheimlich. Allein, so ganz ohne Sarah, kam sie hier nicht weiter.

Sie wandte sich zum Gehen. Sie würde wiederkommen, mit den anderen, nachdem sie ihnen erzählt hatte, dass es hinter der geheimen Wand noch ein Zimmer gab. Aber jetzt musste sie hier raus.

Entschlossen tapste sie wieder zur Rückseite der geheimen Wand. Doch als sie die Hand ausstreckte, war da kein Nebel.

Da war nur kalter, sandiger und harter Stein. Und der gab nicht nach.

Sie war gefangen.

„Nina!“, rief Delia im Schlaf.

Sie schreckte auf. Nina war in Gefahr! Das wusste sie ganz genau, sie hatte es gesehen! Im Traum! Sie musste ihr helfen!

„Felix! Los, aufwachen!“

„Hm?“ Felix, der es sich in Delias dickem Ohrensessel eher schlecht als recht gemütlich gemacht hatte, öffnete nicht einmal die Augen.

„Schlafmütze!“, schimpfte Delia und schlüpfte in ihren Bademantel.

Sie musste sich einfach davon überzeugen, dass es Nina gut ging und sie friedlich in ihrem Bett lag.

Doch als sie die Tür zu Ninas und ihrem – nein, jetzt wohnte ja Luzy hier – Zimmer öffnen wollte, gab die Klinke nicht nach. Delia runzelte die Stirn. Was war das? Seit wann schloss Nina denn ihre Tür ab? Sicher hatte Luzy diese verrückte Sitte eingeführt!

„Nina? Bist du da? Nina?“ Delia rüttelte an der Tür, aber die gab nicht nach.

„Was ist denn nun schon wieder los?“, hörte Delia eine verschlafene Stimme aus dem Zimmer.

„Nina?“, fragte sie hoffnungsvoll. „Bist du das? Geht es dir gut?“

„Nein, das ist nicht Nina!“, erklang es genervt hinter der

Tür. „Ich weiß ja nicht, was du nachts so treibst, aber ich würde gern schlafen!"

Obwohl Luzy es nicht sehen konnte, streckte Delia ihr die Zunge heraus. „Ich muss Nina sprechen!", rief sie.

„Das könnte problematisch werden", erwiderte Luzy. Ihre Stimme klang eindeutig sarkastisch. „Die ist nämlich nicht hier."

„Versteh ich nicht", meinte Delia. „Die Tür ist doch abgeschlossen! Wie kann sie denn da nicht drin sein?"

„Vielleicht ist sie ja bei Daniel", rief Luzy zurück. „Frag halt den. Ich schlafe jetzt weiter!"

Verärgert runzelte Delia die Stirn. Luzy machte es sich ganz schön einfach!

Leise schlich Delia sich in Kayas und Daniels Zimmer. Doch auch dort konnte sie Nina nicht entdecken. Jetzt gab es kein Zurück mehr. Sie rüttelte an Daniels Schulter und leuchtete ihm mit ihrer kleinen Taschenlampe direkt ins Gesicht.

„Daniel! Aufwachen!"

Daniel fuhr auf und starrte sie an, als sei sie ein Geist. „Delia!"

„Daniel, Nina ist weg!"

Sofort schlug Daniel die Decke zurück und stand auf. Leise, damit Kaya nicht aufwachte, schob er Delia aus dem Zimmer in den dunklen Hausflur. „Wie meinst du das, weg?"

„Ich hab geträumt, sie ist im Keller eingesperrt! Und in ihrem Zimmer ist sie nicht, obwohl Victor die Tür abgesperrt hat!"

Besorgt sah Daniel Delia an.

„Ich werde im Keller nachsehen“, sagte er sofort. Er verschwand in seinem Zimmer und kam mit einer Büroklammer zurück. „Damit kriege ich das Schloss bestimmt auf.“

Delia sah ihn zweifelnd an. „Wie konnte das denn passieren?“, fragte sie.

„Keine Ahnung“, meinte Daniel. „Aber geh du schon mal nach oben. Ich sehe nach und komme dann.“

Zweifelnd warf Delia ihm einen Blick zu und huschte die Treppe hoch.

„Wo ist Daniel nur? Wieso dauert das denn so lange?“, jammerte Delia. „Und wieso konnte Nina aus ihrem Zimmer verschwinden, wenn die Tür abgeschlossen ist? Das kann doch alles gar nicht sein! Wenn du nur die Kiste nicht geklaut hättest!“, fügte sie zornig zu Felix hinzu.

Der war jetzt wach. Gemütlich war es in Delias Ohrensessel ja nun nicht gerade, und seit Delia vor einigen Minuten wieder ins Zimmer gekommen war, hatte sie ohne Unterbrechung über Ninas Verschwinden lamentiert.

In diesem Moment ging die Tür auf und Daniel kam herein.

„Und? Wieso bist du denn schon hier?“, fuhr Delia ihn an und vergaß dabei völlig, dass sie sich noch vor einer Minute über seine Verspätung beklagt hatte.

„Ich konnte nicht nachsehen“, sagte Daniel besorgt. „Victor hat mich erwischt.“

„Das liegt nur daran, dass Felix diese verflixte Kiste gestohlen hat!“, wiederholte Delia wütend.

Felix verdrehte die Augen. Das würde sie ihm wohl bis an sein Lebensende unter die Nase reiben.

Daniel versuchte abzulenken. „Leute, das Streiten bringt uns gar nichts. Es geht um Nina, und sie ist weg – und zwar, seit wir die Kiste vergraben haben."

„Du willst das Ding also echt wieder ausgraben?", fragte Felix panisch.

„Ich denke, wenn die Kiste etwas damit zu tun hat, ist das unsere einzige Chance, Nina zurückzubekommen. Morgen, nach dem Frühstück, bevor wir in die Schule gehen, okay?"

Er atmete durch und hielt die Hand vor sein linkes Auge. „Sibuna."

Zögernd folgten Delia und Felix seinem Beispiel. „Sibuna!"

10
Endlich wieder frei

„Also“, flüsterte Daniel und schob Felix die Erdnussbutter hin. „Wenn wir mit dem Frühstück fertig sind, gehen wir in den Garten und graben die Kiste wieder aus.“ Er sah zu Delia und Felix, als wolle er sich noch einmal bestätigen lassen, dass sie alle einer Meinung waren.

Sie mussten Nina wiederbekommen!

Delia nickte traurig. Sie hatte in der Nacht vor lauter Angst um Nina kaum geschlafen, und selbst Daniel erkannte, dass sie versucht hatte, sich die Ringe unter den Augen wegzuschminken.

Aber Felix beschäftigte sich nur mit seinem Brötchen. „Hätte ich diese blöde Kiste doch nur nie mitgenommen!“, murmelte er düster.

In diesem Moment stapfte ein zorniger Victor ins Wohnzimmer. In der Hand hielt er einen dreckigen Spaten. „Wo ist Rosie?“, rief er ungeduldig.

„Hier bin ich", flötete die Haushälterin begeistert und kam aus der Küche gewuselt. Ehe er sichs versah, hatte Victor einen Kuss auf der Wange kleben. „Du machst mich damit wirklich glücklich, Victor. Du bist ein Held!"

Angewidert wischte Victor sich über die Wange, als würde dort etwas Schleimiges kleben. „Ja, ja, schon gut", knurrte er. Dann schüttelte er Rosie ab und ging mit grimmigem Gesicht durch die Küche in Richtung Garten.

„Was macht Victor denn?", fragte Charlotte, die gerade mit Luzy das Esszimmer betreten hatte.

Rosie huschte um den Tisch herum und füllte den Frühstückskakao nach. „Er hat mir versprochen, hinten an der Mauer ein wenig vom Rasen umzugraben, damit ich ein paar Blumenzwiebeln einpflanzen kann. Ist das nicht nett von ihm?" Sie lächelte fröhlich und ging wieder in die Küche, um neuen Kakao aufzusetzen.

Charlotte und Luzy sahen sich bedeutungsvoll an, bestätigten Rosie dann aber freundlich.

Daniel, Felix und Delia hingegen waren entsetzt. Victor wollte den Rasen an der Mauer umgraben? Dort lag doch die Kiste!

Aufgeregt ließen sie die Brötchen und den warmen Kakao stehen und hasteten hinter Victor her. Der wanderte mit festen Schritten in Richtung Gartenmauer und schimpfte dabei in seinen nicht vorhandenen Bart.

„Diese Frau will tatsächlich, dass ich den ganzen Garten umorganisiere!", stöhnte er zornig und blieb vor dem Rasenstück an der Mauer stehen. Mit Schwung trieb er den

Spaten in die Erde und trat darauf. „Als ob ich – puh! – nichts Besseres zu tun hätte!“

Daniel starrte konzentriert auf Victor. Der Hausverwalter war noch ein ganzes Stück von der Stelle entfernt, an der sie gestern Nacht die Kiste vergraben hatten, doch er hatte sich schon die Parzelle abgesteckt, die er für Rosies neue Blumen umgraben wollte. Wenn er sein Vorhaben verwirklichte, würde er unweigerlich auf die Kiste stoßen.

„Er wird die Kiste finden!“, wisperte Delia ängstlich, die über Daniel um die Heckenkante herumlugte.

„Nein“, meinte Felix über ihr grinsend. „Ich habe schon einen meisterhaften Plan!“

Zweifelnd sah Daniel ihn an, Felix war allerdings voll in Fahrt. Er machte vielleicht manchmal dumme Sachen, aber einen Streich spielen, das konnte er!

„Delia, du kommst mit“, kommandierte er. „Und du, Daniel, du wartest ab, bis Victor im Haus ist, und gräbst dann schnell die Kiste aus.“ Er wartete eine Antwort gar nicht erst ab, zog die verblüffte Delia mit sich und ließ Daniel in seinem Versteck stehen.

Eine ganze Weile rührte sich nichts.

Daniel wurde in seinem Versteck immer zappeliger, denn Victor kam näher und näher an die Stelle heran, an der sie gestern Nacht die geheimnisvolle Kiste vergraben hatten. Felix musste sich beeilen!

Und tatsächlich! Plötzlich stieß Victors Spaten auf etwas Hartes!

Daniel erschrak. Kurz entschlossen trat er hinter der Hecke, die ihn verborgen hatte, hervor, um Victor abzulenken. Er hatte zwar keine Ahnung, wie er selbst an die Kiste kommen konnte, ohne dass Victor es bemerkte, aber er war bereit, es darauf ankommen zu lassen. Er musste Nina retten! Ihr Verschwinden hing ganz sicher mit dem Vergraben dieser geheimnisvollen Kiste zusammen. Victor durfte sie nicht finden!

Der Gedanke an seine Freundin gab Daniel Kraft. Er wollte gerade auf Victor zugehen, als plötzlich laute Musik aus dem Haus zu ihnen herüberschallte.

Sofort legte Victor den Spaten beiseite und warf einen zornigen Blick in Richtung Haus. „Oh nein. Da ist man mal für eine Minute aus dem Haus, schon schlagen sie wieder über die Stränge!“

Mit grimmigem Gesicht lief er auf das Haus Anubis zu.

Leise huschte Daniel zu der Stelle, an der er, Felix und Delia die Kiste vergraben hatten, und begann, sie aus dem noch lockeren Erdreich zu befreien.

Dabei warf er immer wieder vorsichtige Blicke in Richtung Haus.

Wenn Victor nur nicht so schnell wiederkam …!

Das war doch Zirkusmusik!

Ja! Rosie erinnerte sich. Diese Melodie kannte sie von früher! Ihr Onkel hatte sie einmal in den Zirkus mitgenommen, als sie klein war. Dort hatte es einen Clown gegeben, über den Rosie heute noch lachen konnte, wenn sie sich daran erinnerte.

Neugierig geworden ließ sie ihren Abwasch in der Küche stehen und kam ins Wohnzimmer. Nun, ein Zirkus gastierte hier nicht gerade, auch wenn die Musik nicht weniger laut war als damals. Und die beiden Gestalten, die dort so übertrieben drollige Gesten zwischen den altehrwürdigen Ledersesseln vollführten, waren auch keine echten Clowns. Nicht einmal rote Nasen hatten sie. Immerhin waren sie weiß geschminkt und hatten sich mit Kajal lustige Muster um die Augen gemalt.

Dennoch war Rosie fasziniert. Die etwas größere der Gestalten tat, als hätte sie gerade eine besonders schöne Blume entdeckt, und zeigte sie der anderen. Beide freuten sich stumm und schienen auch insgeheim zu jubeln. Dann bückte sich die größere Person und tat, als würde sie die Blume pflücken. Die kleinere Gestalt – sie ähnelte Delia! – freute sich noch mehr und klatschte lautlos in die Hände. Doch der Blumenpflücker – es war Felix, wie Rosie jetzt erkannte – schüttelte mit gerunzelter Stirn den Kopf und ging auf die Haushälterin zu. Rosie war entzückt, als Felix sich verbeugte und ihr die imaginäre Blume hinstreckte.

Sofort ging sie darauf ein und nahm Felix die unsichtbare Blume aus den Fingern. Sie schnupperte daran und knickste artig – wie sich das für eine Dame gehörte, die gerade eine wunderschöne Rose geschenkt bekommen hatte.

Felix ging zurück zu Delia, die ein trauriges Gesicht machte und beinahe weinte, als die Tür mit einem Knall aufflog.

„Was soll dieser Lärm?“, donnerte es in die Vorstellung hinein.

Victor! Rosie verdrehte die Augen und wandte sich dem Hausverwalter zu, der zornig mit einem Finger auf den Ausknopf der kleinen Anlage schlug, aus der die fröhliche Musik schallte.

„Victor!", sagte Rosie ganz begeistert. „Das ist doch toll!"

Delia und Felix strahlten über das Lob.

„Ich weiß nicht, ob das mehr in meinen Ohren oder in meinen Augen schmerzt", knurrte Victor sarkastisch und ließ seinen Blick konsterniert über Felix' und Delias Kostümierung gleiten.

Rosie ignorierte ihn und klatschte laut in die Hände. „Bravo, Bravo!"

Doch Victor ließ sich nicht ablenken. „Was macht ihr überhaupt noch hier?" Er sah Felix und Delia scharf an.

Beide knicksten artig vor Rosie und dem Hausverwalter, denen nicht auffiel, dass Felix nervöse Blicke an ihnen vorbei zur Wohnzimmertür warf. Wo blieb nur Daniel mit der Kiste?

„Na los, raus mit der Sprache! Müsstet ihr nicht längst in der Schule sein?", schimpfte Victor.

Felix überlegte fieberhaft. „A... aber das ist für die Schule!", entgegnete er.

„Genau", bestätigte Delia und strahlte Victor an wie ein Honigkuchenpferd. „Das ist dramatische Ausdruckspantomime. Gut für die persönliche Entwicklung!"

„Du musst nicht immer alles glauben, was sie dir erzählen!", gab Victor zurück. „Der Unterricht ist auch nicht mehr das, was er einmal war."

Damit wollte er hinausgehen und weiter den Garten umgraben, doch Felix war schneller. Victor durfte auf keinen Fall wieder in den Garten – zumindest so lange nicht, bis Daniel sein Okay gegeben hatte!

Humtataaa!, ging die Musik wieder los.

„Ihr unsäglichen ... Pantomimen!", schrie Victor und stellte den Lärm sofort wieder ab.

„Wir müssen doch üben!", entgegnete Felix.

„Denn wir haben bald einen Auftritt!" Delia knickste artig und hob ein imaginäres Röckchen.

„Mir egal!", brüllte Victor. „Übt solange und wo ihr wollt, aber nicht in meinem Haus!"

Das Lächeln verschwand von Delias und Felix' Gesichtern. Victor meinte es ernst. Beide wussten, sie konnten ihn nicht mehr länger aufhalten.

Victor schüttelte noch einmal den Zeigefinger gegen sie beide. „Ich will das nicht mehr sehen und auch nicht mehr hören!"

Erneut warf Felix einen Blick auf die offen stehende Wohnzimmertür. Da – endlich kam Daniel den Gang entlang. Er grinste Felix an, hob den Daumen und ging hastig weiter in Richtung der Treppe nach oben.

Felix fiel ein Stein vom Herzen. Er wandte sich wieder an Victor. „Wie Sie wollen", murmelte er und packte Delia am Arm.

„Komm", sagte er und warf Victor noch einen verletzten Blick zu, bevor er in den Flur verschwand. „Vielleicht weiß ja jemand anderes unsere Kunst zu schätzen!"

Wütend stapfte Victor zurück in den Garten.

Rosie sah den dreien kopfschüttelnd hinterher. Sie konnte Victor mal wieder nicht verstehen. Die Kinder gaben sich immer solche Mühe, ihn und sie selbst mit ihren fröhlichen Einfällen bei Laune zu halten, und jedes Mal reagierte er so griesgrämig!

„Kulturbanause!", schnaubte sie leise und ging zurück in die Küche.

Der Abwasch wartete.

Kichernd huschten Felix und Delia die Treppe hinauf zum Badezimmer. Es war ihnen gelungen, Victor abzulenken! Sie hatten die Kiste wieder! Kurz vor dem Badezimmer holten sie Daniel ein, der auf dem Weg zu Ninas Zimmer war.

„Waren wir nicht großartig?", trompetete Delia. „Und Rosies Gesicht, als du ihr die Blume gegeben hast!" Sie stieß Felix in die Seite.

„Haha!", machte der und zeigte prompt noch ein paar Pantomime-Gesten. „Super-Felix hat einmal mehr den Tag gerettet!"

Daniel war vor Ninas Zimmertür stehen geblieben, drehte sich allerdings noch einmal um. „Aber wirklich auf den letzten Drücker!", meinte er vorwurfsvoll. Schließlich war er drauf und dran gewesen, Victor selbst abzulenken. Glücklicherweise musste Felix nicht antworten, denn in diesem Moment ging die Zimmertür auf, und eine orientierungslose Nina kam herausgeschwankt.

Sie war wieder da!

„Nina!“ Daniel sprang vor und fing seine Freundin zärtlich auf. Sie schien mit ihrem Gleichgewicht zu kämpfen. „Geht es dir gut? Bist du verletzt?“

Nina hielt sich an seiner Schulter fest und schüttelte verwirrt den Kopf. Sie blinzelte, als wäre sie gerade aus einem sehr dunklen Raum in helles Licht getreten.

„Ich bring dich wieder ins Bett“, sagte Daniel kurz entschlossen.

„Nein, nicht in ihr Zimmer“, wandte Delia ein. „Da sperrt Victor sie doch nur wieder ein.“ Sie überlegte kurz. „Wir bringen sie zu mir, auf den Dachboden!“

Sie grinste. Endlich war der Dachboden mal zu etwas nutze!

Nina schauderte.

Es war so furchtbar gewesen, in diesem unheimlichen, finsteren Kellerloch eingesperrt zu sein! Selbst die Tatsache, dass sie in einem pinkfarbenen Traum von einem Bett saß, Delia sie tröstend streichelte und Daniel ihr eine Tasse süß duftenden Kakao unter die Nase hielt, konnte die Erinnerung an die kalte und muffige Finsternis nicht ganz vertreiben.

„Wie bist du nur aus dem Zimmer gekommen?“, fragte Delia, die aus dem Badezimmer eine Schüssel mit warmem Seifenwasser mitgenommen hatte und Nina jetzt vorsichtig die Stirn wusch.

„Ich habe keine Ahnung!“, sagte Nina mit gerunzelter Stirn. „Sarah hat mich gerufen, danach verschwand sie durch die Tür. Ich habe mich schon geärgert, weil die Tür verschlossen war, aber dann war sie auf einmal offen!“

„Hast du plötzlich magische Kräfte oder so?“, fragte Felix skeptisch.

„Keine Ahnung“, sagte Nina wieder. „Ich habe das Schloss berührt, und schon war ich draußen. Mit dem Schloss an der Kellertür war es das Gleiche.“ Sie schluckte und sah an Delia und Daniel vorbei ins Leere. „Das Unheimlichste war, ich bin durch die Wand unten im Keller gegangen. Ihr wisst schon, die geheime Wand! Die, auf der Mara als Amneris abgebildet ist. Und dahinter war ein Zimmer! Ein Porträt von Winnsbrügge-Westerling hing da, und es gab eine Statue von Anubis.“

„Was?“ Delia konnte es nicht fassen.

„Bist du sicher?“, fragte Daniel und reichte Nina den Kakaobecher.

„Ja!“ Nina sah ihn fest an und nippte an dem warmen Getränk. Die Süße der Schokolade vertrieb noch ein Stück der Angst vor der uralten Finsternis im Keller.

Daniel stand auf und zog die Kiste aus seiner Tasche. Ernst sah er seine Freunde an.

Beim Anblick der Holzkiste mit dem Horusauge wurde Felix ein wenig kleiner. Aber auch Delia und Nina sahen nicht gerade glücklich aus. Doch Daniel wandte den Blick nicht ab.

„Die Kiste hat Schuld an Ninas Verschwinden“, sagte er eindringlich. „Nina ist in genau dem Moment aufgetaucht, als wir sie wieder ausgegraben hatten.“

Er schwieg einen Moment, bevor er aussprach, was alle dachten: „Es hat wieder angefangen. Und wir müssen das Rätsel lösen."

Die Erscheinung in Delias Schrankspiegel, die einen blauen Arbeitskittel, ein dezent gemustertes Halstuch und buschige Augenbrauen trug, grinste diabolisch. Es war riskant gewesen zu lauschen, wenn so viele der Kinder im Zimmer waren. Eines hätte ihn immerhin entdecken können. Doch das Risiko hatte sich gelohnt, denn jetzt wusste er, was zu tun war.

Die Träne der Isis gehörte ihm!

Er warf noch einen Blick auf diese Gören, die keine Ahnung hatten, mit wem sie sich da angelegt hatten.

Dann verschwand er langsam.

Als Felix, der das ungute Gefühl hatte, beobachtet zu werden, mit gerunzelter Stirn zum Spiegel sah, war dieser leer und dunkel.

„Pah! Tausend Blumenzwiebeln!", schimpfte Victor und pfefferte die Kellertür hinter sich zu. „Was denkt diese Frau sich eigentlich?" Stöhnend warf er sich auf seinen Stuhl. Wenigstens hier unten hatte er seine Ruhe vor der immer lebhaften und wirr durcheinanderlaufenden Schlangenbrut da oben!

Doch er kam nicht dazu, die Stille zu genießen.

„Victor!"

Der Hausverwalter zuckte zusammen und riss die Augen

auf. Da war sie aufs Neue, diese Vision! Wieso hörte er immer wieder diese Stimme? War das, wenn er mehr Stress hatte als gewönlich, so wie jetzt, nach dem Umgraben des Gartens?

„Victor!"

Der Spiegel.

Das kam aus dem Spiegel! Träumte er wieder? Aber er war doch vor einer Minute noch hellwach gewesen! Er zwickte sich in den Oberarm.

„Au!"

„Victor! Komm her zu mir!"

Verwirrt starrte Victor auf das Bild, das im Spiegel des alten Schranks immer deutlicher wurde. Ein Mann, der beinahe aussah wie er. Nur, dass er ein Halstuch unter dem blauen Arbeitskittel trug und dass er viel dichtere Augenbrauen hatte.

„Victor! Komm … endlich … her … zu … mir!"

Hätte Victor es später erklären müssen, es wäre ihm wahrscheinlich nicht gelungen.

Doch er stand auf, ging zum Spiegel wie eine Marionette, die der Puppenspieler an den Strängen vor sich her dirigierte, und blieb stehen.

„Victor! Los, beweise, dass du mein Sohn und ein echter Rodemer bist! Du weißt, ich brauche die Träne der Isis!"

Victor nickte beflissen. „Ich verstehe", sagte er.

„Du wirst sie mir beschaffen. Geh zur geheimen Wand!"

„Zur geheimen Wand? Aber …"

„Frag nicht! Tu einfach, was ich dir sage!"

„Ja, Vater!" Zweifelnd sah Victor noch einmal auf das furchterregende Bild im Spiegel. Doch er wagte nicht, zu widersprechen.

Zögernd näherte er sich dem Loch in der Wand – das er schon längst hätte reparieren müssen! – und ging hindurch. Da war sie, die geheime Wand, auf die die Rätsel von Tutanchamun und seiner Geliebten Amneris gemalt waren!

Und nun? Die Mauer war aus solidem Stein, daran zweifelte Victor nicht. Man hätte sie schon mit der Spitzhacke bearbeiten müssen, doch ihm taten die Arme noch von der Gartenarbeit weh.

„Was soll ich jetzt machen?", rief er dem Spiegelbild durch das Loch in der Wand zu.

„Du gehst durch diese Wand!"

Verblüfft starrte Victor die Gemälde auf der Wand an. Seit wann konnte er denn durch Wände gehen?

„Vater, das solltest besser du ..."

„Nein!", donnerte es aus dem Spiegel. *„Ich habe es gestern Nacht selbst gesehen! Diese Nina ging einfach hindurch! Und was ein dummes kleines Mädchen kann, das kann ein Rodemer schon lange!"*

Aber Victor zögerte.

„Na los! Oder bist du der Versager, für den ich dich halte?"

Derart angetrieben, schloss Victor die Augen. Das wäre doch gelacht gewesen, wenn diese kleine Nina etwas schaffen würde, was er selbst nicht konnte. Er war dieser Schlangenbrut, die das Haus immer wieder unsicher machte, doch haushoch überlegen!

Er atmete noch einmal tief durch und ging mit mutigen und entschlossenen Schritten auf die Wand zu.

Doch im nächsten Moment leuchtete der Gral, den das Bildnis der Amneris hochhielt, auf. In dem kleinen, finsteren Raum war es mit einem Mal taghell. Und es wurde immer heller! Heller als die Sonne selbst.

Victor schrie auf, als das Licht so grell wurde, dass es selbst durch seine geschlossenen Augenlider drang. Er presste die Hände auf die Augen und wich zurück.

„Feigling!“, donnerte es erbost aus dem Spiegel. *„Du wirst doch vor den paar Lichtstrahlen nicht zurückweichen!“*

Victor blinzelte. Das Licht war schwächer geworden, als er vor der Wand zurückgewichen war. Vielleicht machte das Licht die Wand durchlässig, dann konnte er es sicher schaffen, wenn er nur schnell genug war!

Er holte noch einmal Luft, drückte fest die Hände auf die Augen und rannte auf die Mauer zu. Doch kurz bevor er ankam, schrie er laut auf. Das Licht strahlte wieder auf, wurde heller, greller, leuchtender, bis Victor trotz der geschlossenen Augen das Gefühl hatte, die Strahlen würden bis auf seine Knochen dringen, ja selbst durch diese hindurch.

Nein, das konnte er nicht! Es ging nicht! Dieser Schmerz im Kopf ...

Er schrie wieder auf und wich zurück. Er war geblendet und blinzelte, um die tränenden Augen wieder etwas zu beruhigen.

Als er sie allerdings öffnete, war alles so dunkel wie zuvor.

Er tastete sich vor. Das war sein Arbeitstisch. Da, dieses glatte Gefieder unter seinen Fingern, das war Corvuz.

Aber warum konnte er nichts sehen? Es war so dunkel.

Er blinzelte wieder. Vergeblich.

Er war blind!

11
DAS LICHT DES RA

Das Schreien war durchdringend und erreichte auch den letzten Winkel im Haus.

Rosie zuckte in der Küche zusammen und ließ beinahe den Teller fallen, den sie gerade abtrocknen wollte. Das war doch Victor!

Man hatte wirklich keine Sekunde Ruhe im Haus. Aber so schrecklich hatte er noch nie geschrien. Ob er sich an den Rosen, die zum Einpflanzen im Garten standen, gestochen hatte?

Hastig stellte Rosie den Teller in den Schrank und lief hinaus in den Flur. Gerade fiel mit einem lauten Knall die Kellertür hinter Victor zu, der, immer noch laut jammernd, ins Wohnzimmer rannte.

„Auauauau!"

Als Rosie ins Wohnzimmer kam, tastete Victor mit geschlossenen Augen zwischen den Sitzmöbeln hin und her, als könne er sie nicht sehen. Schließlich ließ er sich stöhnend in einen Sessel fallen. Und wenn Rosie es nicht besser gewusst hätte, dann hätte sie geschworen, dass Victor heulte!

„Victor, was ist denn bloß los?“, fragte Rosie besorgt. Eigentlich war Victor ja nie besonders freundlich zu ihr, doch Rosie war nicht nachtragend. Wenn jemand ihre Hilfe brauchte, war sie da, und es war Ehrensache für sie, alles zu tun, damit es der armen, geplagten Person wieder besser ging. Und Victor schien es gerade sehr nötig zu haben.

„Aaauuu, meine Augen!“, stöhnte er wieder.

Rosie legte ihm besänftigend die Hände auf seine Finger und zog sie von seinem Gesicht fort.

„Armer Victor, was ist denn mit deinen Augen?“, fragte sie besorgt.

„Ich kann nichts mehr sehen!“, jammerte der Hausverwalter. Offenbar hatte er panische Angst, dass seinen Augen etwas passiert war.

„Armer Victor“, wiederholte Rosie. „Jetzt legst du dich erst einmal hin, und ich mache dir einen kalten Umschlag für deine Augen. Dann holen wir den Arzt und warten ab, was er sagt.“

Rosie seufzte auf. Hier war wirklich immer etwas los!

Besorgt sahen Daniel, Nina, Delia und Felix zu, wie Victor es sich auf dem Sofa bequem machte und sich von Rosie bemuttern ließ.

„Wieso ist Victor auf einmal blind?“, flüsterte Nina ratlos.

„Keine Ahnung“, wisperte Daniel zurück. Die Ereignisse

überschlugen sich wieder einmal, und er war sich sicher: Sie mussten Ordnung in das Chaos bringen. Als sie vorhin den Inhalt der Kiste untersucht hatten, waren darin nicht nur das kleine Modellhaus und die seltsame Kette mit den Horusaugen-Amuletten gewesen. Auch diese Karte war darin gewesen, von der keiner wusste, was sie darstellen sollte. Sicher ein Grundriss. Aber wovon?

Daniel überlegte fieberhaft. Was hatte Nina erzählt? Sie war in einem Raum hinter der geheimen Wand gewesen, in dem sich eine große Statue des Gottes Anubis befunden hatte – wie auf der Karte aus der Kiste: Darauf war ein Viereck eingezeichnet, in dem Anubis abgebildet war. Den Raum, von dem Nina geträumt hatte, gab es anscheinend wirklich!

Wieder sah er auf den immer noch vor sich hin jammernden Victor, um den Rosie herumwuselte wie um einen Todkranken.

„Los“, flüsterte Daniel. „Die Gelegenheit sollten wir ausnutzen. Ab in den Keller! Wir müssen wissen, ob es diesen Anubis-Raum wirklich gibt.“ Automatisch sah er zu Nina, deren Gesicht wie zu seiner Belohnung aufleuchtete. Daniel musste unwillkürlich lächeln, als er sie ansah.

„Ja“, wisperte sie eifrig zurück. „Jetzt oder nie!“

„Nein“, widersprach Daniel und wünschte sich gleichzeitig, dass seine tapfere Freundin hätte mitkommen können. Doch sie war von den Erlebnissen in der Nacht noch zu geschwächt. Sie musste sich schonen. „Das schaffen wir allein. Geh du lieber wieder ins Bett!“

„Daniel hat recht“, sagte Delia. „Geh du nur wieder in die Dachkammer und ruh dich aus, wir erzählen dir alles!“

Nina nickte zögernd, doch dann huschte sie folgsam die Treppe hinauf.

Erleichtert öffnete Daniel die Kellertür. Nach einem schnellen Blick in Richtung Wohnzimmer – Rosie betütelte Victor immer noch – winkte er den anderen, ihm zu folgen.

„Puh!“, sagte Delia und rümpfte die Nase, als sie sich in Victors Kellerlabor umsah. „Hier ist es muffig und düster wie immer. Und da ist ja auch dieser eklige Rabe!“

„Kommt“, sagte Daniel leise. „Wir müssen zur Wand.“

Felix war bereits durch das Loch in der Kellerwand geklettert und stand nun, die Hände in die Hüften gestemmt, vor dem Fresko.

Daniel und Delia folgten ihm.

Vorsichtig strich Daniel über das Bildnis, das Amneris darstellte und doch Maras Gesicht hatte.

„Wir müssen hier hinein“, sagte er nachdenklich. „Mara ist in Gefahr!“

„Und ich weiß auch schon wie!“, trompetete Felix und hob einen Hammer auf, der auf dem Boden lag. Er wollte damit auf die Wand einschlagen.

„Nein, Felix, nicht!“, schrie Daniel, doch es war schon zu spät!

Ohne Vorwarnung leuchtete ein grelles Licht auf. Delia schrie vor Schmerz auf, Felix brüllte und Daniel hastete, so rasch er konnte, von der Wand fort, zurück in Victors Labor – gefolgt von seinen beiden Freunden.

„Au, meine Augen!“, heulte Delia. „Felix, du Dummkopf!“

„Tut mir leid!“, entschuldigte sich Felix kleinlaut und rieb sich über das Gesicht. „Was war denn das?“

„Genau das ist Victor passiert! Die Wand ist geschützt“, meinte Daniel. „Es muss irgendeine andere Möglichkeit geben, hineinzukommen.“ Vorsichtig lugte er um die Ecke auf die geheime Wand. Doch das Licht war verschwunden. In der Dämmerung konnte man die Malereien darauf nur noch erahnen.

„Man kann sie nicht zerstören“, überlegte Felix.

„Vielleicht gibt es irgendwo eine kleine Öffnung“, schlug Delia vor.

„Oder einen geheimen Türdrücker!“ Felix war begeistert.

In diesem Augenblick bebte die Erde.

„Nina!“

Schuldbewusst sah Nina auf die vorwurfsvollen Gesichter ihrer Freunde, die gerade zur Tür hereingestürmt kamen. „Tut mir leid!“, murmelte sie und sah kleinlaut auf den Boden vor Delias Bett. Dort unten lag die Kiste, der Inhalt war über den Boden verstreut.

„Ich muss eingeschlafen sein und die Kiste runtergestoßen haben!“ Sie schauderte. „Das ganze Haus hat gebebt!“

„Ich sag's ja!“, rief Felix. „Das ist ein Voodoo-Haus!“

Vorsichtig hob Daniel die Kiste vom Boden und stellte sie wieder mit dem Verschluss nach oben aufs Bett.

„Diese Kiste ist unheimlich!“, erklärte Delia. „Genau wie die Wand!“

„Die Wand?“ Nina setzte sich auf und sah gespannt von einem zum anderen. „Wart ihr da?“

„Wir haben versucht, den geheimen Raum zu finden, von dem du geträumt hast“, sagte Daniel.

„Aber dann?“ Felix fuchtelte wild mit den Händen herum. „Blitz! Helles Licht!“

„Ein total grelles Licht!“, fügte Delia hinzu.

Nina hatte mit offenem Mund zugehört. „Das muss ein Schutz sein!“, sagte sie.

„Das denke ich auch“, bestätigte Daniel. „Wir müssen irgendwie herausbekommen, wie wir hinter die Wand kommen – auch wenn es sehr lange dauern kann, bis wir wissen, was wir mit dem Inhalt der Kiste machen sollen“, meinte er nach einer Pause.

„Dann finde das irgendwo anders raus, Daniel Gutenberg“, erklärte Delia entschieden. „In meinem Zimmer will ich diese Kiste jedenfalls nicht mehr haben!“

„Gut, ich nehme sie“, sagte Daniel. Er wollte keinen Streit haben. „Aber lasst uns alle zusammen wenigstens noch einmal das Haus ansehen.“ Damit setzte er sich neben Nina aufs Bett und holte vorsichtig das Modell aus der Kiste.

Ehrfürchtig starrten Nina und die anderen darauf.

„Wir müssen es genauer untersuchen. Irgendwie muss der Hinweis, wie wir hinter die Wand kommen, mit dem Haus zu tun haben!“ Daniel hob das Haus vorsichtig hoch.

Alle sahen sich das Modell genauer an.

Delia spielte mit der Kette, an der die vier Horusaugen hingen. Was hatten sie nur zu bedeuten?

„Da! Über dem Eingang!", rief Daniel.

Nina zuckte zusammen. So plötzliche Ausrufe war sie von ihrem Freund überhaupt nicht gewohnt!

„Da ist das Zeichen von Ra, dem Gott des Lichts und des Tages!", fuhr Daniel aufgeregt fort. „Und daneben steht eine Zahl, die Einundzwanzig."

„Und was soll das heißen?", fragte Delia gedehnt. Sie verstand mal wieder gar nichts.

Daniel runzelte die Stirn. „Einundzwanzig Mal Ra. Wahrscheinlich sind das genau drei Wochen, einundzwanzig Tage. Ich denke mal, dass einundzwanzig Tage, nachdem die Kiste aus dem Grabmal geholt wurde, etwas passiert!"

„Wir sind vor ... zwanzig Tagen und fünfzehn Stunden aus Ägypten wiedergekommen", sagte Nina und versuchte fieberhaft, nachzurechnen.

„Wie viel Zeit haben wir also noch?", fragte Felix voller Ungeduld.

„Neun ... neun Stunden!", quiekte Delia mit erstickter Stimme dazwischen.

Alle starrten sie verblüfft an.

„Woher weißt du das so schnell?", fragte Daniel erstaunt.

Statt einer Antwort wies Delia auf den Spiegel im Wandschrank.

Darauf leuchtete eine große 9.

Na warte, wenn Lotte wirklich recht hatte!

Luzy bog mit großen Schritten um die Ecke in Richtung Aufenthaltsraum, in dem Kaya und Max die angeblich schönste Frau Deutschlands für die Schülerzeitung interviewen wollten. Hatte diese Miss nicht genug Männer in ihrer Reichweite, dass sie mit zwei Schülern flirtete? Das war ja unglaublich!

Auf der anderen Seite konnte Luzy sich das nicht vorstellen. Kaya und Max waren – auch wenn Lotte und sie in die beiden verliebt waren! – nichts weiter als genau das: zwei Schüler. Lotte hatte sich bestimmt geirrt. So eine Schönheitskönigin hatte sicher Besseres zu tun, als mit den beiden zu flirten! Luzy hatte sich schon beinahe wieder beruhigt, als sie den Aufenthaltsraum betrat.

Doch sie blieb bei dem Anblick, der sich ihr bot, wie angewurzelt stehen.

„Max?!", stieß sie hervor.

„Luzy!", klang es dumpf aus dem Wust von roten Pailletten und blonden Haaren hervor, der wohl Miss Deutschland von hinten war. Im nächsten Moment hatte Max sich aus der Umarmung der jungen Frau befreit und kam ein wenig verlegen zu Luzy herüber.

„Hi!", sagte er lauter, als nötig war, wie Luzy fand. Immerhin stand er direkt vor ihr!

„Hi!", erwiderte sie und verschränkte die Arme vor der Brust. Na, das sollte er mal erklären – dass sie ihn hier eng umschlungen und knutschend mit Miss Deutschland vorfand!

Luzy schimpfte sich im Stillen selbst aus. Gerade erst hatte sie Lotte versichert, dass sie sich den Flirt zwischen Kaya und der Schönheitskönigin nur einbildete, und dann das! „Was war das denn grade?"

„Ich ... ich wollte sie nur trösten!“, stammelte Max. Er war hochrot bis unter die Ohren.

Kein Wunder, dachte Luzy sarkastisch. *Er hat ja auch allen Grund dazu!*

„Ja, da denkst du jetzt sicher, warum hat er sie auf den Mund geküsst, aber *sie* hat mich *geküsst*.“

Luzy lachte, doch selbst in ihren Ohren klang es wie ein Schnauben. „Miss Deutschland hat dich geküsst? Ein guter Witz!“

Max starrte sie fassungslos an. „Bitte?“

„Na, du glaubst doch wohl nicht, dass ich eifersüchtig bin“, gab Luzy zurück.

„Das hatte alles ja auch nur einen Grund“, beeilte Max sich zu sagen. „Ich bin nämlich auf die Krone der Miss gefallen, und nun ist das schöne Schmuckstück kaputt. Sie hat Angst vor ihrem Manager, und da hab ich halt gesagt, dass ich die Verantwortung übernehme, ich bin ja auch schuld, dass sie zerbrochen ist. Und da hat sie mich eben ...“ Er unterbrach sich. Selbst in seinen Ohren klang diese Erklärung blöd.

„Ja, ja, schon gut!“, sagte Luzy von oben herab. „Kannst ja in den Redaktionsraum kommen, wenn du fertig bist!“

Damit drehte sie sich um und ging. Sollte Max doch sehen, wie er allein mit seinem Problem fertig wurde, die Miss zu küssen!

Irgendwie musste es eine Lösung geben!

Daniel saß an seinem Schreibtisch und brütete über dem

Pergamentbrief, den er in der Kiste gefunden hatte. Er spürte gar nicht, wie er sich beim Nachdenken über die Hieroglyphen und ihre Übersetzung die Haare raufte. Sie standen jetzt mindestens so unordentlich vom Kopf ab wie die von Max.

„Horus ... Horus hat also ...", murmelte er halblaut vor sich hin. „Nein, das Horus*auge* hat Osiris zum Leben erweckt. Ja, so muss es heißen."

Er machte sich auf einem Block, der neben dem Brief lag, Notizen und las sich den Satz, den er notiert hatte, noch einmal laut vor: „Das Horusauge hat Osiris zum Leben erweckt und wird dir helfen, dem Sonnenkönig Ra zu widerstehen."

Ratlos schüttelte er den Kopf. Das war doch keine klare Anweisung. Das war bestenfalls ein neues Rätsel!

„Das Horusauge hat Osiris zum Leben erweckt und wird dir helfen, dem Sonnenkönig Ra zu widerstehen ... Das ergibt doch keinen Sinn!"

Schnell faltete er das Pergament zusammen und legte es zurück in die Kiste, ehe er sie wieder unter sein Bett schob. Wenn Kaya gleich hereinkam, musste der ja nicht unbedingt wissen, woran Daniel arbeitete!

Kurz entschlossen machte er sich auf den Weg zum Keller. Victor lag noch auf dem Wohnzimmersofa und wurde von Rosie und Mara umsorgt. Zum Glück, denn so musste er sich keine Sorgen machen, dass ihn jemand erwischte! Schnell kletterte er vom Labor aus durch das Loch zu der geheimen Wand. Er sah sie lange an.

„Das Horusauge hat Osiris zum Leben erweckt und wird dir helfen, dem Sonnenkönig Ra zu widerstehen“, murmelte er in die Dunkelheit.

Doch alles Wiederholen des Satzes half nichts. Er wusste immer noch nicht weiter.

Vorsichtig ging er auf die bemalte Wand zu und versuchte sie zu berühren. Es gelang. War das vielleicht die Lösung? War hier irgendwo, wie Felix vermutet hatte, ein Einschaltknopf, der die Wand wie eine automatische Tür aufgleiten ließ? Und hier unten war ja schon eine goldene Scheibe auf der Wand. Vielleicht war das ein Zeichen für den Sonnenkönig Ra? Ein Horusauge schützte also vor Ra. Vor dem Licht?

Ein Horusauge.

In diesem Moment hörte er Schritte. Daniel erschrak. Victor! Wenn der ihn hier unten erwischte, gab es ein Donnerwetter!

Hastig sah er sich nach einem Versteck um. Doch es war vergebens. Hier gab es jedenfalls keines! Aber es wäre auch sowieso zu spät gewesen, denn schon trat Victor durch das Loch in der Wand. Vielmehr – er tastete sich hindurch.

Nun fiel Daniel wieder ein, dass Victor blind war und nichts sehen konnte!

„Vater? Vater, bist du da?“

Daniel hielt den Atem an. Jetzt nur keine Geräusche machen! Er drückte sich mit dem Rücken an die Wand.

„Vater?“, fragte Victor, der zu ahnen schien, dass da jemand außer ihm war. „Vater, bist du das?“ Er drehte sich um.

Das war die Gelegenheit! Daniel huschte lautlos an ihm vorbei und ließ Victor allein im Keller zurück.

„Oh Mann, das war knapp!“, stöhnte er und schloss die Tür zur Dachkammer hinter sich.

Sofort war Nina an seiner Seite. „Na los, sag schon. Hast du was rausgefunden?“

Beinahe resigniert schüttelte Daniel den Kopf. „Victor kam dazwischen. Irgendwie spinnt er, er hat dauernd von seinem Vater geredet! Aber er weiß definitiv, dass man die Wand öffnen muss!“

Nun kam auch Felix hereingestürmt. „Sorry, konnte nicht von Magnus weg, jedenfalls nicht, solange Mara nicht auftauchte!“, sprudelte es aus ihm heraus.

„Geht es Mara gut?“, fragte Nina besorgt. Die Zeit lief ab, und um Mitternacht würde etwas geschehen! Vielleicht passierte dann etwas mit Mara, immerhin hatten sie alle gesehen, dass sie todkrank in einem Krankenhausbett lag.

„Was macht denn die Eins da hinten auf dem Spiegel?“, unterbrach Felix ihren Gedankengang.

Alle drehten sich um.

„Die Zeit läuft ab“, sagte Daniel düster. „Jetzt oder nie. Wir gehen in den Keller.“ Dann hielt er sich das linke Auge zu. „Sibuna.“

Nina nickte Delia und Felix zu. „Sibuna.“

Skeptisch sah Daniel auf die große Sonnenbrille herunter, die Delia ihm gerade in die Hand gedrückt hatte. Die sollte gegen grelles Licht schützen, das so hell war, dass Victor erblindet war? Na ja, sie war wohl besser als nichts. Er sah die anderen an. Felix hatte über seiner großen Hornbrille eine von Delias Spaßbrillen: Zwei pinkfarbene Herzchen umrahmten dunkelrosa Gläser. Nina trug eine Brille, die beinahe so groß war wie ihr kleines, herzförmiges Gesicht.

„Wir haben noch ein paar Minuten bis Mitternacht", sagte Daniel, als jeder seine Brille aufgesetzt hatte.

„Ich hab Angst!", quiekte Delia.

„Wovor?", fragte Felix.

„Na, vor einem Licht, das greller ist als das Sonnenlicht!", gab Delia schnippisch zurück.

„Greller als das Sonnenlicht!" Daniel schlug sich plötzlich auf die Stirn. „Vorhin wäre ich fast drauf gekommen, aber dann kam Victor! Natürlich!"

Hastig kramte er in seiner Tasche und zog die Horusaugen hervor. Wie gut, dass er die Kiste vorsorglich mitgenommen hatte. „Schnell, jeder von euch bekommt eins! Hängt sie euch um den Hals!"

„Großartig!", schrie Felix. „Des Rätsels Lösung! Ra ist die Sonne! ... Und nun?"

„Die Horusaugen helfen uns, der Sonne zu widerstehen", sagte Daniel und verteilte die Amulette.

Zögernd nahm Felix seine Kette mit dem Horusauge und legte sie sich um den Hals.

Auch Nina schien skeptisch, doch das war hinter der riesigen Sonnenbrille nur schwer zu beurteilen.

Dennoch, Daniel hatte mit seinen Vermutungen so oft

recht gehabt, dass auch jetzt jeder seiner Anweisung folgte. Aber keiner nahm die Sonnenbrille ab.

Kaum hatten alle vier die Ketten um den Hals gelegt, als auch schon ein tiefes Brummen den Raum erfüllte. Der Boden erzitterte, Rauch stieg auf. Oder war es der Staub des jahrzehntealten Zements?

Nina hustete. „Puh!“

Als sich der Rauch etwas verzogen hatte, flammte wieder das Licht auf. Hell wie die Sonne in der ägyptischen Wüste überflutete es das Zimmer, und unwillkürlich hielten sich alle trotz der Sonnenbrillen die Augen zu.

Felix und Delia kreischten lautstark auf und wären am liebsten weggelaufen, hätte Ninas plötzlicher Ausruf sie nicht aufgehalten.

„Das Licht blendet mich nicht mehr!“, stieß sie überrascht hervor.

Felix und Delia hielten inne.

„Mich auch nicht“, stimmte Felix erstaunt zu.

Ungläubig nahm Delia langsam Finger und die Sonnenbrille gleich mit von den Augen. „Herrlich!“, murmelte sie und hielt ihr Gesicht in den weißen Lichtschein. „Das perfekte Sonnenstudio!“

Plötzlich gab es einen lauten Knall. Im nächsten Moment war da keine Wand mehr! Es gab nur noch ein weiteres Loch. Das Licht erlosch.

„Du hattest recht“, rief Daniel, der schon vorgetreten war, um hindurchzuspähen.

„Wie in meinem Traum!“, sagte Nina leise.

„Können wir bitte zurück?“, fragte Delia. „Mir ist das alles viel zu unheimlich.“

„Wir können nicht gehen!“, widersprach Nina sofort. „Jetzt müssen wir auch nachsehen, was in diesem Raum ist!“

„Dann bleib ich hier!“, verkündete Delia.

„Du weißt aber, dass in Horrorfilmen demjenigen, der zurückbleibt, immer zuerst etwas passiert, oder?“, fragte Felix hinterhältig. Er wollte nicht alleine mit Daniel und Nina in die Dunkelheit gehen. Wenn Delia mitkam, hatte er wenigstens das Gefühl, dass jemand noch mehr Angst hatte als er.

Aber Delia streckte ihm die Zunge heraus. „Du machst mir keine Angst!“

Felix beugte sich vor. „Da war dieses junge, blonde, schöne Mädchen“, wisperte er ihr mit Grabesstimme ins Ohr. „Sie war ganz allein, und niemand war da, der ihr helfen konnte, als plötzlich dieses total unheimliche Monster ...“

„Okay“, schrie Delia und rannte hinüber zu Nina. „Ich komme mit!“

Vorsichtig kletterten alle vier in den Raum, der hinter der geheimen Wand lag. Nina fand, dass er genauso aussah wie in ihrem Traum. Dort drüben hing das Porträt von Herrn Winnsbrügge-Westerling, dort stand die Statue des Anubis.

Auch die anderen drei sahen sich um, sorgfältig bemüht, nichts anzufassen.

„Alter“, staunte Felix nach einer Weile und leuchtete dem Porträt des Archäologen direkt ins Gesicht. „Warum sollte sich jemand all diese Arbeit machen?“

Daniel schüttelte den Kopf. „Keine Ahnung. Aber Sarahs Vater muss das gebaut haben“, sagte er. Dann schien ihm etwas einzufallen.

Er ließ die große Tasche mit der Kiste langsam auf den sandigen Boden herab und holte zuerst die Kiste und daraus das Modellhaus hervor. „Schaut mal“, sagte er. „Das Datum über dem Eingang ist fort!“

Nina staunte. Vielleicht war jetzt gerade die einzige Gelegenheit gewesen, die Wand zu diesem Zimmer zu öffnen. Was für ein Glück sie gehabt hatten!

„Zeig mal!“ Felix wollte sich selbst von dem überzeugen, was Daniel und Nina da sahen. Er streckte die Hand aus und Daniel reichte ihm das Haus. Doch Super-Felix war einmal mehr unaufmerksam, und so plumpste das Haus auf den Boden.

Alle vier erstarrten.

Aber nichts geschah. Kein Erdbeben!

„Das Voodoo hat aufgehört!“, sagte Felix überrascht.

Delia atmete hörbar aus. „Dann sind wir hier jetzt wohl sicher!“, meinte sie. Danach ging sie vorsichtig auf die Ecke des Zimmers zu, die sie noch nicht untersucht hatten.

Nina hob das Haus auf und betrachtete es von allen Seiten. Es war schwer, so als wären Dinge darin. War das mit der Datumsangabe wirklich der einzige Zweck gewesen? Sie schüttelte es leise, doch nichts geschah.

Erst jetzt sah sie auf und entdeckte, dass Delia langsam in Richtung eines Korridors ging, der von einer Seite des Zimmers abging. Da war doch eine Linie auf dem Boden, über die die Freundin gerade hinwegging ... „Nein, Delia, keinen Schritt weiter!“

Zu spät.

Mit einem Krachen rasselte vor Delias Nase ein verrostetes Eisengitter von der Decke auf den Boden herab und versperrte den Gang zur Kammer des Anubis.

Delia war eingesperrt!

12
NACHRICHT AUS DEM JENSEITS

„Hiiilfe!"

Delia klammerte sich an dem gerade heruntergeratterten Gitter fest und rüttelte verzweifelt daran. „Ich will hier raus! Lasst mich hier nicht allein!"

Während Felix Delia versicherte, dass Super-Felix ganz bestimmt ein toller Plan einfiele, wie er sie aus der misslichen Lage befreien konnte, versuchte Nina, die Freundin mit ruhigen Worten zu trösten.

„Das bringt nichts, Felix", sagte Daniel schließlich unaufgeregt wie immer. „Es muss irgendwie anders gehen."

Daniel hob Herrn Winnsbrügge-Westerlings Porträt von der Wand. Dann bat er Nina, mit der Taschenlampe darauf zu leuchten, denn auf dem Rahmen war etwas eingraviert.

„Steht da drauf, wie das Gitter wieder verschwindet?", heulte Delia.

„Nein, ich glaub nicht", gab Daniel zur Antwort. „Hier

steht: Die erste Berührung lässt die schwierige Reise der Isis beginnen."

„Isis? Wir sollen doch auch die Träne der Isis finden!", sagte Nina aufgeregt. Hatten sie den ersten Schritt vielleicht sogar schon geschafft?

Felix, Daniel und Nina sahen sich an.

„Irgendwo hier muss es weitergehen", sagte Daniel. „Vielleicht sogar mit einem Schalter, der das Gitter hebt!"

Delia schaute sich verzweifelt um und suchte händeringend nach einer Möglichkeit, sich zu befreien. Und sie fand sogar etwas.

„Hey, seht mal hier!", rief sie. Auf einem Podest stand, nein, kniete eine kleine Figur und hielt die Hände wie im Gebet mit den Handflächen nach oben.

„Delia!", schrie Nina entsetzt. „Nicht anfassen!"

Doch wieder war es zu spät.

Es knarrte, dann rauschte es wie bei einer uralten Tonaufnahme.

Plötzlich donnerte eine unheimliche, tiefe Stimme durch das Gewölbe. *„Woher du auch gekommen bist, dies ist erst der Anfang!"*

Delia zuckte erschrocken zurück. Hätte sie die Figur doch nur nicht angefasst!

Ängstlich lief sie zum Gitter, wo die anderen bereits heftig diskutierten.

„Was war das?" Felix sah sich hektisch um. „Und wer war das?"

„Keine Ahnung!", erwiderte Daniel.

Nina kam dicht ans Gitter und legte die Hand, so gut es ging, auf die von Delia. „Es hat angefangen, als du die Figur berührt hast!"

Delia rüttelte wieder an den Stäben ihres Gefängnisses. Als sie nicht nachgaben, fing sie an zu weinen. „Nina, du bist meine allerbeste Freundin! Du musst dich gut um meine Klamotten kümmern und täglich meine Schuhe putzen!" Die Tränen machten sie beinahe blind, und so sah sie nicht, dass Nina bei diesem Satz lächeln musste.

„Felix", sagte Delia nun. „Du bist schon ein bisschen verrückt, aber eigentlich auch total lieb!"

Felix strahlte.

„Und Daniel, du bist auch ganz toll, ich werde euch so vermissen!", jammerte Delia.

Tröstend tätschelte Nina Delias Hand. „Wir lassen dich nicht im Stich!", murmelte sie.

Wieder klackte und rauschte es leise.

Ninas und Delias Finger umklammerten einander ängstlich, als aus dem Nichts eine düstere Stimme durch das Gewölbe hallte.

„Ich bitte um Aufmerksamkeit! Dies ist erst der Beginn der schweren Reise zu Isis."

„Das muss Herr Winnsbrügge-Westerling sein!", hauchte Nina ehrfürchtig.

Daniel nickte.

„Keine Herausforderung ist größer oder gefährlicher, denn die Träne von Isis offenbart sich nicht jedem! Du hast bereits Mut und Tapferkeit bewiesen, aber denk daran, dass nur die

Tapfersten und Mutigsten diesen langen Weg voller Gefahren überstehen werden. Die anderen werden im Angesicht von Isis zu Staub zerfallen. Bereite dich vor auf den Streifzug der Streifzüge, auf die Suche nach dem Kostbarsten aller Dinge. Nur diejenige Person, die alles gibt, wird am Ende heil am Ziel ankommen. Und merke dir, dass du manchmal einen Schritt zurückgehen musst, wenn du vorwärtskommen willst. Löse die Aufgaben, finde die rätselhaften Gegenstände, und das Haus Anubis wird seine Geheimnisse nach und nach preisgeben."

Es klackte leise, dann verstummte die ernste Stimme.

„Aber was ist denn die erste Aufgabe?", platzte Felix schließlich mit der Frage heraus, die alle bewegte. „Wir kennen doch die erste Aufgabe noch gar nicht!"

„Los", meinte Nina. „Wir müssen danach suchen."

Delia lehnte ihre Stirn verzweifelt an das Gitter. Am liebsten hätte sie weitergejammert, doch die anderen beschäftigten sich schon gar nicht mehr mit ihr.

„Hallo?", rief sie schließlich. „Kümmert sich jetzt niemand mehr um mich? Lasst mich bloß nicht sitzen, ich will hier raus!"

Wieder rüttelte sie wie besessen an den verrosteten Stäben, so heftig, dass das Bild Winnsbrügge-Westerlings, das Daniel dagegengelehnt hatte, umkippte.

Felix hob es auf und hielt es sich unter die Nase, als hätte er etwas entdeckt.

„Tara! Ich bin genial!", rief er.

„Steht da, wie das Gitter aufgeht?"

„Nein“, antwortete Felix. „Da steht: *Alles ... beginnt ... bei ... Anubis.*“

Schweigen breitete sich aus. Noch ein Rätsel.

Auf einmal stürzte Nina zu Delia. „Ich weiß es! Winnsbrügge-Westerling sagte, manchmal müsse man einen Schritt zurückgehen, wenn man vorwärtskommen will. Du musst zurückgehen, vom Gitter weg!“

Delia sah ihre Freundin verständnislos an.

Doch Nina bestand darauf. „Na los! Du musst ein Stück in den Gang zurück! Glaub mir!“

Delia sah ängstlich in die Dunkelheit hinter sich. „Nein, das ist viel zu unheimlich, das trau ich mich nicht!“

„Vertrau mir!“, drängte Nina.

Zögernd ging Delia ein paar Schritte in die Finsternis des Korridors.

Und tatsächlich! Es funktionierte! Kaum war sie drei, vier Schritte gegangen, rasselte es in den Wänden des Gewölbes, und das Gitter verschwand, beinahe so schnell, wie es heruntergefallen war, wieder in der Decke.

Erleichtert stolperte Delia in Ninas Arme. „Ich bin frei!“, jubelte sie.

„Unsere erste Aufgabe haben wir also!“, sagte Daniel, als sich alle etwas beruhigt hatten. Er nahm das Haus vom Boden und packte es wieder ein. „Los, lasst uns von hier verschwinden.“

Aber Felix war noch nicht fertig. Irgendetwas an der hundeköpfigen Statue des Anubis zog ihn magisch an. Er hatte es genau im Gefühl, irgendetwas war hinter dem Sockel! Er tastete ... und ja, er hatte recht. Da war ein Röllchen, um das man Pergament gewickelt hatte.

„Was ist das?“, fragten Nina und Daniel, die an Felix herangetreten waren.

Vorsichtig wickelte Felix das Pergament von dem Röllchen. „Ein Pergament.“ Er reichte es Daniel, der es aufmerksam studierte. „Und ein Fläschchen!“

„Was ist da drin?“, fragte Delia.

Felix zuckte mit den Achseln.

„Die Stimme hat doch von rätselhaften Gegenständen gesprochen!“, sagte Nina eifrig. „Das muss einer sein. Und alles beginnt bei Anubis! Das passt! Was steht denn auf dem Zettel?“

Daniel runzelte die Stirn. Die Buchstaben waren fast völlig verblasst. „Lass den Inhalt dieses Gegenstandes den umgekehrten Weg folgen, wo Rauch in kleinem Umfang sonst seinen Ausweg findet.“

Delia verdrehte die Augen. „Schon wieder ein Rätsel. Kann dieser Mann nicht mal klar sagen, was er meint?“

„Weißt du, was das bedeutet?“, fragte Nina ihren Freund gespannt.

Daniel schüttelte den Kopf. „Das werden wir aber herausfinden. Bisher haben wir noch jedes Rätsel gelöst!“

„Außerdem haben wir einen echten Vorsprung, jetzt, wo Victor nichts sehen kann!“, fügte Nina hinzu. „Ich habe auch schon ein gutes Versteck für die Kiste: Wir stellen sie in die geheime Kammer hinter dem Bücherregal in Delias Zimmer! Da findet Victor sie nie!“

Delia war begeistert. „Tolle Idee! Und wenn sie doch noch einmal leuchtet, kann mich das da überhaupt nicht mehr erschrecken!"

Daniel nickte. „Einverstanden, so machen wir es!"

Es sah ganz so aus, als hätten sie das Glück diesmal auf ihrer Seite.

Grimmig starrte Victor Senior den Kindern hinterher.

Sie hatten es geschafft, und nun zogen sie mit der Trophäe einfach von dannen! Und er? Nie war es ihm schlimmer vorgekommen, hier hinter dem Spiegel gefangen zu sein und nichts unternehmen zu können. Nein, statt dem Keller endlich sein größtes Geheimnis zu entreißen, war er zur Untätigkeit verdammt. Und zum Zuschauen, wie andere ihm zuvorkamen.

Am liebsten hätte er getobt und gebrüllt und gegen den Spiegel gehämmert, doch er wusste, das half alles nichts. Er würde warten müssen, bis sein missratener Sohn sich wieder hier unten blicken ließ und er ihn dazu bringen konnte, für kurze Zeit die Rollen zu tauschen. Er konnte nur hoffen, dass diese vorlauten Gören das, was sie gefunden hatten, auch wirklich im Dachzimmer dieser Blondine versteckten, wie sie gesagt hatten. Nur dort bestand die Chance, es zu finden – denn ohne die Träne der Isis war es ihm nicht vergönnt, die Welt hinter den Spiegeln endgültig zu verlassen.

Doch er musste sich gedulden. Es dauerte eine kleine Ewigkeit, bis sein Sohn wieder in den Keller kam. Verächtlich blickte er auf ihn herab, wie er seufzend über sein

Schicksal in den Stuhl vor dem Arbeitstisch gesunken war und seinem Raben vorjammerte, wie lästig die Haushälterin geworden war.

„Victor!"

Sein Sohn zuckte zusammen. Man konnte über dieser Schreckhaftigkeit wirklich die Geduld verlieren!

„Victor! Reiß dich zusammen und komm her!"

Zitternd stand der Sohn, der immer noch diesen lächerlichen Verband um die Augen trug, auf und tappte mit vorgestrecktem Arm auf den Spiegel zu. Mehr versehentlich als aus Absicht berührte er dabei das Glas. Doch das war Victor Senior in diesem Augenblick ganz egal.

Ein Lichtblitz, dann stand er im Kellerraum. Er atmete durch. Er war nicht mehr gefangen! Wie er diese Augenblicke genoss! Dass sein ungeratener Sohn nun hinter dem Spiegel stand, gegen die Scheibe klopfte und ihn anschrie, ihn hinauszulassen, ignorierte er.

Nichts wie hinauf auf den Dachboden! Die Träne der Isis durfte diesen unverschämten Kindern auf keinen Fall überlassen werden!

Luzy spähte um die Ecke. In den Park, der direkt neben der Schule lag, ging es also!

Wenn Max sie bloß nicht entdeckte! Nicht nur, dass sie ein schlechtes Gewissen hatte, weil sie, die so viel Wert auf Ehrlichkeit legte, so eine geradezu hinterhältige Nummer abzog. Sie wollte auch nicht dabei entdeckt werden, wie sie jemandem hinterherspionierte.

Aber, so meldete sich gleich eine andere Stimme in ihrem Kopf zu Wort, was sollte sie denn tun? Max redete doch nicht mit ihr! Und dann sein seltsamer Besuch gestern Abend! „Wenn mir etwas zustößt, sollst du wissen, was ich für dich fühle!“, hatte er gesagt. Als Luzy jedoch gefragt hatte, was Max denn zustoßen solle, hatte er geantwortet, dass alles okay sei.

Wer sollte so eine offensichtliche Lüge eigentlich glauben? Luzy bestimmt nicht. Ihr konnte man nicht so schnell ein X für ein U vormachen!

Und schließlich wollte sie ihm ja auch helfen, sagte sie sich zum hundertsten Mal, seit sie die Verfolgung des Freundes aufgenommen hatte. Man konnte über diesen albernen Club der Alten Weide sagen, was man wollte, eines hatte Luzy in ihrer Zeit mit Nina, Daniel und den anderen jedenfalls gelernt: Zu zweit ließ sich ein Problem immer besser lösen als allein.

Wieder huschte sie ein paar Schritte weiter und versteckte sich hinter einem Baum, damit Max, der ein paar Meter vor ihr herging, sie nicht erwischte.

Da! Jetzt blieb er auf einer Parkbank sitzen und schien sofort in sich zusammenzusacken.

Luzy spürte Mitleid in sich aufsteigen. Er sah aus, als könnte er ein paar aufmunternde Worte vertragen! Sie überlegte sich schon, zu ihm hinzugehen und noch einmal, wie schon so oft in den letzten Wochen, mit ihm zu reden, ihn zu überzeugen, dass er ihr vertrauen konnte!

Doch in diesem Moment kam jemand den Kiesweg zu

Max herüber. Ein Typ mit schulterlangen, gegelten Locken und einem grauen Anzug, der im Sonnenlicht, das durch die Blätter der Kastanienbäume fiel, silbrig schimmerte.

Er blieb vor Max stehen.

Luzy schlich sich im Schutz eines Haselstrauchs näher an die Parkbank heran, damit sie verstehen konnte, was die beiden miteinander sprachen.

Nun konnte sie auch diesen Unbekannten erkennen. Sie kniff die Augen zusammen, als könne sie so besser sehen. „Das ist doch ... das ist doch der Manager von dieser Miss Deutschland!“, murmelte sie überrascht, biss sich jedoch sofort auf die Lippen. Keinen Ton! Nicht, dass einer der beiden sie noch entdeckte.

„Ich hoffe, du hast niemandem etwas erzählt!“, zischte der Manager wütend.

„Hab ich gar nicht!“, versuchte Max sich zu rechtfertigen.

Luzy konnte genau erkennen, wie viel Angst er hatte.

„Du hast noch drei Tage Zeit, um das Geld zusammenzubringen“, fuhr der Manager ungerührt fort. Jack Capone hieß er, erinnerte sich Luzy jetzt. „Vergiss nicht: zehntausend Euro – und keinen Cent weniger! Sonst kannst du was erleben!“

Luzy schlug sich vor Schreck die Hand vor den Mund. Zehntausend Euro wollte dieser Capone von Max? So viel Geld? Aber warum?

Auf einmal erinnerte sie sich – Max hatte ihr das schon erzählt!

Ich bin auf die Krone der Miss gefallen, und nun ist das

schöne Schmuckstück kaputt. Sie hat Angst vor ihrem Manager, und da hab ich halt gesagt, dass ich die Verantwortung übernehme, ich bin ja auch schuld, dass das Ding zerbrochen ist.

Und jetzt sollte Max zehntausend Euro für diese Krone bezahlen? Kein Wunder, dass er in der letzten Zeit so bedrückt wirkte!

„Ich versuch ja schon alles", jammerte er. „Aber ..." Ihm gingen die Worte aus.

Luzy zog es beim verzweifelten Klang seiner Stimme das Herz zusammen.

„Drei Tage!" Jack Capone stieß mit dem Zeigefinger bedrohlich gegen Max' Schulter. Dann drehte er sich abrupt um und marschierte davon.

Luzy verkroch sich rasch etwas tiefer ins Gebüsch, damit er sie nicht entdeckte.

Ihre Gedanken wirbelten. Deshalb hatte er gestern Abend so komisch geklungen. Sie musste Max helfen, so viel stand für Luzy fest.

Doch wo sollte sie in drei Tagen nur so viel Geld herbekommen ...?

Wieso zum Teufel konnte er dieses Regal nicht bewegen?

Diese Schlangenbrut! Womit musste er, Victor Senior, sich nicht alles herumschlagen!

Da war zum einen dieser ungeratene Sohn, der dümmer war, als die Polizei erlaubte. Zum anderen waren da diese Gören. Das konnte wohl nicht sein!

Er war ein Rodemer! Es wäre doch gelacht gewesen, wenn er dieser Schlangenbrut an Intelligenz nicht um Meilen voraus gewesen wäre. Diesen Schrank da hatten sie vorhin aufgezogen, dahinter war sie, die Kiste, die er brauchte, um die Träne der Isis zu finden. Wenn so ein kleines, mageres Mädchen wie diese Nina dieses Bücherregal bewegen konnte, konnte er das erst recht!

Wieder zerrte er aus Leibeskräften an dem Regalbrett.

Vergeblich.

„Aaaargh!" Wütend schrie Victor Senior sich den Zorn aus dem Leib. Doch das half nicht, die Wut loszuwerden. Aufgebracht versetzte er einem kitschigen, pinkfarbenen Sitzkissen einen Tritt, dass es gegen die alberne Frisierkommode prallte. Natürlich riss es die Hälfte aller Töpfchen und Tiegelchen, die darauf standen, mit großem Gepolter herunter.

Egal. Beinahe zufrieden sah Victor Senior die Unordnung, die entstanden war. Dann würde er die Gören eben so lange belauschen, bis er die Kiste fand, so einfach war das. Sollten sie doch die Drecksarbeit für ihn machen!

Was diese kleinen Rotznasen konnten, das konnte er ja wohl schon lange.

Mit großen Schritten ging er in Richtung Tür und versetzte einem rosa Plüschbären noch einen kräftigen Tritt in den Bauch.

Er würde es schaffen.

„Was ist denn hier passiert?"

Nina trat neben Delia und staunte. Sie wusste sehr wohl,

die Freundin war nicht immer die Ordnung in Person. Dass sie allerdings ein derartiges Chaos veranstaltete, war selbst Nina neu.

„Das war ich nicht“, murmelte Delia und starrte fassungslos auf den ungeordneten Haufen von Cremetöpfen, Kleidern und Schnickschnack, die auf dem Boden verstreut lagen.

„Das muss Victor gewesen sein“, sagte Delia und schloss die Tür hinter Daniel, der gerade hereingekommen war. „Während wir heute in der Schule waren! Kann man jetzt noch nicht einmal in Ruhe in die Schule gehen?“

„Victor?“ Daniel konnte es nicht glauben. „Der kann doch gar nichts sehen.“

„Keine Ahnung“, erwiderte Nina. „Aber er ist auf der richtigen Spur.“

Mit festen Schritten ging sie auf das Bücherregal zu. Es sah allerdings entschlossener aus, als sie sich fühlte!

Als sie auf die Maske an der Wand drückte und sich das Regal zur Seite schob, fiel ihr ein Stein vom Herzen. Da war sie, die Kiste!

Schnell holte sie das Modellhaus heraus und stellte es auf Delias leere Frisierkommode.

Daniel zog währenddessen das Fläschchen und den dazugehörigen Streifen Pergament aus der Hosentasche.

„Wollen wir auf Felix warten?“, fragte Nina.

Daniel schüttelte den Kopf. „Der schaut doch noch nach, ob es Mara wirklich gut geht. Es hätte ja sein können, dass sich um Mitternacht nicht nur die Wand öffnet, sondern dass ihr auch etwas passiert.“

Nina schauderte. Sie musste wieder an die schreckliche Vision der todkranken Mara im Krankenbett denken.

Daniel sah sie tröstend an und strich ihr über die Schulter. „Er kommt sicher gleich."

Nina fühlte sich sofort beruhigt.

Daniel wandte sich wieder dem Haus zu.

„Moment!", unterbrach Delia plötzlich, als Daniel die Hand mit dem Fläschchen hob. Er zuckte zusammen und ließ die Phiole sinken. Delias Kopf rutschte ein wenig tiefer zwischen die Schultern. „Ist das auch das Richtige, was wir da machen?"

„Na ja, so genau weiß ich das nicht", gab Daniel zu. „Aber auf dem Pergament steht: *Lass den Inhalt dieses Gegenstandes den umgekehrten Weg folgen, wo Rauch in kleinem Umfang sonst seinen Ausweg findet*. Ich habe mir gedacht, dass man vielleicht den Inhalt des Fläschchens in den Schornstein kippen muss. Aus dem kommt ja manchmal Rauch."

In diesem Moment flog die Tür der Dachkammer mit einem lauten Knall auf. Alle drei zuckten heftig zusammen und fuhren herum. Daniel hätte beinahe das Fläschchen fallen lassen.

„Ich bin's bloß", sagte Felix ein wenig eingeschüchtert, als er sah, dass alle Augen auf ihn gerichtet waren.

Delia und Nina verdrehten die Augen.

Daniel seufzte. „Na, gerade noch rechtzeitig", sagte er. „Also los."

Felix kniete neben Delia und sah genauso gespannt wie die anderen dabei zu, wie Daniel ein paar Tropfen einer

Flüssigkeit in den Schornstein des kleinen Modellhauses fließen ließ. Einen Moment lang passierte gar nichts. Delia holte schon Luft, um sich zu beschweren.

Da winkte Nina aufgeregt und mit großen Augen ab. „Sieh nur!"

Aus dem Schornstein des Häuschens zogen weiße Rauchfahnen. Dann begann unendlich leise innerhalb des Häuschens etwas zu rasseln. Schließlich klackte es.

„Was war das?!", sagte Felix nervös.

„Man kann das Dach anheben!", stieß Daniel hervor. Vorsichtig nahm er den oberen Teil des Hauses ab.

Delia und Nina steckten ihre Nasen in die Öffnung.

„Was ist drin?", drängelte Felix.

Daniel nahm den Gegenstand heraus.

Es war eine winzige Ritterrüstung!

13
DAS GEHEIMNIS DER RÜSTUNG

Zehntausend Euro.

Das war so viel Geld, dass Luzy es kaum glauben konnte. Trübsinnig betrachtete sie den kleinen Haufen Scheine und Münzen vor ihrem Bett. Ihre ganzen Ersparnisse. Geburtstagsgeschenke von Tanten und Onkeln, ein wenig Taschengeld. Zweihundertfünfundneunzig Euro in Scheinen und rund fünf Euro in Münzen.

Das würde nie reichen, um Max zu helfen!

Luzy war ratlos. Irgendetwas musste sie tun, nur was?

Vorsichtig spähte Nina um die Ecke.

Sie war die Kleinste und fiel deshalb auch am wenigsten auf. Aber die Galerie, die an Victors Büro vorbeiführte, war leer. Am anderen Ende stand bewegungslos die alte Rüstung. Draußen war es schon dunkel, aber hier ...

„Daniel, da scheint noch Licht in Victors Büro", sagte sie.

Daniel nickte entschlossen. „Also müssen wir doppelt vorsichtig sein", wies er die anderen an.

Delia und Felix nickten eifrig, und schon huschten alle vier in Richtung der alten Ritterrüstung, die am anderen Ende des Flurs neben Victors Büro stand.

Kaum angekommen, hielt Nina einen Finger vor die Lippen, doch im Büro des Hausverwalters war es still.

Zur Sicherheit kauerten Nina, Daniel und Delia sich unter das Fenster.

Felix kletterte mithilfe des kleinen Schranks neben dem Galeriegeländer an der Rüstung hoch und klappte das Visier auf. Vorwitzig steckte er seine Nase hinein. Für einen Augenblick hatte Nina Angst, er würde das Echo ausprobieren wollen.

„Und?", fragte sie gespannt. „Siehst du schon was?"

„Nein", erwiderte Felix. Seine Stimme hallte ein wenig in der Rüstung nach. „Viel zu dunkel."

Daniel runzelte die Stirn. „Dann müssen wir sie mitnehmen und zerlegen."

„Das geht nicht!", protestierte Delia sofort. „Das Ding ist doch schwer wie Blei!"

Felix nahm den Ritter wie einen alten Kumpel in den Arm. „Kein Problem für Super-Felix!", tönte er. „Der kann ein ganzes Auto hochheben!"

Nina verdrehte die Augen.

Doch bevor Felix seine Stärke unter Beweis stellen konnte, stürmte Victor auf den Gang. Seltsamerweise trug er einen riesigen Vogelkäfig in der Hand.

„Was macht ihr hier?“, donnerte er.

Nina dachte, dass seine autoritäre Stimme ziemlich lächerlich klang, vor allem weil er immer noch den dicken Verband um die Augen hatte und den ausgestopften Raben mit sich herumtrug. Doch sie gab sich Mühe nicht zu lachen.

Delia und Felix hatten auch schon längst eine Ausrede erfunden.

„Wir behandeln in der Schule gerade ...“ Delia suchte nach Worten.

„... Kampfausrüstungen im Laufe der Zeit!“, rief Felix dazwischen. Seine Stimme überschlug sich fast vor Aufregung.

„Ja“, beeilte Delia sich zu versichern. „Und die Rolle, die die Mode dabei spielte!“ Sie grinste breit.

„Euer Geschwätz könnt ihr euch fürs Abendessen aufheben!“, knurrte Victor. „Und nun macht schon, es ist längst Essenszeit!“

Doch Nina gab noch nicht auf. „Aber ... könnten wir nicht vielleicht kurz ...?“

Victor unterbrach sie sofort. „Jetzt ist Essenszeit!“

Alle vier beeilten sich, Victors Worten Folge zu leisten, und hasteten die Treppe hinab.

Einerseits war mit einem zornigen Victor wirklich nicht gut Kirschen essen. Und andererseits hatte Rosie für heute Abend Spaghetti mit Paprikasoße auf den Speiseplan gesetzt ...

Zehntausend Euro!

Nachdenklich stocherte Luzy in ihren Spaghetti herum. Ihr fiel gar nicht auf, dass sie die Nudeln im Grunde nur von einer Seite des Tellers auf die andere schob. Was konnte schon so viel wert sein – außer vielleicht einer Krone für eine Miss Deutschland?

Den ganzen Nachmittag hatte sie sich bereits damit beschäftigt, doch sie war sich mittlerweile sicher: Noch nie in ihrem Leben hatte sie etwas besessen, was auch nur annähernd so teuer gewesen war.

Schließlich schob sie ihren halb vollen Teller zurück und setzte sich an den Computer, der in einer Ecke des Wohnzimmers stand. Dabei achtete sie nicht auf die angeregte Diskussion, die Kaya und Charlotte gerade führten. Es ging irgendwie um einen Weltrekord und um das Essen von Eiern.

Luzy schüttelte den Kopf. Lotte hatte von ihr wissen wollen, wie man es schaffte, fünfundzwanzig Eier in einer Minute zu essen – aber wie konnte sie an so einen Unsinn denken, wenn es Max so schlecht ging?

Kaya und Charlotte gingen ihr auf einmal unglaublich auf die Nerven. Hatten die nichts anderes im Kopf als die blöde Schülerzeitung?

Dass nun mit großem Hallo Nina, Daniel, Felix und Delia ins Zimmer kamen und wie die Hyänen über die restlichen Spaghetti herfielen, hob Luzys Laune nicht gerade.

Grübelnd surfte sie im Internet und fand sich unversehens in einem Online-Auktionshaus wieder. Was konnte man hier für zehntausend Euro kaufen? Vielleicht fiel ihr eine Lösung ein, wenn sie nur lange genug hier auf den Seiten dieses Auktionshauses herumsurfte. Was es nicht alles gab für diese unglaubliche Summe!

Luzy staunte: Gemälde. Autos. Antike Möbel. Kunstgegenstände. Antike Schachspiele.

Antike Spiele.

Luzy spürte ein Kribbeln im Nacken.

Antike Spielsteine.

Sie hatte doch schon einmal etwas in der Hand gehabt, was viel Geld wert war. Und das war noch gar nicht lange her.

„Wie kommen wir denn jetzt an diese blöde Rüstung?“, fragte Nina so leise, dass Kaya und Charlotte nicht in ihrem Streit abgelenkt wurden. Sie hatte nur gehört, dass es um einen Eike ging, der morgen für die Schülerzeitung interviewt werden sollte.

Es klang im Vergleich zu ihren Sorgen so albern: Hatte der wirklich in einer Minute fünfundzwanzig Eier gegessen und damit einen Weltrekord aufgestellt?

Nina machte sich eine geistige Notiz, Luzy dazu zu befragen. Sie war doch so eng mit Charlotte befreundet und schrieb auch an der Schülerzeitung mit, vielleicht konnte sie das erklären! Auch wenn sie gerade wie ein begossener Pudel vor dem Computer saß und auf den Bildschirm starrte, als stünde dort die Lösung aller Fragen geschrieben.

Sie musste wohl später nachforschen.

„Die Rüstung kriegen wir nie da weg, die wiegt bestimmt ’ne Tonne!“, sagte Delia düster.

Daniel nickte. „Und nicht nur das. Victor kriegt ja auch alles mit, obwohl er nichts sieht!“

In diesem Moment war von draußen ein ohrenbetäubendes Scheppern und Poltern zu hören.

Nina fuhr vor Schreck zusammen, und selbst Felix starrte mit offenem Mund zur Tür.

„Das klang doch wie …“ Daniel sah Nina erschrocken an und sprang auf.

Delia hechtete hinterher.

„Victor!“ Rosies vorwurfsvolle Stimme hallte durch den Flur, in dem das laute Klirren jetzt langsam verebbte.

Besorgt versuchte die Haushälterin, Victor aufzuhelfen, der sich selbst innerhalb eines Haufens von metallenen Beinschienen, Brustharnischen und Helmen zurechtfinden musste. „Was hast du denn nun wieder angestellt, Victor? Und was macht überhaupt die Rüstung hier!“

Mühsam kämpfte Victor sich hoch und stieß ihren Arm weg. „Lass mich endlich mal los!“

„Die ist doch viel zu schwer! Wo wolltest du denn damit hin?“ Rosie konnte über so viel Unverstand nur den Kopf schütteln.

Victor klopfte sich den Kittel ab, als müsse er ertasten, ob noch alles an ihm dran war. „Die Rüstung kommt in den Keller, und zwar sofort!“

Delia und Nina wechselten einen beunruhigten Blick.

„Aber Victor, wieso denn?“, wollte Rosie wissen. „Willst du mit dem Aufräumen denn nicht warten, bis du wieder etwas sehen kannst?“

„Hör auf mit deinem Geschwätz!“, rief Victor gereizt. „Hilf mir lieber!“

„Kommt Jungs", meinte Rosie mit fester Stimme. „Helft mal mit."

Sie bückte sich, und Delia, Magnus und Kaya folgten ihrem Beispiel, um eines der hundert Teile, in die die Rüstung bei Victors Sturz zerfallen war, aufzuheben.

„Nein!", protestierte Victor. „Nein, nein, nein! Die fassen mir nichts an!"

Magnus und Kaya sahen sich an und zuckten mit den Schultern. Sie legten die Teile, die sie aufgehoben hatten, wieder hin und gingen ein paar Schritte zurück.

Delia dagegen drückte den Rüstungsarm, den sie sich geschnappt hatte, fest an sich. Das Metall knackte und knirschte leise.

Sofort fuchtelte Victor mit dem Finger vor ihrer Nase herum. „Leg das sofort wieder hin! Ich mach das schon – und ihr, ihr verschwindet auf eure Zimmer! Los!"

Zögernd gehorchte Delia und legte den Rüstungsarm langsam wieder auf die Bodenfliesen.

„Aber Victor!" Rosie war jetzt ernstlich böse. „So brichst du dir noch das Genick!"

Doch Victor winkte nur ungeduldig ab.

„Komm, wir gehen", sagte Daniel leise und lief in Richtung Treppe. Er warf Nina, Delia und Felix einen Blick zu.

Felix huschte noch einmal ins Wohnzimmer und kam kurz darauf mit einem großen Spaghettiberg auf einem Teller wieder zurück.

„Ich habe einfach Hunger!", erklärte er den anderen.

Bedrückt hockten die Sibunas auf Delias Bett und davor.

„Fieht fo auf, alf müfften fir fiefer ganf fon forn anfangen."

„Was?" Delia rümpfte die Nase. Musste Felix so viele Spaghetti in sich hineinstopfen und auch noch mit vollem Mund sprechen?

Nina lächelte. „Er meint wohl, wir müssen wieder ganz von vorn anfangen."

„Victor wird die Rüstung keine Sekunde mehr aus den Augen lassen", bestätigte Daniel düster. „So viel steht fest."

„Wenn wir nur wüssten, was wir suchen!", seufzte Nina. „Dann wäre alles ein bisschen einfacher."

„Also ..." Zur Überraschung aller grinste Delia breit und lehnte sich entspannt gegen das Kopfende ihres Betts. „Ich glaube ja, dass wir nach ... einem Zettel suchen!", sagte sie gedehnt, während sich das Grinsen auf ihrem Gesicht weiter ausbreitete. „Nach diesem Zettel!" Mit diesen Worten griff sie in ihren Ausschnitt und wedelte kurz danach mit einem Stück Papyrus in der Luft herum.

„Oooh!"

„Wo hast du das her?"

„Wie kommst du denn daran?"

Alle schrien durcheinander. Delia sonnte sich in der allgemeinen Aufmerksamkeit. Sonst waren es meist Daniel oder Nina, die die Lorbeeren für einen Durchbruch beim Rätsellösen einheimsten.

„Das hab ich aus dem Arm der Rüstung, den ich aufgehoben hatte. Da lugte eine Spitze des Pergaments aus dem Scharnier am Ellbogen. Und ich hab es rausgefummelt, bevor Victor was merken konnte!“, berichtete Delia und platzte beinahe vor Stolz.

„Olé, olé, olé, olé!“, rappte Felix und stürzte auf Delia zu. „Delia Seefeld, olé!“ Er nahm sie so fest in den Arm, dass Delia die Luft wegblieb.

„Wenn du mich weiter so drückst, dann wird das 'ne kurze Siegesfeier!“, presste sie hervor.

Beinahe ein wenig enttäuscht ließ Felix Delia wieder los, und die reichte Daniel den Zettel mit theatralischer Geste.

„Endlich haben wir mal wieder ein bisschen Glück!“, freute sich Nina.

„Was ist drauf?“, fragte Felix neugierig.

Fassungslos betrachtete Daniel das kleine Stück Papyrus. Er drehte und wendete es, doch das Ergebnis blieb das gleiche.

„Na los, sag schon, was steht drauf?“

„Nichts.“ Daniel hob den Kopf. „Absolut gar nichts!“

Antike Spielsteine!

Das war die Lösung. Das Dominospiel von Amneris. Das war zehntausend Euro wert!

Fasziniert starrte Luzy auf den Bildschirm. Nur wenige Klicks, und ihr Einfall hatte sich als die Lösung für das Problem erwiesen. Da, auf der Internetseite von Daniels Onkel Per Marrant, standen sie. Er hatte sie in sein Verkaufssortiment aufgenommen und bot die Dominosteine, die dem Club letztes Jahr geholfen hatten, das Geheimnis um Amneris und Tutanchamun zu lösen, jedem, der sich dafür interessierte, zum Verkauf an. Damals hatte Luzy noch zum Club gehört. Deshalb wusste sie auch, dass die Steine sich nicht im Antiquitätengeschäft von Daniels Onkel Per befanden, sondern – wenn sie großes Glück hatte – immer noch in Ninas Schrankschublade.

Das war die Lösung. Sie musste nur die Steine nehmen und sie im Internet zum Verkauf anbieten, dann war Max' Problem gelöst. Und dabei würde sie nicht einmal ihren eigenen Namen benutzen müssen! Eigentlich war es ideal. Seit einigen Tagen schlief Nina sowieso bei Delia auf dem Dachboden, weil die immer noch nicht allein sein konnte, und so hatte Luzy das gemeinsame Zimmer für sich.

Alles war so einfach.

Doch plötzlich meldete sich Luzys Gewissen. Was hatte sie sich da nur ausgedacht? War sie verrückt geworden? Wollte sie ernsthaft ihre Freundin bestehlen und die Steine, die Nina nicht einmal gehörten, sondern Daniels Onkel, heimlich verkaufen? Wie schäbig war das denn! Und Max wollte nicht einmal, dass sie ihm half!

Entschlossen schaltete sie den Computer ab.

Auf so dumme Gedanken kann man nur kommen, wenn man traurig ist und zu wenig geschlafen hat, schimpfte sie mit sich selbst.

Morgen früh würde die Welt sicher schon ganz anders aussehen.

So oft Felix den Papyrusschnipsel auch drehte und wendete oder gegen das Licht hielt – keine Geheimschrift kam darauf zum Vorschein.

Er saß mit Delia und Nina auf der rosafarbenen Plüschdecke, die Delias Bett bedeckte.

Delia starrte nachdenklich vor sich hin. Da hatte sie schon einmal eine Entdeckung gemacht – und dann so etwas!

„Total leer", meinte Felix schließlich enttäuscht und reichte den Zettel an Nina weiter. „Da kann man höchstens eine Einkaufsliste draufschreiben!"

„Aber das muss etwas bedeuten!" Nina drehte das Papier hin und her. „Der Zettel war doch nicht umsonst in der Rüstung!"

„Nein, und er war auch richtig gut festgemacht", sagte Delia trotzig. Es passte ihr gar nicht, dass etwas, was sie so geistesgegenwärtig aus Victors Klauen gerettet hatte, wertlos sein sollte. „Das muss ein Hinweis sein!"

„Glaubt es oder nicht, irgendwie kommt mir die Form des Zettels bekannt vor", grübelte Daniel und nahm Delia das Ding aus der Hand.

Nina starrte ihren Freund an. Jetzt, wo er es sagte ... „Wo ist dieser Grundriss? Die Karte?", fragte sie und war plötzlich sehr aufgeregt.

Delia ließ sich anstecken und hüpfte vom Bett. Danach zog sie die Kiste unter dem Gestell hervor.

„Das ist aber nicht sehr sicher", meinte Daniel.

„War nur eine Ausnahme", beschwichtigte Delia und zog die Karte aus der Kiste.

Daniel nahm sie und breitete sie auf Delias Schminktisch aus.

Dann hielt Nina den Zettel über die leeren Felder, die aussahen, als wären es Räume in einem Labyrinth. Über einem, der sich ganz in der Nähe der Anubis-Kammer befand, die sie schon kannten, hielt sie schließlich inne und legte den Zettel ab. „Seht mal! Es passt! Wie ein Puzzle!"

Gespannt starrten alle auf die Karte.

„Es passiert ja gar nichts", brach Felix schließlich das Schweigen.

„Doch!", stieß Daniel aufgeregt hervor und wies mit dem Zeigefinger auf das Pergament. „Da!"

Alles war still.

Zu still, denn Luzy hörte in der Dunkelheit sowohl ihr schlechtes Gewissen als auch ihre Sorge um Max viel zu laut. Als sie ins Bett gegangen war, hatte sie geglaubt, den Gedanken, die Dominosteine zu stehlen und zu verkaufen, erfolgreich verdrängt zu haben. Stattdessen dachte sie nun die ganze Zeit an Max. Daran, wie wunderbar romantisch er sein konnte, wie sehr er ihr fehlte, das fröhliche Lachen, die schönen Bilder, die er fotografieren konnte. Es war schrecklich, dass er nicht mit ihr über seine Sorgen reden, sondern lieber Schluss machen wollte.

Wieder tauchte Max' kaltes und leeres Gesicht vor ihr auf, das er heute in der zweiten großen Pause vor den Spinden gemacht hatte. „Lass mich in Ruhe. Ich hab dir nichts zu sagen."

Luzy presste die Augen zusammen. Nein, das durfte sie nicht zulassen. Sie musste kämpfen.

Aber die Steine stehlen?

Sie schlug die Augen auf. Ja. Max war wichtiger als alles andere auf der Welt. Wichtiger als Nina. Wichtiger als Ehrlichkeit oder ihr Stolz.

Ehe sie überhaupt weiter nachgedacht hatte, stand sie an Ninas Schrankschublade und zog sie auf. Da war sie, die silberne Schachtel, in der die antiken Dominosteine aufbewahrt wurden.

Luzy überlegte nicht länger. Ihre Entscheidung war klar. Sie würde Max helfen können.

Und nur das zählte.

Beinahe unmerklich hatte die Stelle, an der Nina den Papyrus abgelegt hatte, zu leuchten begonnen. Nun wurde das Licht immer heller.

Delia rückte ängstlich ein Stück näher an Felix, auch Nina nahm Daniels Hand. Dann wurde das Licht für eine Sekunde so grell, dass sie alle die Augen schließen mussten.

Als das Licht schließlich weg war, sah die Karte ganz anders aus.

Statt leerer Felder war nun ein deutlicher Weg eingezeichnet, auch wenn viele Felder noch leer waren. Dort, wo Nina den Zettel abgelegt hatte, war eine Schrift erschienen. Und sie war sogar lesbar, wenn auch ein wenig krakelig.

Delia umfasste aufgeregt ihr Horusauge, das sie wie die anderen um den Hals trug. Doch die Kette war zu kurz, und so nahm sie sie ab, damit sie besser mit ihr herumspielen konnte. Sie musste jetzt einfach etwas haben, um ihre Anspannung loszuwerden!

Nina beugte sich tiefer über die Karte. „Das kann man lesen!“, sagte sie. *„Acht Steine umfasst der Pfad, von dem niemand abweichen darf. Acht Schritte, um zu der Träne der Isis zu gelangen. Acht Schritte, leicht oder schwer, jeder voller Gefahren. Acht Schritte. Aber für jeden gibt es nur eine Chance.“*

Delia schluckte und hätte beinahe ihr Amulett fallen lassen. „Voller Gefahren?“

„Nur eine Chance?“, fügte Daniel hinzu.

„Vor allem: Was hat das zu bedeuten?“, meinte Felix.

Keiner der Sibunas wusste auf diese Frage eine Antwort.

„Victor!“ Victor Senior spürte ganz genau: Er war kurz davor, die Geduld zu verlieren. Diese nervigen Gören hatten einen weiteren Teil des großen Rätsels entschlüsselt, und statt etwas dagegen zu unternehmen, schleppte sein nichtsnutziger Sohn hier Teile der alten und ebenso nichtsnutzigen Ritterrüstung durchs Haus! *„Was soll denn die Rüstung hier unten?“*

„Aber ... aber ich dachte ...“

„Das ist ja das Problem!“, schnauzte Victor Senior. *„Du sollst nicht denken, das mache ich schon! Wir brauchen nicht die Rüstung, wir brauchen diese Kiste! Aber ich kann mich nicht lange außerhalb des Spiegels aufhalten, ohne diese schrecklichen Kopfschmerzen zu bekommen!“*

„Das schaffe ich schon, Vater!“, versicherte Victor. Er war ganz in seiner Ehre gekränkt.

Doch Victor Senior schnitt ihm das Wort ab. *„Komm jetzt her! Und keine Widerrede!“*

Widerwillig schlurfte Victor zum Spiegel. Wenn sein Vater das wollte, dann musste er eben wieder hinter den Spiegel ...! Und dabei hatte er sich solche Mühe gegeben, die Rüstung hier herunterzuschleppen. Das war nur gelungen, weil die Gören mal wieder in der Schule waren! Wenn es nach ihm gegangen wäre, hätten sie den ganzen Tag dort verbringen können, auch die Abende.

Sein einziger Trost in dieser Situation war, dass die nervigen Kinder ihm und seinem Vater nicht in die Quere kommen konnten, solange sie in der Schule waren ...

Wie hatte diese Nina das noch gemacht?

Victor Senior runzelte die Stirn und betrachtete das Bücherregal in Delias Dachkammer. Es war schwer, sich zwischen all dem Rosa zu konzentrieren. Wie konnte es ein Mensch nur bei dieser schrecklichen Farbe aushalten? Aber er war ja nicht hier, um sich darüber Gedanken zu machen.

Also, was hatte diese Nina gemacht, um das Regal zu öffnen? Ach ja. Sie hatte die Hand auf die Maske gelegt. Dieses Ding, das da links über dem Regal hing.

Victor Senior ignorierte die Kopfschmerzen, die schon jetzt hinter seiner Stirn zu pochen begannen, und trat vor die Maske. Sorgsam versuchte er, seine Finger so zu platzieren, wie Nina es getan hatte. Dann hatte sie ein wenig gedrückt.

Und es gelang! Mit einem leisen Knirschen schob sich das Regal von der Wand fort und gab den Weg frei in eine kleine Geheimkammer, in der jede Menge alter Plunder stand.

Victor Senior grinste zufrieden. Gut, dass er aus jedem Spiegel im Haus freien Blick auf diese Schlangenbrut hatte! So konnte er sie an jeder wichtigen Stelle überwachen! Und besonders im Zimmer dieser dämlichen Delia Seefeld, gab es viel zu sehen. Glücklicherweise war der Spiegel hier auch ziemlich groß!

Mit festen Schritten ging er in die geheime Kammer und sah sich um. Wo war nur diese Kiste? Hatten die Gören sie so gut versteckt? Sie fühlten sich doch sicher, ganz bestimmt hatten sie sie nur kurz hier hineingestellt und danach das Regal wieder geschlossen.

Doch so sehr er auch suchte, die Kiste blieb unauffindbar. Und die Kopfschmerzen wurden nun wieder schlimmer, je mehr er sich darüber aufregte! Ein Misserfolg! So etwas konnte es doch nicht geben, diese ungezogenen Kinder hatten ihn erneut reingelegt!

Wütend ging Victor Senior zurück in Delias Zimmer. Die Schmerzen, die hinter seinen Schläfen pochten, nervten ihn mindestens genauso wie die Tatsache, dass er nichts gefunden hatte!

Zornig warf er ein paar der rosafarbenen T-Shirts, die auf Delias Tisch lagen, auf den Boden und trampelte darauf herum. Aber was war das? Unter den jetzt hässlich zusammengeknüllten Stoffstücken war doch etwas. Hastig bückte er sich und warf die T-Shirts beiseite. Die Schmerzen vernebelten schon seine Gedanken, viel Zeit hatte er nicht mehr.

Und dann fand er es.

Ein Amulett. Das Gleiche, das die Kinder getragen hatten,

als sie durch die Wand der Amneris gegangen waren! Sie hatten das Licht des Ra unbeschadet überwunden – dank dieser Amulette.

Ein Lächeln breitete sich trotz der mittlerweile rasenden Kopfschmerzen auf Victor Seniors sonst so grimmigem Gesicht aus. Jetzt hatte er die Möglichkeit, dieser naseweisen Kinderschar eins auszuwischen! Noch einmal betrachtete er das rhombusförmige Amulett mit dem roten Stein in der Mitte.

Nun gehörte die Träne der Isis ihm!

14
ACHT SCHRITTE

„Also." Nina hatte es sich an Daniels Seite auf dem Sofa des Aufenthaltsraums bequem gemacht. Delia saß mit gerunzelter Stirn neben ihr, Felix hatte sich auf der Sofalehne niedergelassen. „Auf der Karte stand, es sind acht Schritte bis zur Träne der Isis. Und der Weg ist voller Gefahren. Wir müssen trainieren, und ich habe auch schon einen Fitnessplan für uns alle aufgestellt." Sie zog ein Blatt Papier aus ihrem Collegeblock.

Felix schnappte sich das Blatt und entfaltete es. „Das sollen wir in einer Woche alles machen?", fragte er ungläubig.

Nina sah ihn lächelnd an. „An einem Tag, Felix."

Delia verzog das Gesicht, als sie las, was Nina aufgeschrieben hatte. „Wofür sollen wir das denn alles machen? Jeden Tag fünf Kilometer laufen und fünfzig Liegestütze? Da sehe ich hinterher doch ganz zottelig aus!"

Wie immer lenkte Daniel von Delias Schönheitsproblemen

ab. „Ich habe die Hieroglyphen, die überall auf der Karte stehen, schon beinahe übersetzt. Unser nächstes Problem hat ganz sicher etwas mit Gewichten zu tun. Aber wie genau das funktionieren soll, weiß ich noch nicht."

Nina sah Daniel bewundernd an. Es fiel ihm so leicht, diese Hieroglyphen zu übersetzen! Sie kannte niemanden, der das so gut konnte wie er. „Wir fangen heute nach der Schule gleich mit dem Training an", sagte sie entschlossen.

„Und ich besorge noch ein paar Sachen, die wir wahrscheinlich gut gebrauchen können", verkündete Felix und sprang voller Elan von der Sofalehne, um zu seinem Freund Magnus zu gehen, der ihm vom anderen Ende des Raums zuwinkte.

Auch Nina und Daniel wollten nun aufstehen, aber Delia hielt sie noch zurück.

„Halt! Wartet mal", sagte sie. „Ich muss euch was erzählen. Ihr müsst allerdings schwören, nicht böse zu werden."

Daniel und Nina sahen sich besorgt an.

„Ich schwöre es", versprach Daniel.

Delia sah sehr kleinlaut aus, und es war offensichtlich, dass ihr die Beichte schwerfiel.

Nina biss sich auf die Lippen. Sie erwartete eine regelrechte Hiobsbotschaft.

Unglückselig sah Delia von einem zum anderen. „Ich hab mein Horusauge verloren!"

Vorsichtshalber hielt Victor Senior sich mit der linken Hand die Augen zu. Mit der rechten tastete er sich langsam vorwärts. Das Licht des Ra, mit dem der Durchgang in die geheimen Gewölbe geschützt wurde, tat wirklich zu weh, wenn man direkt hineinsah. Doch obwohl der Keller taghell erleuchtet war, als hätte man einen gigantischen Scheinwerfer darin aufgestellt, fühlte er nur eine angenehme Wärme auf den Wangen!

Langsam nahm er die Hand von den Augen.

Es funktionierte! Er sah auf das Amulett in seiner Hand. Das Amulett war der Schlüssel. Natürlich, das hatte dieser neunmalkluge Bengel ja in der Dachkammer schon angedeutet: Das Auge des Horus schützte vor dem Licht des Sonnenkönigs.

Siegessicher kletterte Victor Senior durch das Loch in das geheime Anubis-Zimmer. Für einen Moment vergaß er die immer schlimmer werdenden Kopfschmerzen.

Er sah sich um und warf dabei einen verächtlichen Blick auf das Porträt von Winnsbrügge-Westerling. Noch einmal würde der Archäologe ihn nicht reinlegen! Da hinten, in dem Gang, ging es weiter. Victor Rodemer Senior war sich sicher, dass Winnsbrügge-Westerling die Träne der Isis nicht direkt am Anfang dieses Gewölbes versteckt hatte. Nein, dazu war er zu raffiniert – und zu sicher, dass er anderen überlegen war!

Wieder stach es in seinem Kopf, als würde jemand von innen dagegenhämmern. Es kostete immer mehr Kraft, dagegen anzukämpfen, er war jetzt schon länger außerhalb des Spiegels als jemals zuvor. Aber er war entschlossen, nicht eher zurückzukehren, bis er wusste, was hier los war!

Mit festen Schritten betrat er den Gang, der sicher nur der Anfang eines Rätselwegs war. Das sah Winnsbrügge-Westerling ähnlich!

Kaum hatte er den sandigen Boden des Korridors berührt, begann es hinter ihm zu rasseln.

Als er sich umwandte, war er gefangen!

Entsetzt sahen Nina und Daniel ihre Freundin an.

Verloren? Das Horusauge?

„Was!?"

„Wie konnte das passieren?" Daniel wollte nicht glauben, dass Delia so schlampig gewesen war.

„Du wolltest doch nicht böse werden!", sagte Delia trotzig.

„Wo hast du es denn verloren?", fragte Nina besänftigend.

„In meinem Zimmer."

„Dann solltest du es suchen!", drängte Daniel.

„Hab ich schon!", entgegnete Delia. „Aber es ist weg! Ich glaube, jemand ist mir zuvorgekommen. Mein Zimmer war schon wieder ein einziges Chaos!"

Erschrocken sah Daniel Nina an. „Weißt du, was das bedeutet?"

Nina nickte. Die Kehle war ihr wie zugeschnürt. „Victor!"

„Tut mir leid!", piepste Delia schuldbewusst.

„Wenn Victor die Kette hat, kann er durch die Mauer!", sagte Daniel.

„Und die Träne der Isis ist in Gefahr!", fügte Nina hinzu.

„Wir müssen in den geheimen Raum. Jetzt sofort", entschied Daniel. „Bevor es zu spät ist!"

Er war eingesperrt!

Nein, das durfte nicht sein, er musste doch zurück hinter den Spiegel! Die Kopfschmerzen wurden immer heftiger. Victor Senior konnte kaum noch klar denken, selbst sein Sichtfeld schränkte sich ein, so als wollten seine Augen gar nicht mehr alles sehen, als sei das alles zu anstrengend für ihn.

Wieder rüttelte er an den Stäben, aber die gaben nicht nach. Es musste einen Schalter geben, der dieses Gitter wieder hochhob!

Hastig, beinahe panisch tastete er die grob behauene Wand entlang, jeder Vorsprung konnte der Hebel sein, der das Gitter wieder in der Gewölbedecke verschwinden ließ. Er spürte kaum, dass er dabei eine kleine Skulptur berührte, deren Arme wie zum Gebet ausgebreitet waren.

„*Dies ist erst der Anfang. Ich bitte um Aufmerksamkeit!*", erklang es auf einmal durch das düstere Gewölbe.

Victor Senior fuhr herum. Winnsbrügge-Westerlings Stimme! Hatte dieser ... dieser Schurke ihn wirklich wieder reingelegt? „Die Träne der Isis gehört mir!", rief er laut. Dann setzte er sich, denn sein Kopfschmerz nahm überhand.

Aber er musste hier heraus. Mit letzter Kraft rappelte er sich auf. „Du wirst mich nicht noch einmal besiegen, Winnsbrügge-Westerling! Nie wieder!"

Er taumelte ein paar Schritte rückwärts, um Anlauf zu nehmen. „Dieses Gitter wird mir nicht standhalten!", versicherte er sich selbst.

In diesem Moment hoben sich die Stäbe. „Es ist noch lange

nicht vorbei! Die Träne der Isis wird mir gehören!“, schrie er noch einmal und stolperte eilig zurück zum Spiegel.

Dass er dabei schon lange das Horusauge verloren hatte, bemerkte er nicht mehr.

„Vorsicht!“ Nina hielt Delia knapp zurück. Da war Rosie, die den blinden Victor gerade in die Küche führte. „Jetzt haben wir freie Bahn!“, wisperte Nina, nachdem die beiden verschwunden waren. Eilig huschten alle drei in den Keller.

Als Delia Nina und Daniel durch das Loch folgen wollte, hielt Daniel sie zurück. „Warte! Du musst im Kellerlabor bleiben!“

„Ganz allein?“ Delia bekam große Augen.

„Wir haben keine andere Wahl!“, sagte Nina. „Ohne Horusauge kannst du nicht durch die Amneris-Wand. Du schaffst das!“

Schnell wandte sie sich um, damit sie es sich nicht anders überlegte. Daniel folgte ihr.

Langsam gingen sie den Gang hinunter. Ob wohl noch einmal das Gitter herunterfiel?

Nina blieb dicht hinter Daniel. Der Geruch seiner frisch gewaschenen Kleider war in dieser muffigen, feuchten Dunkelheit sehr beruhigend, fand sie.

Doch noch während Daniel sich weiter vorschlich und dabei den Lichtkegel der Taschenlampe an den grob behauenen Wänden auf und ab gleiten ließ, sah sie etwas Kleines, Dunkles auf dem Boden liegen. Sie tippte Daniel auf die Schulter, damit er stehen blieb, bückte sich und hob es auf.

Es war Delias Amulett!

„Dann war er also da“, flüsterte Daniel.

„Aber warum hat Victor es hiergelassen?“, fragte Nina verwundert.

Ein dunkler, lauter Schrei hallte auf einmal wie von fern durch den Korridor.

Nina und Daniel zuckten zusammen.

„Victor!“, sagten sie beide gleichzeitig. Und Delia war ganz allein im Keller!

Die zwei rannten in Victors Kellerlabor.

Der Hausverwalter stand heulend vor Schmerz und mit Corvuz' Käfig in der Hand vor Delia. „Gerade erst hat Rosie mich von dem Verband um die Augen befreit, da macht mich dieses verflixte Licht wieder blind!“, schrie er wütend. „Ihr seid schuld! Ihr habt Corvuz' Käfig vor den Eingang zur Anubiskammer gestellt, Schlangenbrut! Ich weiß genau, dass ihr hier seid!“

Er pikte mit dem Finger in Delias Richtung, allerdings ein wenig an ihr vorbei – auf die Wand dahinter. Offenbar konnte er Delia nicht sehen! Das Licht in der Wand musste ihn erneut geblendet haben, als er den Käfig geholt hatte, der direkt vor der Amneriswand gestanden hatte!

Daniel und Nina atmeten erleichtert auf.

Delia sah die Freunde sofort und bedeutete ihnen mit einer Geste, hinter Victors Rücken die Kellertreppe hinaufzuschleichen.

Hastig gehorchten die beiden und wiesen auf das gefundene Horusauge.

Delia hob den Daumen und stellte sich schnell zwischen Victor und die Freunde. „Mein Ablenkungsplan hat geklappt, aber das erklär ich euch später!“, zischte sie ihnen noch hinterher.

Dann suchte sie nach einer Ausrede dafür, dass sie hier unten war. „Äh … ich habe einen Schrei gehört, und da dachte ich, ich schau mal nach!“, sagte sie laut zu Victor, der immer noch vor sich hin jammerte.

Zu ihrer Überraschung schien Victor ihr Glauben zu schenken.

„Ja, so wird's wohl gewesen sein“, knurrte er. Immerhin hielt er Corvuz mitsamt Käfig in der Hand, das war das Wichtigste. Wenn nur seinem Raben nichts passierte! Sicher hatte sein Vater Corvuz samt Käfig verstellt, um ihn zu ärgern.

„Kann ich was für Sie tun?“, piepste Delia nach einer verlegenen Pause.

„Ja, verschwinde!“, brummte Victor.

Das ließ Delia sich nicht zweimal sagen.

Luzy staunte.

Es gab schon eine Antwort auf ihr Angebot? Sie hatte die Dominosteine doch erst heute Morgen im Internet zum Verkauf angeboten! Aber da stand es: *Sehr geehrter Anbieter, bin gern bereit, für diese Dominosteine zehntausend Euro zu zahlen. Ein wahres Schnäppchen! Treffen heute um fünf Uhr im Stadtpark am Springbrunnen. Das Geld bringe ich, wie gewünscht, in bar mit.*

Im Stadtpark! Also direkt neben der Schule, das war ja praktisch. Und er schien auch nichts dagegen zu haben, dass sie das Geld in bar haben wollte. Heutzutage ging das ja alles elektronisch.

Doch dann meldeten sich wieder die Skrupel.

Das war so unehrlich, was sie hier tat! Sie berührte ihre orangefarbene Tasche. Da, an der Seite war die Kante der silbernen Dose zu spüren, in der die Steine aufbewahrt wurden. Sie wusste sehr gut, dass sie mit dem Verkauf der kostbaren Dominosteine ihre Freunde Nina und Daniel betrog. *Aber es ist ja nicht für mich – und auch nicht aus purer Besitzgier!*, tröstete sie sich im nächsten Moment.

Es war für Max, damit er nicht diesem Gangster Jack Capone in die Hände fiel. Also ein guter Zweck! Entschlossen tippte sie eine kurze Bestätigung an den unbekannten Käufer.

Sie würde heute Nachmittag pünktlich sein!

Daniel klappte das Wörterbuch zu. Nun konnte er endlich in Ruhe frühstücken.

Rasch packte er seine Notizen samt der Kiste in seine große Schultasche und hastete damit ins Wohnzimmer. Glücklicherweise saßen nur Nina, Felix und Delia am Tisch – sonst hätte er mit der guten Nachricht noch bis zur großen Pause warten müssen.

Er setzte sich neben Nina, die ihm lächelnd eine mit Erdbeermarmelade bestrichene Brötchenhälfte auf den Teller schob, und warf ihr einen verliebten Blick zu. „Danke! Ich weiß jetzt, was die Hieroglyphen bedeuten!"

Nina riss die Augen auf. „Echt?“

„Na los, erzähl!“ Felix war gespannt und biss noch einmal herzhaft in sein Erdnussbutterbrot.

„Ich bin sicher, dass die Zeichen Tierkreiszeichen sind. Der Weg besteht aus verschiedenen Kacheln, von denen jede mit einem bestimmten Gewicht belastet werden muss, damit es klappt. Wir brauchen vier Leute, die achtzig Kilo wiegen, damit es funktioniert!“

Nina staunte. „Gut, dass wir trainieren“, sagte sie.

Doch Delia hatte das Gesicht verzogen. „Achtzig Kilo? Ich wiege ja gerade mal ein bisschen über die Hälfte! Wie sollen wir das denn machen?“

Felix warf ihr einen kritischen Blick zu. „Vorsicht, Delia fliegt gleich weg, denn sie ist leicht wie eine Feder!“, sang er und handelte sich damit einen Stoß auf den Oberarm ein. „Au!“

„Ich kann jedenfalls keine vierzig Kilo zunehmen!“, erklärte Delia rundheraus.

„Zwanzig!“, sagte Felix und versuchte, die Zahl mit einem Husten etwas zu kaschieren.

„Ich sagte vierzig!“, giftete Delia zurück.

„Keiner muss zunehmen!“, erklärte Daniel. „Wir machen uns einfach schwerer, dann klappt das schon. Felix? Wir können in der Pause besprechen, wie wir das am besten machen. Mein Vorschlag wäre, wir ziehen alle Westen mit großen Taschen an, in die wir Gewichte legen können, damit jeder genau achtzig Kilo wiegt.“

„Aber ... warum denn genau achtzig Kilo?“, fragte Nina.

„Also, bei dem Test müssen wir auf die Kacheln einen bestimmten Druck ausüben“, erklärte Daniel. Die anderen sahen ihn verständnislos an. „Ihr kapiert das nicht wirklich, oder?“

Er sah in betretene Gesichter. „Ich überleg mir was“, sagte er. „Und ich glaube, ich habe auch schon eine Idee.“

Alles wirkte ganz normal. Ab und zu drang die Sonne durch die weißen Wolken, die den Himmel bedeckten, die Blätter der Bäume wurden jetzt im Herbst langsam bunt, und ein Eichhörnchen hoppelte über den immer noch grünen Rasen. Das einzige Geräusch, das Luzy hörte, war das Plätschern des Springbrunnens.

Ansonsten war sie allein. Nervös schaute sie auf ihre Uhr. Noch drei Minuten, dann war es genau fünf Uhr! Sie griff in ihre Tasche, um die Silberschachtel herauszuholen, zog aber wieder ihre Hand zurück. Am Ende kam vielleicht ein fremder Passant vorbei, der wissen wollte, was eine Schülerin wie sie mit einer so kostbaren Schachtel ohne Begleitung mitten im Park tat!

„Du bist pünktlich, das sehe ich gern!“

Luzy fuhr herum. Ein Unbekannter stand vor ihr, mit Kapuze auf dem Kopf und einer großen, schwarzen Sonnenbrille. Sie hatte gar nicht bemerkt, dass er sich angeschlichen hatte!

„Hast du die Steine?“

Wieder zuckte Luzy beim Klang der scharfen Stimme zusammen. Nervös wühlte sie in ihrer Tasche herum. Es dauerte viel zu lange, bis sie die Schachtel mit den Spielsteinen in der Hand hatte. Und vielleicht irrte sie sich ja auch, aber sie schienen viel schwerer zu sein als noch am Morgen.

Der Unbekannte riss ihr die Schachtel beinahe aus der Hand und wollte schon verschwinden, doch so leicht kam er Luzy nicht davon. Sie packte ihn so fest am Ärmel seines grauen Kapuzensweatshirts, dass er herumgerissen wurde und anhielt.

Beinahe zornig befreite er sich aus ihrem Griff.

„Wo ist das Geld?", fragte Luzy fordernd. So weit kam es noch, dass der Kerl einfach abhaute!

Der grimmige Gesichtsausdruck hinter der Sonnenbrille verschwand. „Mutig bist du ja, das muss man dir lassen!" Er zog einen großen Umschlag aus braunem Packpapier aus der Tasche seiner Sweatshirtjacke und hielt ihn Luzy hin.

Es fiel ihr schwer, den Umschlag zu nehmen. Alles in Luzy schrie, dass es Unrecht war, was sie da tat – aber sie musste Max doch helfen! Sie sah hinein.

„Du kannst es gerne nachzählen!" Die Stimme des Unbekannten klang jetzt geradezu höhnisch, so als wüsste er, was Luzy gerade dachte.

Luzy nahm eines der Geldbündel aus dem Umschlag und zählte langsam nach. Wenn dieser Typ sie betrog ...

Es schien zu stimmen. Tausend Euro pro Geldbündel, zehn Geldbündel im Umschlag. Sie war erleichtert. Damit war Max geholfen! Gleich morgen würde sie Jack Capone das Geld geben, und Max würde sich keine Sorgen mehr machen müssen!

Als sie wieder aufsah, um dem Kerl zu sagen, dass alles in Ordnung sei, war der Platz vor dem Springbrunnen leer.

Ein Horusauge stehlen!

Victor schnaubte. Er konnte zwar wieder einigermaßen sehen – war diese dumme Rosie doch zu etwas nutze! Wenigstens manchmal –, doch sich heimlich an eins der Gören heranschleichen und ihm diese Kette vom Hals zu reißen? Sicher, er war der Hausverwalter und hatte damit hier das Sagen – er und kein anderer! –, dennoch kam ihm diese Forderung seines Vaters ungerecht vor.

Ungerecht wie so vieles, was sein Vater sagte. Auf der anderen Seite ... wollte er sich wieder sagen lassen, dass er es nicht wert war, den Namen Rodemer zu tragen?

Nein, diesmal würde er es schaffen!

Und er hatte auch schon alles vorbereitet. Heute Abend hatte dieser Kaya Rosie imitiert, die auf eine Messe für übernatürliche Phänomene gegangen war, und für alle gekocht. Irgendeine dumme Wette, die er verloren hatte, etwas mit Eieressen. Schreckliches Alter, in dem diese Gören waren – eines, in dem man nichts als Unfug im Kopf hatte.

Die Schlangenbrut war bereits vollzählig im Wohnzimmer angetreten.

Victor warf einen Blick in das große Zimmer, das auch als Esszimmer diente. Ein Höllenlärm herrschte dort, alle riefen nach Kaya-Rosie, aber diesmal hatte er die Schlangenbrut nicht zur Ordnung gerufen. Der Krach kam ihm sogar sehr gelegen. Hastig hatte er das Fläschchen mit dem Schlafmittel hervorgezogen und in die Tomatensoße gekippt, die zu den Spaghetti serviert werden sollten.

Jetzt hieß es nur noch abwarten ...

Wo war Max nur?

Luzy wusste gar nicht mehr, wie lange sie schon die Schulkorridore auf und ab gelaufen war. Jeder der Schüler hatte Max zwar kurz vorher gesehen – er hatte versucht, seine Musik-CDs zu verkaufen –, aber immer schien Luzy ihren Freund knapp verpasst zu haben.

Ärgerlich seufzte sie auf. Heute war doch der Tag, an dem Jack das Geld haben wollte!

Nervös sah Luzy auf ihre Armbanduhr. Schon fast vier Uhr! Bald war die Schule vorbei und wer wusste, wo Max sich dann mit diesem Jack treffen wollte! Sie musste ihn finden und ihm das Geld geben, sie trug es schon den ganzen Tag mit sich herum.

Sie sah aus dem Fenster. Und da unten, auf dem Schulhof, unter der großen Kastanie, da stand Max! Er schien hektisch und fuhr immer wieder mit den Händen in die Taschen und wieder heraus.

Hastig eilte Luzy hinunter und ignorierte dabei das Klingeln, mit dem die Geschichtsstunde begann. Das hier war wichtiger als Unterricht.

„Ich hab das Geld fast zusammen!“, war das Erste, was Luzy hörte, als sie aus der zweiflügeligen Eingangstür auf den Schulhof kam. Das war Max, und wie verzweifelt seine Stimme klang!

Im Schatten der Kastanie schlich Luzy sich näher an Max heran.

Jack Capone stand vor ihm und drohte ihm mit einem Zahnstocher, auf dem er vorher herumgekaut hatte.

„Das heißt also, du hast es nicht zusammen!", stellte der schmierige Gangster fest.

„Ich brauche nur ein bisschen mehr Zeit!", bettelte Max.

Aber Jack Capone ließ sich nicht davon rühren. „Du schaffst es nicht, das wissen wir beide!", knurrte er. „Weißt du, was ich mit Leuten wie dir mache?"

Luzy hielt es nicht mehr aus. Sie rannte zu den beiden hin. „Stopp!", schrie sie.

„Luzy!", rief Max erschrocken. „Lauf weg, das ist viel zu gefährlich für dich!"

„Keinen Schritt weiter!", sagte jetzt auch Capone.

Doch Luzy raffte allen Mut zusammen und ging seelenruhig weiter.

„Letzte Warnung!", drohte Capone.

„Ich hab das Geld", sagte Luzy und hoffte, dass ihre Stimme so fest klang, wie sie das wollte.

Sie zog den Packpapierumschlag mit den Geldbündeln hervor und hielt ihn Jack Capone hin.

Der steckte sich wieder den Zahnstocher zwischen die Zähne und nahm den Umschlag ungläubig entgegen. „Na sieh mal einer an."

Er zog das oberste Geldbündel heraus und blätterte in den Scheinen herum.

„Zu niemandem ein Sterbenswort, verstanden?", sagte er

und wandte sich zum Gehen. „Zu niemandem!" Damit verschwand er vom Schulhof.

Und Luzy hoffte, auf Nimmerwiedersehen.

Beinahe wäre Victors Plan doch noch schiefgegangen. Die Tomatensoße hatte fürchterlich geschmeckt – vielleicht hatte es daran gelegen, dass Victor versehentlich das ganze Schlafmittel hineingegeben hatte. Aber das wusste natürlich niemand. Alle dachten, Kaya hätte schlecht gekocht und die Tomatensoße in den Müll gekippt. Nur Felix Gaber, dieser Vielfraß, hatte zwei Teller davon gegessen und war schon bald nach dem Abendessen todmüde ins Bett gesunken.

Vorsichtig lugte Victor aus seiner Kellertür den Gang hinunter, wo sich die Zimmer der Jungen befanden. Die Luft schien rein. Magnus hing wie in letzter Zeit so oft mit seiner Freundin Mara vor dem Computer, Charlotte und Kaya wuschen gemeinsam das Geschirr vom Abendessen ab, und die übrige Schlangenbrut hatte sich sicher wieder in die Dachkammer verzogen. Gut, da konnte sein Vater ja auf die Bande aufpassen!

Lautlos schlich Victor sich in das gemeinsame Zimmer von Magnus und Felix. Da lag er, dieser Tunichtgut, der sonst nichts als dumme Streiche im Kopf hatte, und schlief den Schlaf der Gerechten.

Victor grinste höhnisch.

Vorsichtig nahm er das schwarze Band, das der Junge um den Hals trug, hob seinen Kopf an und zog Felix die Kette über den Kopf.

Victor konnte sein Glück kaum fassen. Das ging ja leichter als gedacht!

Fest umklammerte er das Horusauge. Dann griff er in die rechte Tasche, denn dort war das falsche Auge, das er auf Anweisung seines Vaters gebastelt hatte.

Rasch hängte er es Felix um den Nacken. Diese Gören sollten so bald nicht herausfinden, dass sie das echte Horusauge nicht besaßen!

„Das merkt der nie!“, murmelte er hämisch und verschwand wieder in seinem Keller.

Jetzt konnte er die Gänge hinter der Wand ungestört untersuchen!

„Hast du sie?“

Die Stimme des geheimnisvollen Kranken klang noch schwächer als beim letzten Mal.

Der Unbekannte mit dem grauen Kapuzensweatshirt und der Sonnenbrille setzte sich ans Krankenbett. „Es lief alles nach Plan. Die kleine Luzy hat angebissen! Hier sind sie.“

Er zog die silberne Schachtel mit den Spielsteinen hervor und legte sie in die papierdünne Hand, die sich ihm entgegenreckte. „Ja, die Träne der Isis wird bald uns gehören.“

Zitternd sortierten die dünnen und gebrechlichen Finger die Steine.

„... zwei, drei, vier, fünf, sechs, sieben ...“ Die atemlose Stimme zählte mühsam die Steine. Dann keuchte sie kurz. „Das Mädchen ... das Mädchen hat uns betrogen!“

Vor Schreck nahm der Unbekannte die Brille ab und starrte

ungläubig auf die sieben Dominosteine, die ordentlich aufgereiht auf dem Krankenbett lagen. „Was?"

„Es fehlen Steine!"

„Ich hole sie. Sofort."

Entschlossen setzte der Unbekannte seine Sonnenbrille wieder auf. Diese Scharte würde er auswetzen.

Die Träne der Isis würde ihnen nicht entgehen.

15
WIE SCHWER IST EINE FEDER?

„Verflixt!“

Schon wieder war er mit dem Fuß von der Kachel mit dem Skorpion gerutscht!

Daniel ließ sich frustriert auf den Boden fallen. Nina setzte sich neben ihn. Seine Freundin sah müde und erschöpft aus. Daniel wusste, das war das schwierige Training, das sie sich und den anderen auferlegt hatte. Am liebsten hätte er ihr gesagt, nach Hause zu gehen und sich auszuruhen, doch heute Abend sollte es so weit sein: Sie mussten die erste richtige Prüfung im Keller bestehen.

Tagelang hatten sie geübt, waren joggen gegangen, hatten Gewichte gehoben und Gymnastikübungen absolviert. Und natürlich hatten sie auf Daniels extra gebastelter Übungsmatte versucht, sich so hinzustellen, dass jede der Kacheln mit genau dem Gewicht belastet wurde, das dafür vorgesehen war. Bis Victor die Matte gestern gestohlen hatte!

Na gut, Daniel wusste mittlerweile, auf welchem Feld welches Bein und welcher Arm abgestellt werden mussten, also war es nicht allzu schlimm, nur die Vorlage für die elektrische Matte mit der Alarmanlage zu benutzen. Auch ohne Warnlicht und Alarmsirene konnte man üben. Aber es gelang immer noch nicht richtig. Felix schien zu groß und zu langbeinig zu sein, Nina einfach zu klein und bei Delia ... Daniel wusste nicht genau, ob sie keine Lust hatte oder es vielleicht wirklich nicht schaffte.

Daniel sah auf seine Armbanduhr. „Es ist schon bald dunkel", sagte er und versuchte dabei, Ruhe und Zuversicht auszustrahlen. Er sprang auf, um zu zeigen, dass er sich auf die Aufgabe freute. Nina tat es ihm mit einem Lächeln nach. Auch Felix stand auf. Nur Delia schien immer noch zu schmollen.

Die Weste war ihr zu schwer gewesen, also hatte sie die Gewichte herausgenommen und mit Federn ersetzt. Dass Daniel und Felix sie gezwungen hatten, ihr echtes Gewicht preiszugeben, nahm sie ihnen wohl immer noch übel!

Nina bemerkte ebenfalls das düstere Gesicht der Freundin und musste ein bisschen lachen. „Wir haben so viel geübt!", sagte sie und stupste Delia kameradschaftlich in die Rippen. „Und jetzt lassen wir uns doch wohl nicht kleinkriegen, oder, Delia? Wir schaffen das!"

Daniel schwieg. Er war sich nicht so sicher. Aber bevor er etwas sagen konnte, nahm Felix seinen Kopf und schob ihn sanft auf Ninas Wange zu, sodass Daniel seine Freundin küssen musste.

Dann nickte Felix für Daniel mit dem Kopf. Er grinste von einem Ohr zum anderen.

Immerhin war er, Super-Felix, ein Mitglied des Clubs der Alten Weide!

Was konnte da schon schiefgehen!

Sie hatten sich zur Vorbereitung in der Dachkammer versammelt.

Daniel machte sich ein letztes Mal Notizen. Nun wusste er endlich ganz genau, wie viel Gewicht Delia noch in ihrer Weste brauchte, um genau achtzig Kilo zu wiegen! Bisher hatte er es nur geschätzt, beim Training war es ja auch eher darum gegangen, dass alle wussten, wo genau sie hintreten mussten.

Er war nun wirklich erleichtert – so rückte die Möglichkeit, dass sie die Prüfung bestehen konnten, doch wieder näher.

„Können wir jetzt loslegen?“, fragte Felix gespannt.

Daniel nickte. „Ich hole noch ein paar Gewichte für Delia“, sagte er und ignorierte deren Stirnrunzeln. „Ich bin sofort wieder da, dann können wir in den Keller runter. Ich checke auch gleich mal, was mit Victor ist. Zur Not kann ich ihn ablenken.“

„In Ordnung!“ Nina war einverstanden. „Wir warten hier auf dich.“

Hervorragend! Victor war nirgendwo zu sehen, aber Rosie, die Daniel auf dem Weg zu seinem Zimmer aus der Küche hatte kommen sehen, hatte gesagt, dass er sich in seinem Büro verkrochen hatte.

Die Gewichte hatte er. Während er die Treppe in den ersten Stock hinaufging, rechnete er im Kopf schnell aus, welche Steine sie Delia noch in die Taschen stecken mussten. Es waren nur wenige, sie hatten das Gewicht bisher gut geschätzt.

Daniel war so konzentriert auf diese Aufgabe, dass er Luzy nicht bemerkte, die hastig um die Ecke gerannt kam – und natürlich in ihn hineinlief.

„He! Kannst du nicht aufpassen?“ Daniel blieb stehen und rieb sich die Stirn dort, wo Luzy mit ihrem Kopf gegen ihn gerannt war.

„Sorry!“, sagte sie geistesabwesend. „Hab dich gar nicht gesehen.“

„Hab ich gemerkt!“ Daniel wollte sie schon stehen lassen, doch Luzy hielt ihn am Arm fest.

„Aber gut, dass ich dich grade treffe!“, sagte sie. „Könntest du mir einen Gefallen tun?“

„Jetzt!?“ Daniel sah auf die Uhr. Die anderen warteten doch schon auf ihn!

„Ja, es ist echt wichtig“, meinte Luzy und schob ihn in Richtung ihrer Zimmertür. „Lotte und Kaya sind da drin, sie brauchen einen Schiedsrichter. Sie haben gewettet, wer länger wach bleiben kann, und ich muss mal eben ... ich muss mal eben weg!“

Daniel runzelte die Stirn. „Aber ich habe im Moment wirklich keine Zeit!“

„Nur ganz kurz!“

Daniel sah Luzy genauer an. Ihre Stimme hatte einen geradezu flehenden Unterton. Dabei war doch zwischen Max und Luzy alles wieder in Ordnung. Jedenfalls hatte Nina vorhin erzählt, sie hätte Max und Luzy nach der Schule in der Ecke herumknutschen sehen. Hatte Nina sich getäuscht?

„Na gut!", sagte er. Er wollte sich nicht nachsagen lassen, dass er seinen Freunden nicht helfen würde.

„Danke!" Luzy fiel ihm kurz um den Hals und war schon verschwunden.

Seufzend stieß er die Tür zu Luzys Zimmer auf. Und sofort fielen Kaya und Lotte über ihn her und beschuldigten sich gegenseitig, der andere hätte die Augen geschlossen und somit die Wette verloren.

Daniel unterdrückte ein Stöhnen.

Worauf hatte er sich da eingelassen ...?

Worauf hatte sie sich nur eingelassen!

Luzy hätte sich ohrfeigen können. Zwar war jetzt dank ihrer Aktion mit Max wieder alles in Ordnung. Aber was wollte nur dieser Unbekannte? Vorhin hatte er angerufen und ihr vorgeworfen, sie hätte versucht, ihn zu betrügen. *Ich werde um acht Uhr vor dem Hauseingang auf dich warten*, hatte er gesagt. *Und wenn du nicht kommst, werde ich alles verraten!*

Alles! Und auf ihre Beteuerungen, dass sie unschuldig sei, hatte er gar nicht gehört.

Luzy schauderte. Er wollte alles verraten! Das durfte nicht passieren. Wenn Nina und Daniel erfuhren, dass sie die

Dominosteine gestohlen hatte – nicht auszudenken. Die beiden würden sie verachten bis an ihr Lebensende. Und wahrscheinlich würde auch Daniels Onkel alles erfahren und es der Polizei erzählen. Und Luzy war sicher, dass man für den Diebstahl von etwas so Kostbarem wie diesem antiken Dominospiel ins Gefängnis musste!

Nein, das konnte sie nicht zulassen.

Sie huschte aus der Eingangstür hinaus in die Dunkelheit und zog die Lederjacke enger um sich. Im Frühherbst wurde es abends schon empfindlich kalt.

Schließlich stand sie an der Straße. Nun blieb ihr nur noch eins: zu warten.

Doch es kam niemand. Sie war allein mit ihrem Gewissen.

„Wo bleibt Daniel nur?“

Besorgt sah Nina aus der Tür der Dachkammer. Daniel war schon über eine Stunde fort! Sie begann, sich Sorgen zu machen. Was hielt ihn nur so lange auf?

„Oh Mann, ich werde alles vermasseln, das ist mein letzter Tag auf dieser Erde“, jammerte Delia hinter ihr.

„Ist ja gut, Delia!“, versuchte Nina sie zu beruhigen und warf noch einen Blick zur Tür. Doch Daniel ließ sich nicht blicken. „Daniel wurde bestimmt irgendwo aufgehalten!“

„Ist ja gut, ist ja gut!“, äffte Delia sie nach und war drauf und dran, sich die schwere Weste vom Leib zu reißen.

Doch Felix hinderte sie daran.

„Was ist daran gut, wenn Mara etwas geschieht, weil ich diese Prüfung einfach nicht schaffe?“, fuhr Delia fort.

„Das wird schon nicht passieren!“, erwiderte Nina zuversichtlich und band sich den Schuh zu. Doch insgeheim konnte sie Delia verstehen. Was, wenn Daniel Victor in die Arme gelaufen war? Der wusste doch mehr, als er zugab! Und wenn der Hausverwalter Daniel gefangen hielt, so wie er es mit ihr getan hatte?

„Das wird *wohl* passieren!“ Delia redete sich nun in Rage. „Ich kann mich in diesem schweren Ding doch kaum bewegen!“

Nina verdrehte die Augen. „Du schaffst das schon!“

„Welches Bein muss noch mal wohin?“ Delia ließ sich aufs Bett sinken. „Das kann sich kein Mensch merken!“

„Wir haben doch gut geübt, oder?“ Nina ließ sich nicht beirren. „Wir machen es einfach genauso.“

„Aber wir sind jetzt nur zu dritt!“, meldete sich Felix zu Wort.

„Genau!“, ereiferte sich Delia. „Daniel kommt nämlich nicht, weil er auch glaubt, ich schaff's nicht ...!“

Stöhnend warf sie sich mit dem Gesicht voran in ihr Bett.

Und diesmal hatte auch Nina keine Antwort.

Nervös sah Daniel auf die Uhr.

Die Sekunden dehnten sich zu Minuten. Und die wiederum zu gefühlten Stunden. Waren wirklich erst drei Minuten vergangen, seit er das letzte Mal auf die Armbanduhr gesehen hatte? Noch nie hatte er Zeit sinnloser verbracht als in der letzten knappen Stunde.

Was hatte er sich nur dabei gedacht, sich von Luzy zu diesen beiden Verrückten abschieben zu lassen! Kaya und Lotte taten nichts weiter, als sich gegenseitig schweigend wie die Luchse zu beobachten und in Geschimpfe auszubrechen, sobald einer von ihnen blinzelte. Dann sprangen beide auf und verlangten von Daniel, dass er dem jeweils anderen ein paar Punkte abzog – oder am Besten einen von beiden zum Sieger erklärte.

Einmal hoffte Daniel sogar, die beiden seien so aufeinander konzentriert, dass es nicht auffiel, wenn er sich davonschlich. Aber natürlich merkten sie es doch.

„Du kannst jetzt nicht gehen!“, erklärte Charlotte und zog ihn am Arm wieder ins Zimmer.

„Aber ich muss wirklich weg!“, hielt er dagegen. Vergeblich. Auch Kaya bestand darauf, dass er blieb.

Seufzend setzte Daniel sich wieder. Ihm blieb nur die Hoffnung, dass Luzy bald auftauchte ...

Da! Endlich regte sich etwas auf der Straße!

Luzy musste blinzeln, so schnell kam das Auto herangefahren. Es blieb mit quietschenden Reifen direkt neben ihr stehen. Ein Taxi! Die hintere Tür öffnete sich.

„Steig ein!“

Luzy zögerte. Ins Auto steigen? Sie tastete in ihrer Tasche nach ihrem Handy. Da war es. Sie schob es sich möglichst unauffällig vorn in den Hosenbund. So, wie man in den Filmen immer abgetastet wurde, fand man es dort vielleicht nicht so schnell, aber sie hatte es für den Fall der Fälle griffbereit.

Sie kletterte langsam auf den Rücksitz und spähte nach vorn. Im Rückspiegel konnte sie dank der schwachen Beleuchtung des Armaturenbretts sehen, dass am Steuer der Unbekannte saß, dem sie die Steine verkauft hatte.

„Was wollen Sie von mir?“, fragte sie herausfordernd. Es tröstete sie, als sie feststellte, dass man ihr die Angst nicht anhörte. „Wollen Sie mich kidnappen?“

Die Tür knallte zu, im gleichen Moment schnappte das Schloss ein.

Erschrocken starrte Luzy auf den kleinen Knopf, der neben der Fensterscheibe verschwunden war. Sie war eingesperrt.

„Wer sind Sie?“, schrie sie. Einerseits hatte sie große Angst, andererseits spürte sie auch Wut in sich aufsteigen.

Was fiel diesem Kerl eigentlich ein?

„Wenn Sie mich kidnappen, kriegen Sie die fehlenden Steine nie!“

Der Unbekannte lachte leise. Es klang nicht nett. „Mein Name ist Morten ... Morten Vierstein.“

Luzy rüttelte an der Autotür. Sie wollte hier raus!

„Na, na! Das ist doch keine Art, mit Geschäftspartnern zu verhandeln!“, sagte Vierstein. „Lass uns mal in Ruhe reden. Vielleicht verzichte ich auf die Dominosteine, aber ...“

„Was aber!?“, rief Luzy. „Sagen Sie schon, was Sie wollen!“

„Ich will die Träne der Isis!“

„Was?“ Luzy verstand nur Bahnhof. Sie war so erstaunt, dass sie aufhörte, gegen das Autofenster zu hämmern.

„Ich will die Träne der Isis. Deine Freunde sind ihr schon auf der Spur, und du wirst sie beobachten und mir diese Träne beschaffen."

„Ich tu gar nichts für Sie!", rief Luzy erbost und zog ihr Handy hervor. „Und jetzt ruf ich die Polizei und sag denen, dass Sie mich hier festhalten!"

„Wenn du das tust, werde ich der Polizei erzählen, dass du die Steine gestohlen hast!"

„Das ist Erpressung! Ich hatte einen guten Grund dafür!"

„Du hast drei Optionen", sagte Vierstein, und seine Stimme klang unerbittlich. „Erstens: Du kannst mir die zehntausend Euro wiedergeben. Zweitens: Du kannst mir die fehlenden Dominosteine bringen."

„Das kann ich nicht, und das wissen Sie!", erwiderte Luzy patzig.

„Dann wird es wohl Nummer drei."

Luzy sagte nichts mehr. Sie wusste genau: Sie saß in der Falle.

Zwei geschlagene Stunden saß Daniel schon hier und sah Kaya und Lotte dabei zu, wie sie versuchten, nicht einzuschlafen. Und zu streiten, ob das da Ringe unter den Augen waren (vor Müdigkeit!) oder ob Kaya gegähnt hatte oder nicht (Charlotte hatte schon fünf Mal gegähnt!) oder ob Kaya schon fast schlief, wenn er sich die Augen rieb.

Schließlich wurde es Daniel zu bunt. „Also, ich muss weg."

„Nein!" Entsetzt sprang Lotte auf und rannte zur Tür, um

Daniel daran zu hindern, den Raum zu verlassen. „Das geht nicht, du hast es versprochen!“

Daniel schüttelte entschlossen den Kopf. „Ich hab versprochen, ich vertrete Luzy kurz!“

„Nur bis Luzy wieder da ist!“, bettelte Kaya.

„Das sagt ihr schon seit zwei Stunden!“ Daniel tippte bedeutungsvoll auf seine Armbanduhr. „Aber ich hab keine Sekunde mehr!“

„Vielleicht ist Luzy nur kurz duschen gegangen!“, schlug Kaya hoffnungsvoll vor.

Daniel platzte der Kragen. „Vielleicht hat sie es aber auch nicht mehr mit euch zwei Wahnsinnigen in einem Raum ausgehalten!“, ließ er seinem Ärger Luft.

Lotte schmollte prompt. „Was kann ich denn dafür, wenn Kaya sich so anstellt!“ Verärgert verschränkte sie die Arme vor der Brust.

„Ja, Lotte würde mich auch verrückt machen!“, erklärte Kaya.

„Ach ja, jetzt hab ich wieder Schuld?“

Daniel hob die Hände. „Ich bin weg, Leute!“

Damit überließ er die beiden Streithähne sich selbst und eilte auf den Dachboden.

Da waren sie.

Victor konnte diese Schlangenbrut deutlich hören! Sein Vater hatte völlig recht gehabt, er hatte sich die Mühe, diese Matte zu stehlen, ganz umsonst gemacht. Sie kamen nun die Treppe zum Keller herab.

So, den Arm würde er gerade herunterhängen lassen, die Beine gerade ausstrecken – ja, so sah es aus, als wäre er auf seinem Arbeitsstuhl eingeschlafen! Und wenn sie durch das Loch in der Kammer des Anubis waren, würde er ihnen dank seines Horusauges folgen können! Ein wirklich raffinierter Plan.

Und diese dummen Gören würden darauf hereinfallen! Er hörte es genau. Die aus groben Brettern gezimmerte Tür knarrte, als sie sich öffnete.

„Er schläft wie ein Engel!“, murmelte dieser Taugenichts Felix. „Wie ein böser, hässlicher Engel!“

Na warte, wenn er den in die Finger bekam! Aber stillhalten. Victor gab ein kleines Schnarchen von sich und kam sich sehr schlau vor.

„Schläft er wirklich?“ Das war Daniel. Und er war ganz nah neben ihm!

Erneut gab Victor ein lautes Schnarchen von sich und versuchte, so gleichmäßig wie möglich zu atmen, damit die Täuschung perfekt war.

„Die Jacke ist so warm!“, jammerte Delia.

„Trotzdem, du musst sie schon zumachen, Fräulein Topmodel!“, erwiderte Felix.

„Kein Grund, mich zu schubsen, Idiot!“

„Psst!“, zischte Nina, aber es war zu spät.

Victor musste sich zusammennehmen, um nicht aufzuspringen, als es zuerst schepperte und dann klirrte. Seine guten Laborgläser! Er konnte es kaum noch aushalten.

Plötzlich fiel etwas auf seinen Kopf. Etwas Hartes, sehr Schweres. Im nächsten Augenblick verlor das Bewusstsein.

Vorsichtig leuchtete Nina Victor ins Gesicht. Doch er rührte sich nicht.

„Komisch, dass er nicht aufwacht!", sagte sie leise.

„Tut mir leid!", meinte Delia kleinlaut. „Wenn Felix mich nicht geschubst hätte ..."

„Du hast zuerst geschubst!", gab der sofort zurück. „Aber du hast schon recht, sonst kriegt Victor doch auch alles mit!"

„Nicht drüber nachdenken!", entschied Daniel. „Wir haben zu tun!"

Nina nickte und folgte ihrem Freund durch die geheime Wand in den geheimnisvollen Gang. Sie leuchtete den Boden noch einmal aus und schauderte. Ein falscher Tritt und ... nicht auszudenken, was dann passieren konnte. Erleichtert spürte sie, dass sich Delia dicht hinter ihr befand.

Da erklang im Vorraum ein grässlicher Schrei!

Nina, Daniel und Delia sahen sich erschrocken an.

„Das war doch Felix!", sagte Delia.

„Vielleicht ist Victor aufgewacht!"

„Ihr bleibt hier", entschied Daniel. „Ich geh nachsehen, was mit Felix ist."

Er wollte gerade zurückgehen, da kam Felix ihnen schon entgegengetaumelt. Er jammerte laut und tastete sich mit ausgestreckten Armen die Wand entlang.

„Felix? Was ist los mit dir?"

„Das ist jetzt nicht die Zeit für Scherze!", sagte Daniel.

Doch Felix antwortete nicht. Er jammerte nur weiter vor sich hin.

„Felix, das ist nicht lustig!“, drängte Nina. „Victor kann dich hören!“

„Das ist kein Scherz“, schrie Felix. Er klang verzweifelt. „Ich kann nichts mehr sehen!“

Sprachlos sahen die anderen drei sich an. Wieso konnte Felix plötzlich nichts mehr sehen?

„Ich kann nichts mehr sehen, nichts!“, rief er immer wieder.

Daniel versuchte es mit Vernunft. „Was ist mit deinem Horusauge?“, fragte er. „Trägst du es?“

„Natürlich, ich lege es nie ab!“, entgegnete Felix panisch. „Nicht mal beim Schlafen!“ Er zerrte an der Kette, um es zu beweisen, doch seine Hand zitterte so sehr, dass er es fallen ließ.

Daniel hob es auf und verglich es mit seinem eigenen. „Eine Fälschung!“, sagte er dann.

„Wo ist denn das echte?“, fragte Nina ratlos.

„Keine Ahnung!“, heulte Felix. „Ich sehe gar nichts mehr, ich mach das doch nicht absichtlich!“

„Na, da können wir diese Prüfung ja wohl vergessen!“, meinte Delia. „Können wir nun gehen?“

„Nein!“, antwortete Nina in sehr bestimmtem Ton. „Wir können nicht aufgeben, es hängt so viel davon ab!“

Delias Gesicht wurde wieder lang. „Ein falscher Schritt, und wir sind tot! Nicht mit mir.“

„Nina hat recht“, bestätigte Daniel und hielt sie auf. „Wir müssen da durch.“

Nina nickte.

Das gab auch Felix wieder Mut. „Na los, Leute“, rief er

atemlos und stürmte blind vorwärts. „Wir machen das jetzt einfach!“

„In Ordnung!“, sagte Daniel und packte Felix am T-Shirt. Nicht, dass der noch einen falschen Schritt machte! „Also, Felix. Folge einfach meiner Stimme, dann klappt das schon.“ Er leuchtete mit der Taschenlampe auf die Bodenfliesen. Sie waren – im Gegensatz zur Übungsmatte – unterschiedlich groß. Nur die Tierzeichen darauf waren identisch angeordnet.

Daniel atmete tief durch und legte die Taschenlampe auf den Boden. „Alle fertig?“

Die anderen stimmten zu.

„Okay. Nina, du fängst an. Linker Fuß auf den vorderen Skorpion.“

„Hier?“

Daniel nickte. „Und mit dem rechten Fuß auf die Schlange in der Mitte, danach die linke Hand auf den Hund hinter dir. Und jetzt ... ja, zwanzig minus zehn auf den Skorpion.“

Nina streckte sich, um den Anweisungen zu folgen, aber es ging nicht schnell genug.

Ein leises Krachen war über ihnen zu hören. Sand rieselte herab.

Obwohl Nina und Delia leise aufschrien, gab Daniel weiter unbeirrt Anweisungen. Sie mussten es einfach schaffen, sie mussten durchhalten!

Er selbst war der Nächste, ein Fuß auf den hinteren Skarabäus, den anderen auf den Hund dort vorn ... er hatte es geschafft.

Dann war Felix dran.

„Delia, du musst ihn führen, er kann ja nichts sehen!"

„Okay!", quiekte Delia. „Bitte, bitte, bitte fall nicht, Felix!" Sie schob Felix mit zitternden Händen vor die Bodenfliesen.

Erneut kam aus der Decke ein dumpfes Grollen.

Daniel schauderte. Nun musste es schnell gehen!

„Okay! Rechter Fuß von Felix auf den Vogel, linker auf die Schlange ..."

Und beinahe hätte Felix es falsch gemacht!

„Das andere Links!", brüllte Delia.

Rasch korrigierte sich Felix.

Nun war Delia an der Reihe. Sie musste aufpassen, dass sie mit dem Po nicht die Kacheln berührte! Und ausgerechnet das war ihr bei den Übungen doch so schwer gefallen ...

„Felix, das ist jetzt der letzte Stein", kommandierte Daniel schließlich. Seine Stimme zitterte vor Aufregung. Fast hatten sie es geschafft! „Du musst unter Delia her auf den vorderen Skorpion!"

Delia jammerte auf. Sie konnte ihre Stellung nicht mehr lange halten!

„Delia, du musst mit dem Po noch etwas hoch, Felix drunter her!"

„Ich komm nicht dran!"

„Ich halte es nicht mehr aus!"

„Noch ein bisschen!"

Das Donnern über ihnen wurde lauter. Wieder rieselte Sand auf sie herab.

„Delia, halt durch!"

„Aah!“

„Na los!“, drängte Daniel.

Mit letzter Anstrengung schlug Felix mit der rechten Hand auf die Skorpionkachel.

Das Donnern verschwand. Als Nina blinzelnd aufsah, war der Fels, der sie fast erschlagen hätte, in der Decke verschwunden.

Sie hatten es geschafft!

Alle vier sprangen von den Kacheln auf und jubelten laut. Victor war vergessen.

Nina streichelte Daniel übers Gesicht und küsste ihn, Daniel schlug Felix auf die Schulter. Und dort drüben war das nächste Fläschchen, sie konnten es von hier aus sehen! Es stand in einem Brunnen, der in einem geheimnisvollen Grün von innen heraus leuchtete.

Delia war jetzt so erleichtert, dass sie Felix in den Arm nahm und ihm einen dicken Schmatzer auf die Wange drückte.

Nina konnte sehen, wie Felix im Dunkeln strahlte ...

16
LUZY GREIFT EIN

Nina schaute starr nach vorn zu Herrn Altrichter. Es kam ihr alles so unwirklich vor! Gestern hatten sie noch in einem geheimen Gang um ihr Leben und genau genommen auch das von Mara gekämpft, und heute saßen sie hier wie brave Schüler im Physiklabor und lauschten dem Vortrag des Direktors über die Eigenschaften luftleerer Räume.

Nina konnte sich einfach nicht konzentrieren. Immer wieder wanderten ihre Gedanken zu dem Rätsel, das sie lösen mussten und von dem die Prüfung gestern nur ein Teil gewesen war. Einer von acht Schritten, wie Winnsbrügge-Westerling in seiner Tonaufzeichnung gesagt hatte.

Wie würde wohl der nächste aussehen? Nina konnte kaum erwarten, herauszufinden, wie der aussah. Und sie hatte bereits eine Idee, wie sie es schnellstmöglich enträtseln konnten!

Sie beugte sich vorsichtig zu Daniel, der mit Felix am Tisch neben ihr saß.

Felix trug eine riesige Sonnenbrille – auch über Nacht hatte sich sein Sehvermögen nicht wiederhergestellt. Es würde wiederkommen, da war Nina sicher, schließlich war das bei Victor auch so gewesen, aber bis dahin war Felix nun einmal blind. Und deshalb bestand er darauf, zur Schonung seiner Augen eine dunkle Brille zu tragen – und ließ sich das selbst von Herrn Altrichter nicht verbieten.

„Hast du das Haus-Anubis-Modell dabei?", wisperte Nina ihm so zu, dass Herr Altrichter es nicht hören konnte. „Und das Fläschchen?"

„Nein, aber das kann ich gleich in der Pause holen", flüsterte Daniel zurück. „Wieso?"

Nina warf einen vorsichtigen Blick auf Herrn Altrichter. „Warum machen wir das nicht nachher in der Schule, wo kein Victor ist?"

In Daniels Gesicht leuchtete es auf. „Du hast recht!", flüsterte er. „In der großen Pause! Dann ist keiner im Physikraum."

„Genau!" Nina nickte eifrig. „Sag du Felix Bescheid, ich spreche mit Delia."

„Was ist denn da für eine Unruhe?", donnerte Herr Altrichter dazwischen.

Nina und Daniel fuhren auseinander und taten wieder so, als interessierten sie sich für den Unterricht.

Im Physikraum also!

Luzy hatte genau gehört, was Nina und Daniel in der Physikstunde miteinander zu flüstern hatten, und sie würde herausfinden, was die vier planten! Sie hatte die Sibunas während der gesamten großen Pause nicht aus den Augen gelassen, und selbst jetzt lugte sie aus ihrem Versteck hinter der Ecke hervor.

Nun würde sie aufdecken, was die anderen so eifrig geheim halten wollten! Und je eher sie es wusste, desto eher würde sie mit dem ekelhaften Spionieren aufhören können. Sie musste in Erfahrung bringen, was die Clubmitglieder vorhatten ...

Nervös spähte Delia abwechselnd aus der Tür des Physikraums und hinüber zu dem kleinen Modellhaus. Genaugenommen konnte sie es gar nicht richtig sehen, denn Felix, Daniel und Nina standen direkt davor. Und Daniel war gerade im Begriff, den Inhalt des Fläschchens, das sie gestern gefunden hatten, in den Schornstein hinter dem Turm zu kippen.

Wie konnte er dabei nur so ruhig bleiben? Es hatte einmal geklappt, ja, aber was, wenn es diesmal nicht funktionierte? Das war alles viel zu gefährlich und überhaupt – hier konnte jederzeit jemand stören!

Sie hielt die Spannung einfach nicht mehr aus.

„Kann Felix nicht Wache halten?“, platzte es schließlich aus ihr heraus.

Felix deutete mit zwei Fingern seiner rechten Hand auf seine Augen. „Sei doch froh!“, sagte er statt einer klaren Antwort.

„Wieso?“, fragte Delia verständnislos.

„Na, wenn es explodiert, stehst du am weitesten weg!“, grinste er.

„Vertraut mir, hier explodiert gar nichts“, beruhigte Daniel die beiden.

„Sagst du Bescheid, wenn jemand kommt?“, fragte Nina, um Delia abzulenken.

Die nickte und warf pflichtbewusst einen Blick in den Flur.

„Wir müssen uns beeilen“, erklärte Nina.

„Alle fertig? Dann los.“ Daniel holte tief Luft und kippte den wasserklaren Inhalt der roten Glasphiole in den Schornstein des kleinen Hausmodells. Im Häuschen schnurrte und ratterte es leise.

Delia vergaß die Tür und die Tatsache, dass sie Angst hatte, und reckte den Hals, um etwas zu erkennen. „Was passiert da?“, wollte sie unbedingt wissen.

„Das Dach öffnet sich“, beschrieb Daniel. „Wie beim letzten Mal!“

„Und jetzt!?“ Delia konnte es kaum erwarten.

„... kommt eine riesige Monsterklaue raus!“, rief Felix.

„Oh nein, in Deckung!“ Delia quiekte laut und hielt sich die Augen zu.

„Natürlich kommt da keine Monsterklaue raus!“, sagte Daniel mit einem vorwurfsvollen Blick auf Felix und klappte das Dach auf. „Es ist unglaublich!“ Er griff in das Haus hinein und zog einen kleinen, länglichen Gegenstand hervor.

Ninas Kinnlade klappte herunter.

„Was siehst du? Sag schon!“, fragte Felix neugierig.

„Es ist unsere Uhr, die Standuhr aus der Eingangshalle!“, berichtete Nina.

Nun hielt Delia es keine Sekunde mehr aus und hastete neugierig zu den anderen, um das winzige Fundstück zu bewundern.

„Wir sind wieder einen Schritt weiter!“ Daniel war sichtlich erleichtert. „Das ist bestimmt der nächste Auftrag.“

„Für die nächste Prüfung!“, ergänzte Nina und lächelte Daniel stolz an. Er machte das alles wirklich super. Sie konnte so froh sein, ihn mit im Club zu haben!

„Was denn für eine nächste Prüfung?“

Bei dieser Frage fuhren die Sibunas erschrocken herum. Beinahe automatisch stellten Delia und Nina sich dichter zusammen und neben Daniel, sodass jetzt von der Tür aus kein direkter Blick mehr auf das Modell des Hauses Anubis mehr möglich war.

Niemand durfte wissen, was sie hier taten!

Luzys schlechtes Gewissen, die anderen gestört zu haben, war wie weggeblasen.

Sie hatte wirklich ganz vergessen, wie spannend die Rätsel gewesen waren, die sie und die anderen gelöst hatten, als sie noch zum Club der Alten Weide gehört hatte!

Sie versuchte, hinter Delia und Nina zu sehen, und erkannte ein Haus, das auf dem Tisch stand. Mit einem Turm. Und was hatte Daniel da in der Hand? Das war doch eine Miniatur-Standuhr.

„Das ist doch das Haus Anubis, oder?“

Es war Daniel, der als Erster die Worte wiederfand. „Das wissen wir gar nicht so genau“, meinte er ausweichend. Hastig drehte er sich um und packte das Modell wieder in seine Tasche.

Nina räusperte sich. „Eigentlich haben wir was unter ... acht Augen zu besprechen."

Das war deutlich.

Luzy biss sich kurz auf die Lippen. Doch sie gab nicht auf. Noch nicht.

„Wo habt ihr das denn her?", fragte sie und tat, als hätte sie Nina nicht gehört. Und sie hatte recht. Nina schwieg betreten.

Luzy hatte es gewusst: Die Zimmergenossin gehörte eben nicht zu den Leuten, die einem eine klare Abfuhr erteilten.

Sie holte gerade Luft, um weiterzufragen, als jemand ihr einen Strich durch die Rechnung machte.

„Hörst du überhaupt zu?", fragte Delia angriffslustig. „Kannst du beim nächsten Mal wenigstens anklopfen?"

„Ich hab euch hier reingehen sehen!", versuchte Luzy, die sich unversehens in der Verteidigerposition wiederfand.

„Na und?" Delia rümpfte die Nase. „Dann gehst du uns einfach hinterher, oder was?" Ihr Blick ließ keinen Zweifel: Sie fand das aufdringlich.

Luzy wusste, sie musste den Gegenangriff wagen!

„Ich wollte euch was fragen", sagte sie schließlich lahm. „Ich weiß, dass ich in letzter Zeit ein bisschen pampig war und so."

„Ein bisschen?"

Luzy sah genau, dasss Delia ihr kein einziges Wort glaubte. Sie musste unbedingt überzeugender werden. „Warte doch mal. Es lief eben nicht so gut mit Max. Ich konnte einfach an nichts anderes mehr denken!" Das mussten die anderen doch verstehen, oder?

Doch immer noch waren sie skeptisch.

„Das tut mir leid. Wirklich. Ich hoffe, dass ich wieder im Club mitmachen darf!"

Statt der Jubelrufe, die sie erhofft hatte, war Schweigen die Antwort.

„Das ist ... ziemlich überraschend", meinte Daniel zögernd.

„Du willst wieder in den Club? Sicher?", fragte Nina ungläubig.

„Ganz sicher!" Luzy nickte eifrig.

„Das geht nicht einfach so!", sagte Delia schnell, bevor jemand anders etwas sagen konnte. „Du hast uns eiskalt hängen lassen!"

Luzy zuckte zurück. Es war klar, Delia war jetzt ernsthaft böse.

„Sie hat doch gesagt, es tut ihr leid", versuchte Daniel Delia zu besänftigen.

„Das stimmt", sagte Nina nun auch.

Und Felix kam nun sogar auf Luzy zu, um sie in den Arm zu nehmen!

Sie fragte sich für einen Moment, warum es so wirkte, als sei er blind. Sicher war das wieder einer seiner verrückten Einfälle.

Luzy atmete insgeheim auf.

Delia war alles andere als überzeugt. „Du willst doch nur

zurück, weil Lotte zurzeit ständig mit Kaya beschäftigt ist. Den Club wechselt man nicht wie ein Paar Socken, das ist viel zu ernst!“

Vor allen Dingen Delia war es ernst. Die anderen schwiegen betreten.

Luzy spürte, dass es besser war, einen Rückzieher zu machen. „Naja, vielleicht denkt ihr einfach noch mal drüber nach.“

„Nein, müssen wir nicht“, antwortete Delia entschlossen. „Es ist ganz einfach. Wenn Luzy wieder mitmacht, bin ich raus!“ Sie verschränkte die Arme vor der Brust.

Die anderen schauten betreten drein.

„Okay“, sagte Luzy zögernd. Sie warf noch einen letzten Blick auf Nina, in der Hoffnung, sie würde Delia widersprechen.

Aber Nina schwieg.

Luzy verließ den Raum und schloss hinter sich die Tür. Das war nicht annähernd gelaufen, wie sie sich das erhofft hatte.

Traurig ging sie über den Schulhof zu ihrem Rad.

Doch sie freute sich heute nicht wirklich, dass die Schule aus war. Zu Hause war Lotte sicher wieder nur damit beschäftigt, sich neue Wetten mit Kaya auszudenken, etwas anderes hatte die Freundin in letzter Zeit nicht im Kopf. Und Max ... der war bestimmt froh, dass er jetzt keinen Ärger mehr von Jack Capone zu erwarten hatte.

Luzy wollte gerade aufs Rad steigen, als sie jemand am Arm packte.

Erschrocken fuhr sie herum. Es war Morten Vierstein!

„Muss das immer so sein? Sie haben mich zu Tode erschreckt!“, blaffte sie ihn sofort an.

Er lachte nur leise.

Luzy zog die Schultern zurück. Sie würde sich von diesem Typen nicht mehr einschüchtern lassen!

„Ich kann nichts für Sie tun!“, sagte sie ein wenig hochnäsig. „Die anderen wollen mich nicht mehr in den Club lassen. Und so bin ich für Sie wohl kaum von Nutzen!“ Damit wollte sie aufs Rad steigen und davonfahren.

Doch so schnell gab Morten Vierstein nicht auf. „Nutzlos? Das glaube ich nicht“, schnarrte er. „Hier, ich habe was für dich.“ Er schob ihr etwas Rechteckiges in die Hand.

Ungläubig starrte Luzy auf das fein ziselierte Kästchen hinab, das sie in der Hand hielt.

Die Dominosteine!

„Sie geben mir die Dominosteine wieder?“

„Deine Freunde werden sie suchen“, sagte Vierstein geheimnisvoll. „Oder besser, Per Marrant, Daniels Onkel, sucht sie. Er will sie heute Nachmittag bei Daniel abholen, aber natürlich haben deine Freunde die Steine nicht. Wenn du sie ihm gibst und sie davon erfahren, werden sie dir sicher wieder vertrauen!“

Luzy sah abwechselnd auf die Steine und Morten Vierstein. „Und was soll ich sagen?“

„Lass dir etwas einfallen! Das kannst du doch so gut.“ Er wandte sich um und ging fort.

Luzy sah ihm verblüfft hinterher. *Ihm scheint die Träne*

der Isis wirklich wichtig zu sein!, überlegte sie, beschloss aber, nicht länger darüber nachzudenken. Solange Nina und Daniel nichts von dem Diebstahl erfuhren, war ihr alles recht.

Jetzt musste sie nur noch eine gute Ausrede erfinden, wie die Steine aus Ninas Schublade in ihren Besitz gelangt waren ...

„Oh Mann, Felix, hilf mir doch mal!"

Stöhnend versuchte Nina, die Standuhr von der Wand fortzuschieben. Dabei kippte sie ein wenig, und das Pendel schlug klirrend gegen die Glastür des Kastens.

Erschrocken ließ Nina die Uhr los.

Daniel, der von vorn gezogen hatte, konnte sie nicht halten, und so fiel sie donnernd wieder auf die Füße.

„Vorsichtig!", zischte Daniel.

Nina zog schuldbewusst den Kopf ein.

„Und wenn drunter was ist?", schlug sie vor. „Ich hebe, und Felix schaut nach!"

„Ich kann doch überhaupt nichts sehen!", protestierte Felix lautstark. Er tastete sich langsam vor und ließ dabei seine Finger über das Zifferblatt gleiten, das dicht vor seiner Nase hing.

Daniel bückte sich seufzend und strich mit der Hand über den Boden der Uhr. „Da ist auch nichts!", sagte er und erhob sich wieder.

So vorsichtig wie möglich stellten sie die Uhr gerade auf den Boden, doch erneut klirrte das Pendel.

„Ein Mann muss tun, was ein Mann tun muss!", erklärte Felix jetzt. „Ich hole eine Kettensäge!"

In diesem Moment ging die Wohnzimmertür auf, und jemand, der Rosies rote Schürze mit den weißen Punkten trug, kam herein.

Delia quiekte entsetzt auf. Was machte denn Herr Altrichter im Haus Anubis? Und noch dazu mit einer Schürze.

„Delia!", sagte der Schuldirektor mit vorwurfsvollem Blick. In Rosies Schürze bot er mit seinem würdevollen Gehabe einen skurrilen Anblick. „Hören Sie sofort auf mit diesem Lärm! Ich habe doch überall Schilder aufgestellt! Steht auf denen vielleicht *Bitte schreien* oder *Lärm machen und eine Uhr verschieben*?"

Daniel sah Nina bedeutungsvoll an. Deshalb also standen die Schilder *Bitte Ruhe! Klassenarbeit!* überall in der Eingangshalle. „Und warum sollen wir so leise sein?", wollte Daniel wissen.

„Victor hat eine Gehirnerschütterung, und ich pflege ihn", erklärte Herr Altrichter und ignorierte die erstaunten Blicke seiner Schüler.

„Eine Gehirnerschütterung?", wiederholte Nina. War Victor deshalb gestern Nacht im Keller nicht aufgewacht?

Herr Altrichter war allerdings zu keinen weiteren Erklärungen bereit. „Und jetzt gehen Sie bitte alle auf Ihre Zimmer, während ich eine gute Hühnersuppe für Ihren Hausverwalter Victor koche. Und bitte denken Sie daran, im Interesse unseres armen Kranken, so leise wie nur möglich zu sein!"

Doch sehr zu Herrn Altrichters Ärger klingelte es nun an der Haustür.

Daniel versuchte, ihn zu beruhigen. „Das ist bestimmt mein Onkel. Er hat mich heute Mittag angerufen und will etwas abholen."

Bevor Herr Altrichter etwas sagen konnte, war Daniel bereits an der Tür. Und er hatte recht.

Sein Onkel, wie immer ein wenig exzentrisch mit einer Militärjacke aus dem 19. Jahrhundert erscheinend, verbeugte sich beim Anblick des Schuldirektors höflich und streckte Herrn Altrichter die Hand entgegen. „Per Marrant, sehr erfreut."

„Nun, mein lieber Neffe?", sagte er, nachdem der Direktor sich verabschiedet hatte. „Hast du die Steine?"

„Ich hole sie gleich, Herr Marrant!", antwortete Nina schnell.

Mit einem wohlgefälligen Blick sah Per Marrant ihr hinterher, als sie die Treppe hinaufeilte.

„Da hast du wirklich eine sehr nette Freundin, Daniel", sagte er anerkennend.

Daniel war stolz. „Ja." Er folgte dem Blick seines Onkels. „Setz dich doch so lange, Onkel Per!", sagte er. „Nina kommt sicher gleich. Ich komme nach, ich muss aus meinem Zimmer nur noch etwas holen."

Sein Onkel nickte.

In seinem Zimmer ging Daniel an den Schreibtisch. Die drei Dominosteine, die sie seinerzeit für das Rätsel in der geheimen Wand gebraucht hatten, lagen in der Schublade.

Er nahm sie und ging zurück zu seinem Onkel.

„Aber das sind ja nur drei", staunte Per Marrant, als Daniel sie ihm in die Hand drückte.

„Die anderen und die Schachtel bringt Nina gleich."

Da kam Nina auch schon angerannt.

Und Daniel sah an ihrer sorgenvollen Miene, dass etwas nicht in Ordnung war ...

Wenige Minuten zuvor hatte Nina verwirrt vor ihrer Schrankschublade gestanden. Sie war leer gewesen, der Inhalt über dem Boden verstreut.

Und die Steine waren verschwunden.

„Vielleicht hast du sie woanders hingetan", hatte Delia überlegt.

„Nicht, dass ich wüsste!", hatte Nina verzweifelt gesagt. „Ich bin ganz sicher, ich hatte sie hier! Wir haben sie, seitdem wir drei davon für das Rätsel an der Wand brauchten, ja auch nicht mehr benutzt! ... Ich muss es Daniel sagen!"

Dann war Nina die Treppe hinuntergelaufen, zu den Zimmern der Jungen. Als sie an Per Marrant vorbeigegangen war, hatte sie ihm nicht in die Augen sehen können. Er hatte ihr und Daniel vertraut – und nun?

Erwartungsgemäß war Daniel entsetzt, als sie ihm vom Verschwinden der Steine berichtete. Immerhin sah er ein, dass sie keine Schuld daran hatte. „Das ist ja schrecklich! Was sage ich denn nur Onkel Per? Und du hast sie sicher nirgendwo sonst aufbewahrt?"

Nina sah ihn flehend an und schüttelte den Kopf. „Ganz sicher. Was machen wir denn jetzt?“

Daniel war ratlos. Hatte Nina ihm die Steine vielleicht wiedergegeben, und sie hatten es beide vergessen? Hastig ging er an seinen eigenen Schrank und begann, in den Schubladen für Socken und T-Shirts herumzuwühlen.

Nina durchsuchte sein Bett, in der Hoffnung, die Schachtel mit den Dominosteinen unter der Matratze oder dem Kopfkissen zu finden.

Delia und Felix, die mit Nina gekommen waren, beteiligten sich an der Suche. Doch die Steine blieben verschwunden.

Plötzlich erschien Per Marrant in der Tür. „Lieber Neffe, es tut mir leid, dass ich drängeln muss, aber der Käufer will noch heute Abend kommen und die Steine abholen! Leider kann ich nicht mehr warten. Er bietet mir auch einen guten Preis dafür. Und das, ohne zu handeln, wirklich ein Glück!“ Per Marrant strahlte.

Daniel und Nina sahen sich schuldbewusst an.

Daniel holte gerade Luft, um seinem Onkel das Verschwinden der Steine zu beichten, da platzte auf einmal Luzy ins Zimmer.

„Ich habe die Steine hier“, sagte sie und hielt Per Marrant die Steine unter die Nase.

„Ups!“, sagte der etwas verwirrt. Er hatte nicht erwartet, die Steine von dieser kessen jungen Dame zu bekommen. „Vielen Dank!“ Nach einer kurzen Pause schaute er zu Daniel, der sprachlos dastand.

Was hätte er auch sagen können! Er war schließlich noch verblüffter als sein Onkel. Wo hatte Luzy nur die Dominosteine her?

Daniel sah kurz über die Schulter zu Nina, doch die schüttelte fast unmerklich den Kopf. Sie wusste es also genauso wenig.

Per Marrant lächelte. „Wie auch immer. So kann ich jetzt ja guten Gewissens gehen. Komm mich bald wieder besuchen, Lieblingsneffe! Du auch, Nina!"

Doch bevor er ging, wandte er sich noch einmal um und ließ seinen Blick durch den Raum schweifen. „Ich muss anfügen, Neffe, ich hatte dich ordentlicher in Erinnerung", betonte er etwas missbilligend. Er nickte noch einmal freundlich in die Runde und war verschwunden.

Luzy war sehr mit sich zufrieden. Da hatte sie wirklich einen großen Auftritt hinlegen können!

Delia, Nina und Daniel starrten sie erstaunt an. Man konnte ihnen an der Nasenspitze ansehen, welche Frage ihnen gerade auf den Lippen brannte!

Nur Felix schaute in eine ganz andere Richtung. Wahrscheinlich konnte er dank seiner Sonnenbrille nichts sehen. Wieso trug er im Haus überhaupt so ein Ding? Aber Felix war ja voller verrückter Einfälle.

„Das ist ja noch mal gut gegangen", brach Luzy das unangenehme Schweigen.

„Woher hattest du denn die Steine?", platzte es aus Delia heraus.

„Na ja, ich hab sie gefunden", behauptete Luzy.

„Gefunden?", fragte Delia ungläubig.

„Bei Victor auf dem Schreibtisch", erwiderte Luzy prompt. „Ich habe Max angerufen, und da lagen sie. Er hat sie bestimmt während dieser Zimmertauschaktion geklaut."

Nina nickte langsam und sah zu Delia. „Das kann gut sein, da hat er ja alles durchwühlt."

„Was sollte Victor denn damit wollen?"

„Wir verstehen Victor doch nie!", meinte Luzy abfällig.

Delia schaute skeptisch drein. „Ich blick immer noch nicht durch bei dir. Wieso willst du so unbedingt wieder in den Club? Wir waren dir monatelang egal!"

„Ja", meinte Luzy angemessen kleinlaut. „Es ist eben in letzter Zeit total viel passiert. Erst Lotte, danach die Geschichte mit Max – und ich hab aus meinen Fehlern gelernt. Ich hab etwas sehr Wichtiges verloren, das ist mir klar geworden: euch!"

Nina warf Delia einen bittenden Blick zu.

Luzy jubelte innerlich. Allem Anschein nach hatte sie es endlich geschafft!

„Okay, okay", grummelte Delia. „Du kannst wieder beim Club mitmachen."

„Wirklich?"

Nina nickte strahlend, und Felix umarmte Luzy erfreut. „Willkommen zurück! ... Und dann können wir jetzt auch alles erzählen, oder?"

„Nicht hier", entschied Daniel. „Wir gehen zu Delia ins Dachzimmer."

Dort berichteten Nina, Daniel und Felix abwechselnd alles über das Zimmer des Anubis hinter der geheimen Wand, die Gänge dahinter, die Kiste und die Prüfungen, die ihnen noch bevorstanden. Und dass sie das, was die nächste Prüfung beinhaltete, erst mithilfe der Standuhr in der Eingangshalle herausfinden mussten.

Luzy staunte. Da hatte sich in ihrer Abwesenheit ja einiges getan. Diese ganze Geschichte wäre auch eine tolle Story für die Schülerzeitung geworden – doch sie wusste, sie konnte nicht ohne Weiteres mit Max oder Lotte darüber reden. Immer mehr Fragen fielen ihr ein, die Nina und Daniel bereitwillig beantworteten. Bis Delia das Frage-und-Antwort-Spiel unterbrach.

„Wo ist eigentlich Mara?"

Die anderen sahen sich erstaunt an. Daran hatten sie nicht mehr gedacht.

„Ich hab keine Ahnung", antwortete Daniel und zuckte mit den Achseln.

„Ich werde nachher Herrn Altrichter fragen", sagte Nina. „Ich habe sie auch seit der Schule nicht mehr gesehen. Wo ist sie bloß?"

„Sicher ist sie nur mit Magnus im Garten, heute ist Vollmond!", seufzte Delia hingerissen. „Ganz romantisch!" Sie schien völlig zu vergessen, dass draußen finstere Wolken ein Gewitter ankündigten.

„Wie geht's denn jetzt weiter?", fragte Nina. „Wir haben in der Uhr nichts gefunden."

„Und Altrichter passt auf wie ein Luchs!", fügte Daniel ratlos hinzu. „Ich habe keine Ahnung, wie wir an die Uhr noch einmal rankommen sollen."

„Morgen im Laufe des Tages?", schlug Delia vor.

„Oder wir vergessen die Uhr einfach!", grinste Felix.

„Wir vergessen besser dich einfach!", erwiderte Delia grimmig.

„Schschsch", machte Felix. „Das wäre ganz schön doof, denn ..." Er zog ein Papyrusröllchen aus der Jackentasche. „Ich habe hier den neuen Auftrag!"

Die anderen waren sprachlos.

Und auch wenn Felix das nicht sehen konnte, hören konnte er es!

Selbstzufrieden fuchtelte er mit dem Röllchen herum. „Der hat an der Unterseite des Uhrgehäuses gesteckt. Ich konnte ihn grade noch rausnehmen, als Altrichter in den Flur kam! Wer bin ich also?"

„Super-Felix!", antworteten die anderen unisono. Und Delia schien besonders begeistert.

„Und was steht drauf?", fragte Luzy aufgeregt.

Daniel hatte sich den Zettel bereits geschnappt und studierte ihn sorgfältig. „Nichts", sagte er ein wenig enttäuscht. „Am besten wir legen ihn wie beim letzten Mal auf die Karte."

Er bückte sich, holte aus seiner Tasche die Karte hervor und faltete sie auf Delias Bett auseinander. Und tatsächlich: Da oben in der linken Ecke war ein leeres Feld, das exakt die gleiche Form aufwies wie der Papyrus, den Felix gefunden hatte.

Vorsichtig glättete Daniel das Papier. Dann legte er es auf das Feld.

„Da tut sich ja gar nichts", stellte Delia fest, nachdem ein paar Sekunden vergangen waren.

„Warte mal ab. Gleich", entgegnete Nina gespannt.

Und siehe da: Plötzlich begann das Blatt von innen heraus zu leuchten. Es wurde heller und heller, bis der Papyrus mit dem Blatt verschmolz.

„Wow! Abgefahren!", meinte Felix bewundernd. „Ich kann wieder sehen! Wenigstens ein bisschen. Was es genau ist, müsst ihr mir allerdings schon sagen."

Daniel beugte sich tiefer über die Karte. „Das sieht aus wie ... eine Bauzeichnung."

„Nur wovon?", fragte Luzy neugierig. Was hier geschah, war wirklich ein echter Knaller!

Daniel sah mit einem ernsten Blick in die Runde. „Ich habe keine Ahnung."

Nina schaute auf die Uhr.

Schon so spät? Sie ging in die Küche, um sich ein Glas Milch zu holen. Die Sache mit der Karte und den Prüfungen war so aufregend, dass sie fürchtete, heute Nacht wieder nicht schlafen zu können, weil Sarah ihr im Traum erschien und sie ermahnte, sich mit der Suche nach der Träne der Isis zu beeilen!

Sie stand gerade am Kühlschrank, als Felix noch einmal seinen Kopf zur Tür hereinsteckte.

„Ist Magnus hier?", fragte er.

Beunruhigt sah Nina auf. „Nein. Sind er und Mara denn immer noch nicht da?“

Felix zuckte mit den Achseln. „Ich habe die beiden seit der Musikstunde bei Herrn Müller nicht mehr gesehen. Das war heute früh.“

„Ich gehe Herrn Altrichter fragen“, entschied Nina und nahm ihr Glas Milch. Sie hatten noch so viele Prüfungen vor sich, was, wenn Mara schon jetzt etwas geschah? Das durfte nicht passieren. Sie mussten ihr helfen können, und das hieß im Idealfall, dass Mara erst dann krank werden durfte, wenn die Träne der Isis schon im Besitz des Clubs der Alten Weide war.

Und noch besser war es, wenn gar nichts passierte.

Im Wohnzimmer herrschte trotz der späten Uhrzeit noch reges Treiben. Während Charlotte sich auf das zweite Sofa gelegt hatte und tief und fest schlief, verkündete Kaya verschlafen, er hätte die Wette, wer länger wach bleiben könne, gewonnen. Er sei bereits über vierzig Stunden wach geblieben! Herr Altrichter, der Kaya geistesabwesend zum Sieger erklärte, bugsierte den gerade aufgestandenen Victor zurück aufs Sofa.

Das war ja ein schöner Trubel. Doch Nina entschied sich, besser nicht nachzufragen, was hier alles los war!

„Herr Altrichter?“, hakte sie dennoch nach. „Wissen Sie, wo Mara ist?“

„Ganz ruhig, Victor, mein Freund!“, sagte Herr Altrichter statt einer Antwort. Er packte den Hausverwalter an den Schultern und schob ihn in Richtung Sofa.

Victor wollte sich wehren, doch ihm war offenbar schwindlig, denn er ließ sich stöhnend aufs Sofa fallen. Dabei fiel etwas aus seinem Hemd.

Eine Kette samt Anhänger.

Nina riss die Augen auf.

Das fehlende Horusauge!

17
DIE ZEIT LÄUFT

Ticktack. Ticktack.

Das seltsame Ding stand vor Felix und Daniel auf dem Schreibtisch. Die rosa verhüllte Stehlampe neben Delias Bett ließ den komplizierten Mechanismus rötlich glitzern. Das große Pendel, das daraus in die Höhe ragte, schwang gleichmäßig hin und her.

Ticktack. Ticktack.

„Sind wir gut oder sind wir gut?" Felix klang stolz.

Die Apparatur vor ihnen war kompliziert und fein wie ein Uhrwerk. Und doch war es eine ungewöhnliche Uhr – wenn es denn eine war –, eine ohne Zifferblatt und ohne Zeiger. Nur mit einem tickenden Pendel, das zudem nach oben wies.

Ticktack. Ticktack.

Daniel zog noch schnell eine Schraube nach.

Felix wippte im Rhythmus des Pendels mit dem Kopf hin und her. „Was-ist-das-ge-nau?", fragte er im Takt.

„Keine Ahnung“, antwortete Daniel. „Sieht aus wie ein Metronom. Aber wozu soll das gut sein?“

In diesem Moment kam Nina hereingestürmt. „Ich habe Felix’ Auge entdeckt!“

Die beiden Jungs drehten sich erschrocken zu ihr um.

Felix fummelte mit den Fingern hinter seiner Sonnenbrille herum. Er trug sie immer noch, obwohl er wieder sehen konnte. „Welches?“, fragte er. „Beide sind noch da.“

Nina seufzte. Manchmal war Felix mit seinen albernen Witzen wirklich anstrengend. „Das Horusauge.“

Felix vergaß alle Späße und nahm die Sonnenbrille ab. „Wo denn?“

„Victor trägt es um den Hals!“, verriet Nina.

„Mein Auge? Das hole ich mir wieder!“ Kurz entschlossen ging Felix zur Tür.

„Moment, so einfach ist das nicht“, versuchte Daniel ihn zu bremsen.

„Wieso? Victor liegt unten auf dem Sofa und pennt. Kinderspiel!“

„Ach ja?“, fragte Daniel. „Und was ist mit Altrichter? Der sitzt daneben und passt auf!“

Felix richtete sich auf und grinste. „Aber ich habe schon einen Super-Felix-Super-Plan in petto: Wir warten auf Vollmond, und dann verwandelt Altrichter sich in einen Werwolf.“

Daniel stöhnte auf. „Das ist doch Quatsch!“

Nina verdrehte die Augen. „Wir machen es so: Daniel und du, ihr holt euch das Auge zurück. Und ich frage, ob ich Mara anrufen darf. Die ist nämlich noch immer nicht da“, fügte sie mit einem Stirnrunzeln hinzu. „Ich mache mir langsam echt Sorgen."

Sie sah aus dem Fenster. Draußen war es dunkel und kalt. Der Regen prasselte unaufhörlich gegen die Scheiben.

Und Mara und Magnus, die beiden waren seit Stunden nicht zu erreichen.

„Bitte, Herr Altrichter! Sie müssen es unbedingt noch einmal versuchen!"

Ein wenig missmutig sah Herr Altrichter auf Nina herab. Es war gerade mal halb zehn! Bestanden diese Jugendlichen nicht immer wieder auf mehr Freiheiten? Magnus und Mara waren sicher nur im Kino, immerhin waren sie verliebt und wollten allein sein. Und Nina Martens war ihm bisher als eine durchaus vernünftige junge Dame erschienen, die nicht leicht hysterisch wurde. Warum also bestand sie nun darauf, die beiden Schulkameraden *unbedingt* zu erreichen?

Aber er konnte dem flehenden Blick in ihren Augen einfach nicht widerstehen.

„In Ordnung, ein Mal noch", gab er nach. „Auch wenn ich mich wundere, dass Sie Ihrer Freundin nicht gestatten möchten, mit einem so seriösen jungen Mann wie Magnus von Hagen ins Kino zu gehen."

Bedächtig wählte er die Handynummer von Magnus. Niemand meldete sich.

„Mailbox!", erklärte er Nina. Er wollte sich schon zum Gehen wenden, denn immerhin wartete unten ein unruhiger Patient auf ihn, doch Nina hielt ihn zurück.

„Nein, bitte, Herr Altrichter! Versuchen Sie es noch einmal!“, flehte sie. „Die sind bei diesem Wetter draußen!“

„Sie haben sich sicher irgendwo untergestellt“, beschwichtigte Herr Altrichter. Er hatte es zwei Mal bei Mara und zwei Mal bei Magnus versucht. Was hätte er noch tun können? Abends um zehn rief man doch nicht die Polizei wegen zweier fast schon erwachsener Jugendlicher.

Aber Nina blieb hartnäckig. „Warum gehen sie dann nicht an ihr Handy?“

Der Schuldirektor seufzte. „Im Moment können wir nichts tun. Wenn sie in ein paar Stunden nicht da sind, werden wir sie suchen. Ich muss jetzt zu Victor. Und Sie, Nina, haben vielleicht noch Hausaufgaben zu machen. Kommen Sie!“ Unmissverständlich wies Herr Altrichter auf die Tür von Victors Büro.

Nina folgte zögernd. Es war klar: Hier konnte sie nichts mehr erreichen.

Die alte Standuhr in der Eingangshalle schlug zwölf Mal.

„Mitternacht! Geisterstunde! Huuuaaah“, brummte Felix und grinste Daniel an.

Der hatte im Moment kein Verständnis für solche Scherze. „Sei doch leise!“

„Ich hab eben Angst“, murmelte Felix. Draußen tobte immer noch das Gewitter.

„Keine Sorge“, sagte Daniel und schlich sich an die offen stehende Tür zum Wohnzimmer. „Die schlafen beide da drin.“

Das Wohnzimmer lag dunkel vor ihnen, es wurde nur ab und zu durch einen Blitz erleuchtet.

Victor lag auf dem Sofa und schnarchte; Herr Altrichter hatte es sich mehr schlecht als recht auf dem Sessel daneben bequem gemacht.

Daniel winkte Felix zu und schlich sich durch das halbdunkle Wohnzimmer auf das Sofa zu, bis er direkt auf Victor hinabblicken konnte.

Felix folgte ihm.

Und unter Victors offenem Hemdkragen war sie auch schon zu sehen – die Kette mit dem Horusauge!

Daniel drückte Felix schweigend seine Taschenlampe in die Hand. Dann, unendlich vorsichtig, versuchte er, das Band zu greifen, an dem das Horusauge hing.

Er hatte es fast geschafft, da packte Victor im Schlaf seine Hand!

Erschrocken versuchte Daniel, sich zu befreien, aber vergeblich!

Der Hausverwalter hatte sein Handgelenk fest umklammert, und es schien, als wolle er es nie wieder loslassen.

Felix allerdings erwies sich mit seinen unerschöpflichen Einfällen als der Retter. Er kitzelte Victor vorsichtig an der Stirn.

Und wirklich – Victor ließ Daniels Handgelenk los und schlug sich in dem Glauben, eine Fliege sei über seinem Auge gelandet, auf den Kopf.

Rasch griff Daniel nach dem Amulett und ging mit Felix schnell hinter dem Sofa in Deckung.

Felix grinste triumphierend. Ja! Sie hatten das Horusauge zurück!

Als hätte Victor gespürt, dass ihm etwas gestohlen würde, schreckte er plötzlich auf.

Daniel hielt den Atem an. Über die Sofalehne hinweg konnte er erkennen, dass Victor verwirrt um sich schaute und sich an den Hals griff.

Daniel schaute zu Felix, der ebenfalls die Luft anhielt und sich auf die Lippen biss.

Beide versuchten, keinen Mucks von sich zu geben.

„Mein Auge", murmelte Victor unruhig. „Mein Horusauge ist weg."

Er begann, um sich herumzutasten, und wurde immer hektischer.

„Mein Auge!", jammerte er. „Mein Auge, wo ist mein Auge?"

Daniels Kopf rutschte noch tiefer zwischen seine Schultern, und Felix drückte sich enger an die Sofalehne. Was, wenn Victor sie hier entdeckte?

„Victor! Sie sind doch noch viel zu schwach zum Aufstehen!", ertönte auf einmal eine tiefe Stimme. Die Stehlampe neben dem Sessel wurde angeschaltet.

Beinahe hätte Daniel vor Erleichterung aufgeseufzt. Herr Altrichter war wirklich im richtigen Moment aufgewacht! Den Geräuschen nach zu urteilen erhob er sich und kam zum Sofa herüber. Das Knarren des Leders bewies, dass Victor nun wieder ins Sofa gedrückt wurde.

Der Hausverwalter wehrte sich. „Nein, das verstehen Sie nicht!"

Doch Herr Altrichter blieb hart. „Nun legen Sie sich mal wieder hin, mein Freund, und ich suche Ihr ... *Auge*", meinte er beruhigend.

„Ich muss es wiederhaben!", drängte Victor.

„Selbstverständlich. Wir finden es." Ein leises Keuchen, das hinter Victors nervösem Gemurmel zu hören war, verriet Daniel, dass Herr Altrichter den Boden vor dem Sofa absuchte.

Vorsichtig griff er nach der Fälschung des Anhängers, den Felix ihm geistesgegenwärtig in die Hand gedrückt hatte, und kroch so lautlos wie möglich um das Sofa herum.

Leise und so, dass es Herrn Altrichter nicht auffiel, schob er das Auge auf den bunten Teppichvorleger vor dem Sofa.

„Mein Auge", jammerte Victor wieder auf.

„Ja doch, wir finden es!", versuchte Herr Altrichter den Hausverwalter zu beruhigen. „Ah!"

Daniel, der wieder zu Felix gekrochen war, hörte an dem Ausruf, dass der Direktor das Horusauge gefunden hatte.

Felix grinste breit.

„Meinen Sie vielleicht das hier?"

Victor stöhnte erleichtert auf. „Geben Sie her! ... Hah! Das kriegt ihr nie!", sagte er noch erschöpft. Seine Stimme war bei den letzten Worten immer leiser geworden. Ein erneutes Knarren des Sofaleders verriet, dass er sich wieder in die Kissen hatte fallen lassen.

„Ja, ja, nun schlafen Sie aber wieder", meinte Herr Altrichter beruhigend und tätschelte Victor die Wange.

Felix grinste noch ein Stück breiter und nahm das Horusauge, das Daniel Victor abgenommen hatte. Stolz hängte er es sich um den Hals. Dann hob er beide Daumen.

Daniel lächelte zurück.

Das hatten sie geschafft!

Nina wollte das Frühstücksbrötchen nicht so recht schmecken. Dabei hatte Rosie ein Glas ihrer selbst gekochten Himbeermarmelade aus dem Garten geöffnet! Doch vorhin, als Nina eine verschlafene Charlotte im Bad getroffen hatte, hatte die berichtet, dass Maras Bett unberührt geblieben war.

Nina überlegte, was am besten zu tun sei, da kam Luzy herein.

Nina legte ihr Brötchen achtlos auf den Teller. „Luzy, hast du Mara gesehen? Oder Magnus?"

Luzy zuckte mit den Achseln. „Nein, grade jedenfalls nicht. Da war nur Delia im Bad."

Ninas Mut sank. Was sollte sie nur tun?

Aber auch Herr Altrichter war jetzt aufmerksam geworden. Es schien, als hätte der Kaffee ihn aufgeschreckt.

„Was?" Herr Altrichter sprang auf und runzelte die Stirn. „Die beiden sind immer noch nicht wieder da? Wieso sagen Sie das denn nicht gleich?"

„Es klingelt an der Tür, will denn keiner von euch öffnen?", flötete Rosie, die gerade ein Tablett voller Kaffee, Kakao und Müsli auf den Frühstückstisch stellte.

Das ließ Nina sich nicht zweimal sagen. Sie rannte in die Eingangshalle und riss die Haustür auf.

Und da waren Magnus und Mara!

Tropfnass vom nächtlichen Regen standen die beiden da und lächelten Nina an.

Erleichtert fiel Nina Mara um den Hals.

Es gab ein großes Hallo, während dem Herr Altrichter drängende Fragen stellte und Rosie die zwei Vermissten in warme Decken packte.

Mara und Magnus wussten gar nicht, wie ihnen geschah.

„Wir haben uns solche Sorgen gemacht!", sagte Delia und umarmte Mara erneut.

„Ja, Kinder, ihr müsst uns unbedingt erzählen, was passiert ist", sagte Rosie besorgt. „Ihr seid ja patschnass. Ihr müsst so schnell wie möglich unter die warme Dusche und dann ins Bett!"

Nina schaute Mara besorgt an. Irrte sie sich oder sah die Freundin wirklich blass aus? Nun, das war bei Maras Hautfarbe schwer zu sagen, aber als Rosie sie nun sanft in Richtung Treppe schob, wurde deutlich, wie erschöpft Mara war: Sie schloss plötzlich die Augen und kippte zur Seite. Magnus konnte sie gerade noch auffangen.

Erschrocken sprang Rosie herbei und legte Mara die Hand auf die Stirn. „Sie hat hohes Fieber. Kein Wunder. Wir bringen sie schnell ins Bett. Magnus, Daniel, helft mir mal."

Es war klar, dass Magnus Mara am liebsten selbst auf die Arme genommen hätte – und Mara hätte wohl nichts dagegen gehabt.

Sie lehnte sich mit geschlossenen Augen an ihren Freund und war kaum in der Lage, einen Fuß vor den anderen zu setzen.

Mit aufgerissenen Augen schaute Nina ihnen hinterher. Danach sah sie zu Luzy und Delia, die sie ebenfalls beunruhigt anblickten.

„Die Vision", hauchte Delia schließlich. „Sie ist wahr geworden."

Victor schreckte auf.

Ihm war unglaublich heiß unter all den Decken, und da war schon wieder dieser Lärm! All diese lauten Stimmen um ihn herum! War das sein Vater?

Er kniff die Augen noch einmal zusammen, dann schlug er die Decken weg, mit denen Rosie – oder war es Herr Altrichter gewesen? – ihn zugedeckt hatte.

Was war denn hier schon wieder los? Als er die Augen öffnete und sich umsah, erkannte er, dass es bereits früher Morgen war. Rosie hatte Herrn Altrichter gerade eine Tasse Kaffee gebracht, alle liefen durch das Wohnzimmer an den Frühstückstisch, und jemand hatte bereits die Vorhänge aufgezogen.

Stöhnend ließ Victor sich wieder in die Kissen fallen. Wie konnte man sich bei so einer Hektik überhaupt erholen?

Und dann noch dieser Albtraum.

Beunruhigt fasste er sich an den Hals. Gott sei Dank, sein Amulett war noch da. Er erinnerte sich vage daran, dass sein Vater ihn gestern Nacht während des Gewitters gewarnt hatte, man wolle es ihm stehlen. Doch er hatte das alles wohl nur geträumt.

Dennoch. Er musste sichergehen! Diese Schlangenbrut

schlich sich nachts einfach zu oft durchs Haus, das musste unterbunden werden, da hatte sein Vater ganz recht. Victor hätte wetten mögen, dass das besonders üble Ausmaße angenommen hatte, seitdem er hier krank ans Sofa gefesselt war!

Und er wusste auch schon genau, was er tun würde: Eine Alarmanlage musste her! Eine, die sich jedes Mal laut meldete, wenn sich jemand der Kellertür auch nur näherte. Aber um sie zu bauen, musste er wieder in sein Kellerlabor.

Vorsichtig öffnete Victor ein Auge. Wo war Herr Altrichter? Ah ja, es hatte ja gerade an der Tür geklingelt. Alle waren hinausgelaufen, auch der Direktor.

Jetzt beobachtete ihn niemand. Rasch schlug Victor wieder die Decken zurück und schlich sich zur Tür. Alle Hausbewohner, auch Rosie und Herr Altrichter, hatten sich an der Tür versammelt, weil die Vermissten von gestern Abend wieder aufgetaucht waren.

Für einen Moment war Victor versucht, zu diesem unerträglich arroganten Magnus hinzugehen und ihn zu fragen, was zum Teufel ihm denn einfiel, die ganze Nacht wegzubleiben! Doch er wusste, dass sowohl Rosie als auch Herr Altrichter ihn dann wahrscheinlich wieder sofort aufs Sofa gezerrt hätten, statt den beiden Ausreißern die Leviten zu lesen.

Nein. Lieber in den Keller, solange er noch konnte.

Rasch sperrte er das Schloss auf und zog die Tür wieder hinter sich zu.

Endlich konnte er in Ruhe seine Alarmanlage bauen!

Der Lärm war ohrenbetäubend.

Herr Altrichter hielt sich die Ohren zu und verzog das Gesicht.

Langsam begann er Victors ständige Gereiztheit zu verstehen. In diesem Haus war wirklich immer was los! Nun, bei neun lebhaften Jugendlichen, die es ein wenig im Zaum zu halten galt, war das wohl nur natürlich, doch diese Alarmanlage seit einigen Tagen war einfach zu viel. Was zu weit ging, ging zu weit.

„Victor, mein Freund“, sagte er deshalb energisch, als der Hausverwalter nun eilig das nervige Ding abgestellt hatte. „Dieser Alarm muss weg. Alle naselang geht er los, und jedes Mal ist es eine Fehlmeldung.“

Victors Gesicht verzog sich bei diesen Worten.

Den Schuldirektor überkam Mitleid, der Hausverwalter war ein Bild der Verzweiflung.

„Aber ich ... ich ...“, stotterte er. „Es war Felix! Der ist es doch immer!“

„Diesmal bin ich es nicht!“, sagte Felix, der gerade die Treppe herunterkam.

Herr Altrichter hatte sofort den Verdacht, dass da etwas nicht stimmte. Wenn Felix Gaber so unschuldig aussah, führte er sicher etwas im Schilde! Selbst wenn das diesmal nichts mit der Alarmanlage an der Kellertür zu tun hatte.

„Also“, meinte Felix und sah Victor mitleidig an. „Mein Onkel hat auch ständig geschwitzt und geschrien. Ganz schlimm. Dann haben sie ihn drei Wochen lang in Urlaub geschickt. Danach war er wieder wie neu!“ Er tätschelte Victor die Schulter und sah Herrn Altrichter Beifall heischend an.

„Gar keine schlechte Idee", sagte der zustimmend und legte einen Arm um Victor.

„Pah, Urlaub ist Zeitverschwendung!", hielt Victor brummelnd dagegen.

Doch Herrn Altrichter gefiel die Idee ausgesprochen gut. „Wir fahren zusammen in unser Ferienhaus", schlug er vor und führte Victor langsam wieder ins Wohnzimmer zurück. „Und zwar gleich heute Abend. Ich helfe Ihnen beim Kofferpacken!"

Felix blieb zurück. Und das war gut so, denn sonst hätte Herr Altrichter seinen Verdacht bestätigt gesehen.

Felix grinste nämlich von einem Ohr zum anderen und hob beide Daumen!

Freudestrahlend rannte Felix die Treppe hinauf.

Diese List war ihm ja viel besser gelungen als gehofft! Nicht nur, dass die Alarmanlage kein Problem mehr sein würde, wenn sie heute Abend zur zweiten Prüfung in den Keller gingen. Nein, Victor würde auch noch für ein paar Tage außer Haus sein!

Felix war schon sehr gespannt, was die anderen sagen würden, doch als er in Maras und Charlottes Zimmer stürmte, wurde seine gute Laune schlagartig gedämpft.

Magnus stand gerade auf und wollte den Raum in Richtung Bad verlassen, um Mara einen neuen kalten Umschlag zu holen.

Felix schloss eilig die Tür hinter sich und berichtete hastig, was er erreicht hatte.

Nina nickte. „Ihr seht ja, wie es Mara geht. Ihr müsst runter in den Keller und die Prüfung machen, es ist dringend!“

„Und die Alarmanlage?“, fragte Luzy.

Felix winkte ab. „Überlass die mir. Die ist ein Kinderspiel. Und keine Angst, wenn es dunkel wird!“

Nina sah ihn fragend an.

Doch Daniel ergriff das Wort, bevor Felix das näher erklären konnte. „Aber wir haben nur vier Horusaugen. Wir können also nicht zu fünft gehen. Wer bleibt hier?“

„Ich“, sagte Nina prompt. „Ich passe auf Mara auf, ich kann sie jetzt nicht allein lassen. Luzy geht an meiner Stelle.“

Delia runzelte sofort die Stirn. „Nein, danke, da warten wir lieber, bis Nina kann.“

„Wir können nicht warten, das siehst du doch!“, sagte Daniel und wies auf Mara.

Delia zog eine Schnute, aber dank Ninas bittendem Blick gab sie schnell nach.

„Los, dann gehen wir“, flüsterte Daniel, als er die Badezimmertür klappen hörte. Er legte eine Hand aufs linke Auge. „Für Mara! Sibuna!“

„Sibuna!“, antworteten die anderen.

Sorgenvoll sah Nina ihnen nach.

Sie konnte nur hoffen, dass sie es schafften.

Felix wischte sich den Schweiß von der Stirn. Das war doch nicht ganz so einfach, wie er geglaubt hatte: Er lag hier im

Dunkeln und musste den richtigen Draht kappen. Was, wenn er den falschen erwischte? Dann waren sie geliefert, ob Victor nun im Haus war oder nicht.

Plötzlich erinnerte er sich an Horatio Caine aus der Fernsehserie *CSI: Miami*. Der blieb immer cool, es war undenkbar, dass er ins Schwitzen geriet! Immerhin hatte Caine als Sprengstoffspezialist jeden Tag unter Lebensgefahr Bombendrähte durchgeschnitten, bevor er Leiter des Kriminallabors geworden war! Und was der konnte, konnte ein Super-Felix bestimmt auch.

Als das Licht ausging, hörte er, dass Delia leise aufschrie. Daniel und Luzy jedoch gaben kurze Jubellaute von sich.

„Und? Ist die Alarmanlage jetzt kaputt?“, fragte Daniel.

„Yes!“, sagte Felix auf Englisch und kam sich ganz wie Lieutenant Horatio Caine vor. „Diese Anlage macht keinen Alarm mehr!“

„Was, wenn Victor sieht, dass die Drähte gekappt sind?“

Felix zuckte nur mit den Achseln. „Dann waren es Mäuse. Davon gibt's hier doch genug.“

Hastig gingen sie weiter. Die kranke Mara oben in ihrem Bett spornte sie an.

Felix wusste nicht, warum ihm der Gang heute länger vorkam. Vielleicht, weil er beim letzten Mal, bei der Prüfung mit den Gewichten, blind gewesen war?

„Also hier müsste jetzt eigentlich ...“, wunderte er sich.

Er blieb plötzlich stehen. Der Gang mündete direkt vor ihm im Nichts. Nur ein schmaler Steg war zu erkennen, der weiterging und in die Finsternis führte. Den Boden darunter konnte man nicht erkennen, weißer Nebel wogte darüber. Doch der Steg war immerhin breit genug, dass einer von ihnen bequem auf die andere Seite gehen konnte. Und er war auch höchstens ein paar Schritte lang.

„Hä? Ist das alles?“, fragte er sich halblaut. Nur über den Steg balancieren? Das war ja wohl einfach. Tja, ein Horatio Caine – oder ein Super-Felix – schaffte das mit links!

Er leuchtete mit der Taschenlampe über den Steg. Einen Schritt, dann noch einen, als er aber den dritten gehen wollte, hörte er plötzlich ein Rauschen, das von der Seite auf ihn zukam.

Zwei riesige, scharfkantige Pendel schwangen direkt an seiner Nase vorbei, eines von links, das andere von rechts. Er konnte sogar den Luftzug spüren!

Er schrie auf, sprang zurück und packte erschrocken Daniels Arm.

Die Pendel baumelten langsam, aber unerbittlich über den Steg und versperrten den Weg auf die andere Seite.

18
DIE DROHUNG

„Zerteilt. Wir werden in Stücke zerteilt. Wir sterben!", sagte Delia mit monotoner Stimme. „Diesmal wirklich! Erst wir, dann Mara! Dann sind wir alle tot!"

Felix, Luzy und Daniel sahen sich erschrocken an.

„Wir schauen erst einmal, wie es läuft!", versuchte Daniel sie zu beruhigen. Vergeblich.

Mit den Pendeln hatte wirklich keiner gerechnet! Nicht auszudenken, was passiert wäre, wenn Felix das Gleichgewicht verloren hätte. Bestenfalls wäre er gefallen, bis auf den Boden dieses Abgrundes, von dem keiner wusste, wie tief er war. Und schlimmstenfalls – was, wenn die offenbar rasiermesserscharfen Pendel ihn getroffen hätten ...?

Wahrscheinlich hatte Delia recht.

„Wir werden zerteilt", wisperte sie erneut mit schreckgeweiteten Augen. Sie begann zu schreien, als sie die Pendel anleuchtete und ihr die Taschenlampe aus den Händen glitt.

Es dauerte lange Sekunden, bis sie das leise Klirren hörten, mit dem die Lampe auf dem Grund des Nebels zerschellte.

Jetzt war klar: Der Nebel verbarg einen tiefen Abgrund!

„Zerhackt, fallen, Aufprall, tot“, schluchzte Delia auf. „Zerhackt, fallen, Aufprall, tot. Zerhackt ...“

Felix stellte sich zwischen sie und den Steg. Er nahm sie an den Schultern und zeigte mit zwei Fingern zuerst auf seine und danach auf ihre Augen. „Sieh mich an!“, sagte er streng. „Nicht die Pendel.“

Dann ließ er sie stehen. Super-Felix konnte alles!

Er trat auf den Steg und ging einen Schritt vorwärts. Nun erst spürte er Angst, ja Panik in sich aufsteigen. Was hatte er sich nur dabei gedacht!

Im nächsten Moment schwang das Pendel so dicht vor ihm vorbei, dass er glaubte, es würde die Kordeln seiner Kapuze absäbeln.

„Felix!“ Delia schrie vor Angst auf.

Er holte Luft und sprang mit einem Satz zu den anderen zurück.

Entsetzt starrten Daniel und er sich an, Delia heulte, und auch Luzy sah nicht gerade sehr mutig aus. Plötzlich schien Daniel etwas einzufallen.

„Der Apparat!“, sagte er und zog das Ding aus der Tasche. Er stellte es an.

Ticktack. Ticktack.

„Es tickt? Das ist alles?“ Luzy schaute ungläubig.

„Was kann das bedeuten?“, fragte Daniel eher sich als die anderen.

Ticktack. Ticktack.

„Das bedeutet, dass man die Sekunden zählen kann, bis Mara stirbt!“, heulte Delia.

„Wir können jetzt nicht einfach umkehren!“, sagte Luzy ungeduldig.

„Wir können aber auch nicht da durchgehen und zerschnibbelt werden!“, schrie Delia zurück.

„Nun seid doch mal ruhig!“, fuhr Daniel ungeduldig dazwischen.

Ticktack. Ticktack. Swusch.

Daniel hörte zu. Zwischen dem Ticken war eine Art Wischen zu hören. Das kam von den Pendeln.

Ticktack. Swusch. Ticktack. Swusch.

Er legte den Kopf schief. „Der Apparat. Er tickt anders. Nicht im Rhythmus der Pendel.“

„Das fehlte gerade noch!“, jammerte Delia. „Jetzt ist das Ding auch noch kaputt!“

Daniel starrte auf die großen Pendel. „Warte mal! Das ist die Lösung! Wenn wir genau im Rhythmus des Metronoms gehen ... schwingen die Pendel an uns vorbei!“ Er sprang auf. „Ich gehe.“

Delia starrte Daniel mit großen Augen an. Felix schlug ihm auf die Schulter. Luzy schluckte nur.

„Für Mara“, flüsterte Delia schließlich.

Daniel starrte konzentriert auf den Steg. An den Fingern seiner rechten Hand war zu sehen, dass er mitzählte. „Schritt, Schritt, Pendel.“

Ticktack. Swusch.

Er blieb stehen und ging danach wieder zwei Schritte. Und noch einmal.

Dann war er auf der anderen Seite!

Luzy und Felix strahlten sich an. Selbst Delia sah erleichtert aus.

„Ich gehe als Nächster!", verkündete Felix und stellte sich auf den kleinen Vorsprung, der in den Steg mündete.

Ticktack. Swusch.

Schritt. Schritt. Stehen bleiben. Die Pendel zischten an seiner Nase vorbei. Danach wieder zwei Schritte, stehen bleiben. Dann noch zwei Schritte, und auch Felix war auf der anderen Seite. Er und Daniel umarmten sich erleichtert.

Luzy atmete durch. Nun war sie dran.

„Man muss echt aufpassen, dass man nicht eins, zwei, drei zählt, sondern eins, zwei, warten ... eins, zwei ..."

Luzy zitterte. Zwei Schritte, dann halt. Doch sie blieb nicht schnell genug stehen und hätte beinahe die Kamera, die sie mitgebracht hatte, fallen lassen.

Delia schrie auf.

„Achte auf den Rhythmus!", rief Daniel.

„Nicht dazwischenquatschen!", schimpfte Luzy. Sie atmete durch und ging wieder zwei Schritte. Diesmal hielt sie richtig an – und schließlich hatte auch sie es geschafft.

Jetzt musste nur noch Delia es wagen. „Ich trau mich nicht!", rief sie.

„Los, du schaffst es, Delia!", schrie Felix.

„Ja, du kannst das, wir helfen dir dabei!", rief Daniel direkt hinterher.

Selbst Luzy feuerte Delia nun an. „Du musst einfach mitzählen!“

Doch Delia blieb stehen. „Ich weiß, aber das schaff ich nicht!“ Sie rührte sich nicht und starrte die Pendel an wie ein Kaninchen die Schlange.

Felix überlegte fieberhaft. Wie konnte er Delia Mut machen? Am liebsten hätte er sie hier herübergetragen, doch das ging ja nicht.

Plötzlich kam ihm die rettende Idee.

„Eins, zwei, am Pendel vorbei“, sang er laut.

Daniel und Luzy sahen ihn verblüfft und beinahe verärgert an. Das war nicht die Zeit für Scherze!

Felix ließ sich allerdings nicht beirren. „Eins, zwei, am Pendel vorbei!“, sang er wieder, sodass auch Delia es hören konnte.

Und sie begriff. Sie starrte ihn verblüfft an, doch beim dritten Mal sang sie schon mit.

„Eins, zwei, am Pendel vorbei!“

Bei der nächsten Zeile stimmten Luzy und Daniel mit ein. Daniel klatschte sogar im Takt!

„Drei, vier, gleich stehst du hier! Fünf, sechs, damit du nicht erschreckst! Sieben acht, gleich hast du’s vollbracht!“

Delia starrte stur auf den schmalen Steg und folgte dem Takt, den Felix und die anderen vorgaben. Und dann hatte sie es geschafft!

Jubelnd fielen sich alle in die Arme. Sie hatten die Aufgabe bestanden – und das nächste Fläschchen erobert!

Victor Senior war ganz selten in seinem Leben so wütend gewesen.

Hatte diese vorlaute Bande es doch schon wieder geschafft! Und wo war sein werter Herr Sohn? Hatte er nichts weiter zu tun, als in Ferien zu fahren, während er hier im Spiegel festsaß und hilflos zusehen musste, wie sich diese unverschämten Kinder das Geheimnis der Winnsbrügge-Westerlings unter den Nagel rissen. Ferien, wer machte schon Ferien, wenn es um die Träne der Isis und damit um das ewige Leben ging?

Genau, niemand.

Nur sein nichtsnutziger Sohn!

Aber das würde er nicht dulden, auf keinen Fall.

Jetzt würde er andere Saiten aufziehen.

Diesen kleinen, vorwitzigen Naseweisen würde er zeigen, was es bedeutete, sich einem Victor Rodemer Senior in den Weg zu stellen!

„*No time for losers, 'cause we are the champions ...?*"

Felix und Delia sangen aus vollem Hals, während sie hinauf auf den Dachboden gingen. So gut hatten sie sich schon lange nicht mehr gefühlt!

„*... of the world!*"

Auch Daniel und Luzy grinsten. Beide ließen sich erleichtert neben Delias Bett fallen und sahen amüsiert Delia und Felix zu. Da öffnete sich die Tür.

„Und? Habt ihr's geschafft?", fragte Nina neugierig.

Delia fiel der Freundin um den Hals. „Und wie!"

Jetzt mischte Daniel sich ein. „Wir haben es gefunden!"

Nina strahlte ihn an. Sie hatte gewusst, dass Daniel die Lösung finden würde!

„Es war total gefährlich, aber wir hatten ..."

„Da!", unterbrach ihn Delia.

Die anderen sahen sie erstaunt an. Delias Jubelstimmung war wie weggeblasen. Ihr Gesicht war wieder so erschrocken wie unten im Keller, zitternd wies ihr Finger auf den Schrankspiegel.

Felix, Daniel, Nina und Luzy wandten sich um. Dort im Spiegel war nicht mehr nur Delias Zimmer zu sehen. Wie aus dem Nichts waren Buchstaben darin erschienen.

„Archäologenehepaar stirbt unter mysteriösen Umständen", las Daniel halblaut ab.

Nina klammerte sich an seine Hand. „Das sind die Winnsbrügge-Westerlings!", hauchte sie.

Die Buchstaben verschwanden plötzlich und wurden durch andere ersetzt.

„Lasst die Träne der Isis in Ruhe", las Luzy mit erstickter Stimme.

„Sonst seid ihr die Nächsten", sprach Daniel den Satz zu Ende, der im Spiegel zu lesen war.

Schweigen breitete sich aus. Doch Felix wollte sich nach der gelungenen Prüfung nicht mehr unterkriegen lassen. Er stellte sich vor den Spiegel und klopfte gegen die angelaufene Scheibe.

„Hallo! Ist da jemand im Spiegel?"

Die Schrift verschwand langsam.

Delia gab einen kleinen Schreckenslaut von sich und begann plötzlich, laut zu schluchzen. „Ich finde das nicht witzig!“, heulte sie.

„Was heißt das, was meinen die?“, fragte Luzy verständnislos.

Daniel und Nina wechselten einen besorgten Blick. Sie schwiegen beide.

„Wer macht so was?“, jammerte Delia weiter.

„Der Mann im Spiegel“, erwiderte Felix etwas ungeduldig. In diesem Haus passierten so viele unglaubliche Dinge – es schien ihm nicht einmal abwegig, dass es jemanden gab, der hinter den Spiegeln wohnte.

„Ein Killer!“, schrie Delia.

„Oder die Mafia vielleicht. Oder Kriminelle. Oder Außerirdische!“ Felix schien der letzte Gedanke zu gefallen.

„Victor kann es nicht sein, der ist in Urlaub“, überlegte Daniel.

„Es weiß doch niemand, dass wir nach der Träne suchen!“, wandte auch Nina ein.

„Er oder sie – muss uns beobachtet haben“, sagte Daniel. „Und er kann hier rein. Vielleicht war es gar nicht Victor, der dein Zimmer immer wieder durchwühlt hat.“

Delia schauderte und verkroch sich zum Erstaunen ihrer Freunde unter ihrem Bett. „Die blöde Träne!“, schimpfte sie dumpf unter der Matratze hervor. „Dann lassen wir die eben liegen!“

„Und Mara?“, fragte Nina ungeduldig. „Nur mit der Träne können wir sie retten!“

Alle schwiegen kurz. Auch Delia.

Für Nina stand das zukünftige Vorgehen fest. „Wir müssen weitermachen."

Morten Vierstein starrte das erlöschende Display seines Handys ein paar Sekunden nachdenklich an, bevor er es zuklappte. Das waren keine guten Nachrichten, die Luzy ihm da übermittelt hatte.

Langsam ging er ins Nebenzimmer, wo ihn mühsames Atmen empfing, das unter weißen Laken hervorkam. Dem Kranken darin ging es immer noch nicht besser.

Vierstein setzte sich auf die Bettkante und ergriff die zitternde Hand, die auf der Decke lag.

„Ich habe schlechte Neuigkeiten", sagte er leise. „Luzy hat angerufen. Sie und ihre Freunde haben eine Todesdrohung erhalten."

„Von ... wem?"

„Das weiß sie nicht. Wir und Luzys Freunde sind offensichtlich nicht die Einzigen, die hinter der Träne her sind."

Die Hand, die er genommen hatte, begann nun, stärker zu zittern.

Vierstein starrte aus dem Fenster, als sei die Antwort dort zu finden. Doch nur der seit Tagen andauernde Regen klopfte leise in der Dunkelheit gegen die Scheiben. Er hatte versprochen, dem Kranken in diesem Bett zu helfen. Und er wollte diese Aufgabe unbedingt meistern.

Aber das stellte sich als schwieriger heraus, als es zu Beginn ausgesehen hatte. Es gab offenbar mehr Feinde als nur ein paar neunmalkluge Jugendliche, mit denen er es zu tun hatte. Und dieser Dritte schien es in sich zu haben.

Vielleicht mussten sie ihre Strategie neu überdenken ...

„Was ist das denn?“ Delia, die gerade mit Nina vom Zähneputzen gekommen war, starrte befremdet auf das, was vor einer halben Stunde einmal ihr Bett gewesen war.

„Das“, trompetete es aus den Decken, „ist Camp Felix!“

Im nächsten Moment schob sich ein breites Grinsen unter einer großen Brille und dunklen Locken aus dem Wust von Decken und Vorhängen, die auf dem Bett aufgebaut waren. „Tolle Idee, nicht? So können wir in aller Ruhe und unbeobachtet von dem Mann hinter den Spiegeln rausfinden, was unsere nächste Aufgabe ist!“

„Übertreibst du nicht ein bisschen?“ Daniel sah nicht überzeugt aus.

„Denk doch mal nach! Hier können überall Kameras sein. Vielleicht sieht er uns von dort aus zu!“ Er wies auf den Spiegel.

Doch als Nina hinsah, war er vollkommen leer. Nur Delias Zimmer und das riesige Zelt auf dem Bett waren zu sehen.

Daniel und Nina starrten sich an. Dann zuckte Nina mit den Achseln und machte sich daran, unter die Decken zu kriechen, die Felix galant zurückgeschlagen hatte.

Auch Luzy und Delia folgten. Unter den Decken war es stickig und ganz schön eng, doch immerhin – sie fühlten sich sicherer.

Daniel stellte das Miniaturhaus in die Mitte von Delias

Bett. Luzy reichte ihm die kleine Phiole. Gerade schickte Daniel sich an, die glasklare Flüssigkeit in den Schornstein zu kippen, da wurde von außen die Decke zurückgeschlagen.

Felix und Delia schrien auf. Daniel fuhr zusammen. Nina hielt den Atem an.

War das der Unbekannte, der hinter den Spiegeln lebte und ihnen den Tod angedroht hatte …?

Jemand hatte sie entdeckt!

Schnell nahm Daniel das Haus und schob es etwas aus der Mitte heraus.

Nina, die neben ihm saß, verstand und zog unauffällig ein Kissen darüber.

„Huhu! Delia, Felix, ich bin's nur!"

Die flötende Stimme brachte die beiden Schreihälse zur Vernunft. Das Kreischen hörte auf.

„Frau Engel?" Luzy war die Erste, die es auszusprechen wagte. Ihre neue Geschichtslehrerin! Was machte die denn um diese Uhrzeit im Haus Anubis? War sie denn nicht mit Herrn Altrichter und Victor im Ferienhaus des Schuldirektors?

„Ich helfe Rosie, solange Victor nicht im Haus ist! Ist das nicht schön?"

Niemand wagte, etwas zu sagen. Für Daniel sprach der Gesichtsausdruck seiner Freunde Bände: Sie fanden das weniger schön als Frau Engel.

„Seid ihr nicht zu alt für solche Versteckspiele?", fragte

Frau Engel dann. Es klang, als wolle sie das unangenehme Schweigen überbrücken.

„Wir untersuchen, wie die Menschen früher in Zelten gelebt haben", sagte Daniel nach ein paar Sekunden. „Sehr lehrreich."

„Hmm." Frau Engel war nicht überzeugt. „Na ja ... es ist immer gut, wenn ihr euch für Geschichte interessiert."

„Wir gehen auch gleich schlafen", versicherte Nina.

„Ich verlasse mich auf euch!", flötete Frau Engel erneut. „Gute Nacht!"

Damit verschwand sie und ließ die Decken wieder fallen.

Kaum war die Tür hinter ihr zugefallen, atmete Delia auf. „Puh, ich dachte schon, das ist der Verrückte aus dem Spiegel." Sie fächelte sich selbst Luft zu. Plötzlich hielt sie inne. Was starrten denn alle so auf Daniel?

Der hielt das Fläschchen hoch. Und nun sah Delia es auch: Es war nur noch halb voll! Und das Laken, auf dem das Haus stand, wies einen nassen Fleck auf.

„Wie konntest du das nur verschütten?", rief Delia.

„Frau Engel durfte das Haus nicht sehen!", gab Daniel zurück. Aber auch er sah ein wenig ratlos auf die Glasphiole.

„Vielleicht reicht es ja", ermutigte Nina sie alle.

Daniel sah sie zweifelnd an, doch dann kippte er den Inhalt des Fläschchens in den Schornstein.

Alle sahen gespannt auf die winzige Öffnung. Nichts tat sich.

„Wir sitzen hier fest! Für immer!", jammerte Delia. „Ich krieg jetzt schon kaum noch Luft!"

Daniel sagte nichts. An seinem Blick konnte Nina allerdings erkennen, dass er ebenso besorgt war wie Delia.

Nina fasste einen Entschluss. „Alle hoch!“

Verwirrt erhoben sich alle.

Nina riss das Laken unter ihnen weg. Dann suchte sie darin den nassen Fleck und drückte ihn genau über dem Schornstein des Hauses aus. Ein, zwei Tropfen vielleicht rannen aus dem Laken in die winzige Öffnung.

Nichts geschah.

Delia fing schon wieder an zu jammern, doch plötzlich kräuselte sich ein wenig Rauch aus dem Schornstein.

„Seht mal!“, schrie Luzy, um Delia zu übertönen. Abrupt herrschte Stille.

Danach war ein Klicken zu hören.

Nina atmete auf. Sie hatte recht gehabt!

Gespannt klappte Daniel das Dach des Miniaturhauses auf und holte den Gegenstand heraus, der sich darin befand.

„Eine Gans?“ Luzy starrte das winzige Tierchen in Daniels Hand neugierig an. „Die kommt mir bekannt vor.“

„So eine Gans hängt in Victors Büro unter der Decke“, sagte Nina nachdenklich.

„Also liegt dort die nächste Anweisung“, meinte Luzy.

„Ich hol sie!“, meldete sich Delia zu Wort. Sie erntete überraschte Blicke. „Aber nur mit Felix!“, fügte sie hinzu. Doch sie hatte nicht mit Felix’ Furchtsamkeit gerechnet.

„Vergiss es“, protestierte er. „Ich gestehe, ich habe genug von Pendeln, Blindwerden, Verrenkungen und Todesdrohungen. Ich gehe nirgendwohin. Nur im Zelt sind wir sicher!“

„Außer vor dem Ersticken!“, gab Delia zurück und schlug die Decken zurück. „Man kann ja kaum noch atmen da drin.“ Mit diesen Worten kletterte sie aus dem Bett und versuchte, Felix aus dem Zelt zu zerren.

Aber Felix wehrte sich tatkräftig.

Bevor sich die beiden noch heftiger an die Kehle gehen konnten, drückte Daniel Delia kurz entschlossen eine Taschenlampe in die Hand.

„Delia!“, sagte er mit eindringlicher Stimme. „Wolltest du nicht den Hinweis holen?“

Delia hielt kurz inne und zog die Augenbrauen zusammen. Sie warf noch einen kritischen Blick auf Felix, der ihr die Zunge herausstreckte und dann wieder unter einer Decke verschwand.

Es sah ganz so aus, als würde sie das wirklich allein durchziehen müssen ...

Felix, dieser Angsthase!, schimpfte Delia in sich hinein, während sie die Treppe hinunter und durch den Mädchenflur in Richtung von Victors Büro trottete. Sollte der sich doch unter der Decke verkriechen! Sie jedenfalls hatte keine Angst! Wovor auch? Victor war nicht da und würde auch noch ein paar Tage wegbleiben. Sie musste sich auf keinen Fall fürchten.

Vor dem Büro blieb sie allerdings stehen. Im Dämmerlicht hinter den heruntergelassenen Jalousien waren seltsame Schatten zu sehen. Bestimmt all die ausgestopften Tiere, die der Hausverwalter sammelte.

„Ich habe keine Angst!", versicherte Delia sich laut und bewegte langsam die Klinke nach unten.

Leise schlüpfte sie hinein und schloss die Tür hinter sich. Sie sah sich um.

Die Gans hing unter der Decke, hatte Nina gesagt. Delia hob den Kopf. Ja, da war sie.

Delia zog sich Victors Schreibtischstuhl heran und kletterte darauf. Das Ding wackelte!

Das wäre doch gelacht, überlegte sie, *wenn ich das nicht ausbalancieren könnte*. Sie dachte an die Pendel. Die hatte sie auch geschafft!

Delia packte die leicht hin und her schaukelnde Gans und sah in den offenen Schnabel hinein. Aber dort waren nur Spinnweben zu sehen.

„Igitt." Sie rümpfte die Nase. Dann drehte sie das Tier und tastete es ab. Wo war nur dieser blöde Zettel! So dicht konnte das Gefieder der Gans nun auch nicht sein, dass man einen Papyruszettel darunter nicht fand!

Sie wischte sorgfältig unter den eng am Körper liegenden Schwingen her, doch nur Staub rieselte dabei auf sie herab. Delia musste husten.

Sie hatte beinahe die gesamte Gans abgetastet. Bis auf den hinteren Teil ...

Und ja, da war er!

Sie vergaß ganz, wie eklig sie Victors ausgestopfte Tiere fand und zog den zusammengefalteten Zettel aus dem Vogel. Dann kletterte sie vom Stuhl und betrachtete das kostbare Stück genauer.

„Wusste ich doch, dass ich etwas gehört habe!“, erklang plötzlich eine Stimme.

Das Licht wurde angeknipst. Delia erschrak. Rasch stopfte sie sich den Zettel in den Ausschnitt ihres Schlafanzugs und drehte sich mit strahlendem Lächeln auf dem Gesicht um.

„Frau Engel! Ich konnte gar nicht schlafen, und deshalb habe ich nach Ihnen gesucht!“

„Mein armes Kind!“ Frau Engel nahm Delia unerwartet in die Arme. „Keine Sorge. Heute musst du keine Angst mehr haben. Du schläfst einfach bei Rosie und mir!“

Delia starrte die Lehrerin an.

Das konnte doch kaum ernst gemeint sein ...

Völlig erschlagen schlurfte Delia ins Bad.

Eine fürchterliche Nacht lag hinter ihr. Wer hätte auch ahnen können, dass Rosie und ihre Geschichtslehrerin so laut schnarchten! Nur einen Vorteil hatte die außerplanmäßige Übernachtung bei Frau Engel gehabt: Sie hatte etwas länger liegen bleiben dürfen.

Nun war sie aber doch aufgestanden. Schließlich war heute ein Schultag, und im Grunde konnte Delia es auch gar nicht mehr erwarten, den anderen zu erzählen, dass sie den nächsten Hinweis gefunden hatte.

Müde schloss sie hinter sich die Tür zum Badezimmer. Noch so ein Vorteil: Sie war allein, alle anderen hatten ihre Morgentoilette bereits erledigt und saßen beim Frühstück. Jetzt konnte sie in Ruhe duschen, Zähne putzen und sich schminken!

Sie lächelte ihrem Spiegelbild freundlich zu. Ja, Delia kannte niemanden, der selbst morgens nach dem Aufstehen schon so nett aussah wie sie!

Doch dann fiel ihr Blick auf ihren Ausschnitt. Sie starrte ihr Spiegelbild einige Sekunden sprachlos an.

Plötzlich schrie sie auf und rannte aus dem Bad.

„Felix! Daniel! Und Nina, Gott sei Dank, da seid ihr ja! Hilfe! Hilfe!"

Verwirrt starrte Nina die Freundin an, die gerade völlig aufgelöst über den Schulhof auf sie zulief. Was war denn nun schon wieder los? Im Hintergrund klingelte die Schulglocke. Das tolle Frühstück von Frau Engel hatte länger gedauert als gedacht – und sie waren schon spät dran zur ersten Stunde. Sie warf Daniel, der ungeduldig auf die Uhr sah, einen entschuldigenden Blick zu und wandte sich wieder an Delia.

Dann runzelte sie die Stirn. Trug die wirklich noch ihren Schlafanzug unter dem rosa Trenchcoat?

„Es ist furchtbar!", heulte Delia.

Felix nickte eifrig. „Allerdings. Kleiner Tipp: Morgens anziehen und Haare kämmen macht einen viel beliebter!"

„Warum hast du denn Handschuhe an?", fragte Nina verwundert.

„Ich hab sie gefunden", schluchzte Delia. „Die Anweisung."

„Und?", fragte Daniel gespannt. „Wo ist sie?"

Statt zu antworten zog Delia die Handschuhe aus.

Nina sog beim Anblick von Delias nackten Händen scharf die Luft ein. Sie waren knallrot!

Jetzt öffnete Delia auch ihren Mantel und zog den Kragen ihres Pyjamas beiseite. Knapp über der Brust war ein knallroter rechteckiger Fleck zu sehen.

Der Papyrus!

„Die Anweisung!“, jammerte Delia in die betroffene Stille hinein. „Sie färbt ab. Sie ist bestimmt vergiftet!“

19
VERÄNDERUNGEN

Es war so heiß im Badezimmer, dass Felix' Brille sofort beschlug, als er hereinkam.

Für einen Moment war er orientierungslos, bis er die Kiste mit den Reinigungsmitteln, die er in Rosies Wäschekammer gefunden hatte, abstellte und mit seinem Sweatshirt die Brille putzte.

Er ging zurück zur Tür und öffnete sie einen Spalt.

„Mann, es zieht!", kam es hinter dem gepunkteten Vorhang der Dusche hervor. „Mach die Tür sofort wieder zu!"

Felix steckte noch einmal seinen Kopf in den Gang, um frische Luft zu schnappen, dann schloss er die Tür. Immerhin konnte er wieder etwas sehen.

Als hätte Delia es geahnt, streckte sie nun einen Arm aus der Dusche und hielt ihm eine Flasche Spülmittel mit Zitrusduft unter die Nase. „Nichts! Das Zeug mit Zitruspower ist Müll!"

Felix nahm die Flasche und studierte sie. Er hob seine Brille dabei, die schon wieder anfing, zu beschlagen, und hielt sie dicht unter die Nase, damit er die Gebrauchsanweisung lesen konnte.

„Bei schmutzigen Tellern ist es aber super“, sagte er. „Und die Hände werden samtweich, steht hier!“

„Meine nicht!“ Delia war beleidigt, das konnte man deutlich hören. „Was konntest du sonst noch auftreiben?“

Felix ging hinüber zu dem Karton mit dem Flaschensammelsurium, das er in Küche und Putzkammer aufgetrieben hatte. „Äh, da ist noch Scheuerpulver ... Bleiche ... und Terpentin! Das soll ja sogar Wandfarbe wieder aus den Klamotten entfernen, damit kriegst du es bestimmt weg.“

Er reichte eine Flasche mit Bleiche in die Dusche.

Delias Finger rissen ihm die Flasche aus der Hand. „Spinnst du!?“

Sie gab die Flasche umgehend zurück, und zwar so, dass Felix trotz seiner beschlagenen Brille sofort den Totenkopf auf der Flasche sah.

Felix verdrehte die Augen. „Du sollst es ja nicht trinken.“

„Das wäre alles nicht passiert, wenn du mich nicht allein gelassen hättest! Von wegen Super-Felix!“, kam es halb wütend, halt heulend aus der Dusche. Ein Handtuch wurde von der Stange gezogen und verschwand hinter dem Vorhang.

„Hey, wenn du damit sagen willst ...“ Felix stutzte. „Was willst du eigentlich damit sagen?“

Zu seiner großen Überraschung wurde der Duschvorhang zurückgerissen. Delia kam herausgestürmt, die Finger immer noch rot, ein Handtuch um ihren Leib und eines um ihre Haare geschlungen. Wütend baute sie sich vor Felix auf.

Er starrte sie an, doch sie ließ ihm keine Zeit, darüber nachzudenken, wie hübsch er sie fand.

„Versteck du dich mal schön in deinem Zelt. Da bist du ja so sicher. Super-Felix, pah! Du bist ein Weichei, ein Super-Weichei!"

Damit stürmte sie aus dem Bad und ließ ihn mit den giftigen Putzmitteln allein.

Als Nina nach der Schule mit Daniel und Luzy die Dachkammer betrat, hatte sie wirklich die Hoffnung, dass Delias Finger und der Bauch wieder ganz normal aussahen. Nicht auszudenken, wenn nicht nur Mara in Gefahr war, sondern auch ihre beste Freundin! Sie hatte es in der Schule kaum ausgehalten und war nach dem letzten Klingeln die Erste gewesen, die zu den Rädern und dann nach Hause ins Haus Anubis gestürmt war.

Doch ein Blick auf die Szenerie in der Dachkammer nahm ihr die Hoffnung, Delia habe sich im Laufe des Tages von den geheimnisvollen Flecken befreien können. Die Freundin saß mit einer Schüssel auf dem Schoß neben dem Zeltaufbau über ihrem Bett und hatte eine Nagelbürste und eine Flasche mit einer grünlichen Flüssigkeit vor sich stehen. Felix hatte den Kopf aus dem Zelt gestreckt und sah ein wenig ratlos zu, wie Delia ihre Hände schrubbte. Nina rümpfte die Nase. Dem Geruch nach zu urteilen, benutzte Delia Nagellackentferner.

Als Delia die Tür klappen hörte, sah sie auf. „Und? Habt ihr schon was entziffert?"

Daniel hob abwehrend die Hand. „Ist ganz schön schwer. Ich muss es erst noch übersetzen!"

Delia verzog das Gesicht. „Also sind wir keinen Schritt weiter!"

Nina zog es das Herz beim Anblick von Delias Verzweiflung zusammen. „Wir schauen mal, aber es dauert halt ein bisschen."

„Wenn das Zeug giftig ist, dann sterbe ich halt ein bisschen!", gab Delia pampig zurück.

„Vielleicht sind es fleischfressende Bakterien, und deine Organe sind bald Matsch!"

Nina fuhr herum. Irrte sie sich oder schien Felix den Gedanken spannend zu finden? In der letzten Zeit hatte sie den Eindruck gehabt, zwischen Delia und Felix sei eine besondere Freundschaft entstanden, aber angesichts der Blicke, die jetzt zwischen den beiden hin- und hergingen, war das wohl ein falscher Eindruck gewesen.

„Was ist das für eine Prüfung?", jammerte Delia und sah Hilfe suchend zu Daniel und Nina.

Die beiden schauten sich ratlos an. „Das weiß ich nicht. Ohne die Übersetzung ...", begann Daniel.

„Ich gehe noch mal runter. Und mache Fotos", unterbrach Luzy ihn in diesem Moment.

Die anderen starrten sie verblüfft an. Selbst Felix streckte den Kopf wieder aus dem Zelt.

„Das würdest du wirklich tun?" Delia konnte es nicht fassen.

Sie und Luzy waren wirklich nicht die besten Freundinnen. Wieso sollte sie das tun wollen?

„Sollen wir mit?", fragte Nina besorgt. Sie waren ja vier, niemand musste allein in den Keller gehen, und immerhin war Delia ja auch ihre beste Freundin.

Luzy schüttelte den Kopf. „Nein, allein falle ich weniger auf. Und du", sie wandte sich an Delia, „du willst doch nicht den Rest deines Lebens mit roten Händen herumlaufen, oder?"

Daniel kam sich ein wenig überflüssig vor. „Okay, ich mach mich jetzt mal an die Übersetzung. Immerhin weiß ich schon, dass es die Prüfung der Nephthys ist, der Göttin der Veränderung."

Nina drückte Luzy die Hand. „Dann viel Erfolg!"

Nachdenklich sah sie zu, wie Luzy mit energischen Schritten hinausging und die Tür hinter sich schloss. Es war wirklich mutig von Luzy, allein noch einmal in den Keller zu gehen und die neue Prüfung zu untersuchen! Nina war froh, sie wieder mit dabeizuhaben.

Ninas Gedanken wurden von einem spitzen Schrei unterbrochen.

Erschrocken fuhr sie herum.

Doch Delia sah nicht noch panischer aus als bisher – im Gegenteil! Sie strahlte Nina an, als seien Geburtstag, Ostern und Weihnachten auf einen Tag gefallen.

Felix schaute ebenfalls verwundert unter seinem Zeltdach hervor.

Delia hielt ihnen beiden die Hände entgegen. Dann zog sie

ihren Pullikragen beiseite. Sie seufzte erleichtert. „Die Flecken! Sie sind weg!“

Worauf hatte sie sich da nur eingelassen?

Der Keller war dunkel, feucht und roch wie immer muffig, so als durchdringe Feuchtigkeit und Schimmel die Wände. Dennoch schimmerten die Mauern in einem grünlich-düsteren Licht. Phosphor? Hatte Herr Altrichter nicht erst vor einer Woche im Chemieunterricht davon gesprochen?

Langsam und vorsichtig ging Luzy einen Schritt nach dem anderen und machte dabei Fotos. Immer wieder schauderte sie in der unheimlichen Umgebung, doch das Fotoblitzlicht beruhigte sie etwas. Es schien wie ein Stück Normalität in einer unrealen Welt.

Als sie zu dem Steg über dem Abgrund kam, hängte sie sich die Kamera um den Hals und schaltete die Taschenlampe an. Aber diesmal blieben die Pendel, wo sie waren. Luzy fragte sich, ob jetzt jeder hier durchkonnte, ob er die Prüfung gemacht hatte oder nicht.

Schließlich hatte sie es geschafft. Sie stand vor der Prüfung der Nephthys! Ein Gitter war diesmal vor dem Fläschchen angebracht und hielt etwaige Diebe davon ab, es sich einfach zu nehmen. Es befand sich in einem Brunnen, aus dem der gleiche Nebel quoll, der auch den Abgrund unter den Pendeln füllte. Direkt hinter dem Gitter befand sich eine Steinplatte auf einer Säule, und darin der uralte Abdruck einer Hand.

Luzy sah sich nachdenklich um. Worin genau konnte hier

die Prüfung bestehen? Es war nicht schwer, durch das Gitter zu fassen, mit etwas Anstrengung hätte sie das Fläschchen vielleicht sogar erreichen können.

Doch Luzy hatte schon zu viele Prüfungen erlebt und wusste, dass sie vorsichtig sein musste.

In diesem Moment klingelte ihr Handy. Sie erschrak zu Tode. Das war das Telefon, das Morten Vierstein ihr gegeben hatte! Warum hatte sie es auch mitgenommen – und warum hatte sie hier unten überhaupt Empfang?

Ärgerlich hielt sie sich das Handy ans Ohr.

„Und? Weißt du schon mehr?"

„Ich steh direkt davor!", erwiderte Luzy. „Es sieht wunderschön aus. Da ist eine Figur!"

„Eine Figur?" Vierstein klang zu Luzys Überraschung aufgeregt. Doch sein nächster Satz verblüffte sie noch mehr. „Und ein Stein in Form einer Hand?"

„Woher wissen Sie das?"

„Halt! Du darfst den Stein ..." Die Verbindung begann zu knistern und brach ab.

Ärgerlich betrachtete Luzy das Telefon. „Was?", schrie sie hinein. „Hallo? Hallo!" Luzy seufzte. Also doch kein Netz hier unten!

Sie drückte auf den Ausknopf und wollte sich wieder der Prüfung zuwenden. Sie machte ein Foto und überlegte kurz. Vielleicht konnte sie doch durch das Gitter an das Fläschchen gelangen ...

„Verschwinde!"

Die Stimme donnerte, wurde von den Wänden zurückgeworfen und brach sich immer wieder daran. Luzy erschrak bis ins Mark und fuhr herum. Sie ließ sogar das Telefon fallen.

Als die Stimme halbwegs verhallt war, hob sie es mit zitternden Fingern auf und wollte sich wieder dem Gitter zuwenden. Doch erneut erklang es wie ein Donnerschlag: „*Verschwinde, hab ich gesagt, und zwar sofort!*“

Das war sogar einer Luzy Schoppa zu viel. Sie drehte sich um und floh aus dem Gang, aus dem Anubis-Zimmer und aus dem Keller ...

Luzy knallte die Tür hinter sich zu und lehnte sich mit dem Rücken dagegen.

Nie hatte sie gedacht, dass das kitschige Rosa in Delias Dachkammer einmal so beruhigend wirken könnte! Dennoch schloss sie kurz die Augen und ignorierte, dass die anderen sie mit Fragen bestürmten.

Daniel nahm ihr schließlich die Kamera aus der Hand und betrachtete die Bilder, die sie gemacht hatte.

Das letzte zeigte die Prüfung der Nephthys, und Delia und Nina beugten sich zusammen mit ihm über das winzige Display der Kamera.

„Nur ein Gitter?“, fragte Delia. „Wenn man es so einfach nehmen kann, warum machen wir die Prüfung überhaupt noch?“

„Nie im Leben ist das so einfach!“, protestierte Daniel. „Ich sag’s noch mal, ich muss erst alles übersetzen, bevor wir weitermachen!“

Luzy hörte nicht zu.

Schaudernd dachte sie an die Stimme im Keller zurück. „Ich hatte den Eindruck, es war Victor, der mich da gerufen hat.“

„Aber der ist doch mit Herrn Altrichter im Ferienhaus!“, überlegte Nina.

Delia sah sie mit großen Augen an. „Wie kann er denn an zwei Orten gleichzeitig sein?“

„Er hat einen Doppelgänger! Oder es ist ein Klon!“ Dass Felix das unter den Decken hervorsagte, machte es nicht besser.

Luzy bekam wieder eine Gänsehaut. Sie schluckte. „Wenn das eine Abschreckung sein sollte, dann ist sie gelungen!“, presste sie hervor.

„Worüber machen wir uns eigentlich Sorgen?“, kam es dumpf aus dem Deckenhaufen, der immer noch über Delias Bett aufgebaut war. „Mara ist doch so gut wie neu, ihr Fieber ist jedenfalls heute gesunken, und sie ist schon wieder bei Rosie in der Küche!“

Aber Luzy hatte sich wieder gefangen. „Wer weiß, was passiert, wenn wir nicht weitermachen!“, entgegnete sie. So schnell gab sie nicht auf!

„Vielleicht sollten wir die Träne der Isis einfach in Ruhe lassen.“ Felix klang nun ausgesprochen ängstlich. Beinahe panisch.

Doch Delia hatte die Nase voll. „Du meinst wohl, wir sollen *dich* in Ruhe lassen!“, sagte sie giftig und riss die Decken fort.

Felix’ Protest ignorierte sie.

„Weg mit den Decken!“, rief Delia. „Wenn du dich wie eine Schnecke im Häuschen verkriechen willst, bitte, aber nicht hier!“

„Was?“ Felix verstand die Welt nicht mehr. Er versuchte, Delia die Decken, die sie in der Hand hielt, wieder abzunehmen.

„Du bist der letzte Feigling!“, motzte Delia. „Mir reicht's, mit dir habe ich mehr Angst als ohne dich! Du bist alles, aber keine Hilfe!“

Felix hatte keine Antwort. Er hörte auf, an den Decken zu zerren, und starrte Delia mit großen Augen an. Und was war das bei den Pendeln gewesen? Wenn sie ihn da nicht gehabt hätte! „Na ...“, bekam er schließlich beleidigt heraus. „Wenn das so ist, dann kann ich ja gehen!“

Delia wies auf die Tür der Dachkammer. „Prima! Je eher desto besser. Da geht's raus.“

Felix rappelte sich auf und wollte gehen. Aber er blieb noch einmal vor Delia stehen. Ein bisschen Stolz hatte er schließlich. „Glaub nur ja nicht, dass ich zurückkomme!“

„Denk ich gar nicht!“, erwiderte Delia prompt.

„Dann ist ja gut.“ Felix rannte aus dem Raum und ließ die Tür laut hinter sich zufallen.

Respektvoll starrte Luzy zu Delia hinüber. Die konnte ja richtig wütend werden! Und dass sie ausgerechnet Felix so ankeifte ...!

Doch Delia kümmerte sich nicht darum und begann, die Decken zusammenzufalten.

Daniel und Nina sahen betreten vor sich hin.

Nun hat der Geheime Club der Alten Weide wohl wieder nur vier Mitglieder, dachte Luzy.

Wütend stampfte Felix in sein Zimmer.

Was fiel dieser blöden Kuh nur ein? Von wegen, er sei keine Hilfe! Wer hatte denn nächtelang bei ihr im Zimmer übernachtet und dafür den Spott seines besten Freundes ertragen? Wenn er nicht den Einfall gehabt hätte, ein Lied zu singen, damit sie an den Pendeln vorbeikam, wäre sie garantiert zerschnippelt worden und in den Abgrund gefallen! Und wer hatte erst heute die Schule geschwänzt, um ihr beim Schrubben der Flecken zu helfen?

Genau. Super-Felix, und kein anderer. Super-Felix hatte vor nichts Angst! Und das würde er Delia auch beweisen.

Nur wie?

So plötzlich wie Luft aus einem angestochenen Luftballon wich die Wut aus Felix und ließ ihn grübelnd zurück. Wie konnte er Delia zeigen, dass er alles andere als feige war?

Er dachte an Luzy. Die war ganz allein in den Keller und ins Labyrinth gegangen, nur, um herauszufinden, wie die Prüfung der Nephthys aussah. Und ihr war die Todesdrohung im Spiegel egal gewesen.

Unwillkürlich tippte Felix sich an die Stirn. So verrückt war er ganz sicher nicht.

Doch dann sah er wieder Delias wütendes Gesicht vor sich. Und er hörte die Bewunderung in ihrer Stimme, als sie Luzy gefragt hatte, ob die wirklich allein in den Keller gehen wolle!

Neid packte ihn. Er wollte, dass Delia *ihn* so ansah und nicht Luzy!

Auf einmal wurde ihm alles andere egal. Delia durfte einfach nicht mehr schlecht über ihn denken.

Und es gab nur eine Möglichkeit, das zu erreichen.

Felix atmete tief durch und sah sich um.

Düster war es und dunkel. Aber glücklicherweise hatte sich noch keine bösartige Stimme gemeldet, und Felix hoffte, dass sie das auch nicht tat.

Langsam kam er zu der Überzeugung, dass Luzy vielleicht doch nicht so mutig gewesen war. Sicher hatte sie sich einfach nur von ihrer eigenen Furcht ins Bockshorn jagen lassen. Etwas, was Super-Felix bestimmt nicht passieren würde!

Er atmete noch einmal kräftig durch und sah durch das Gitter auf den steinernen Handabdruck. Hinten, neben dem Nebelbrunnen, stand eine kleine Statue. Wahrscheinlich die der Göttin Nephthys. Aber im Grunde war das auch egal.

Felix kniff ein Auge zu und betrachtete den Handabdruck auf dem Mauervorsprung, dann wieder den Brunnen, in dem das Fläschchen thronte, das er so dringend haben wollte. Ja, der Abstand war nicht so weit, dass er nicht hineinlangen und die Phiole hätte erreichen können. Zum Glück war Felix ja groß genug, größer als Luzy und Daniel. Und als Nina und Delia sowieso!

Er grinste und hob sein Handy, um ein Foto von sich neben der Prüfung zu schießen. Die anderen würden Augen machen, wenn er mit dem Fläschchen auftauchte!

Er schloss kurz die Augen und stellte sich vor, wie es wäre, wenn er auf den Schulhof gerast käme. Daniel, Delia und Nina würden ganz verzweifelt sein, weil sie selbst die Lösung des Rätsels – nämlich wie man durch das Gitter hindurch an das nächste Fläschchen käme – nicht gefunden hatten.

Er sah Delias verzweifeltes Gesicht förmlich vor sich. „Wo ist nur ein mutiger Mann, wenn man ihn braucht?", hauchte sie sehnsüchtig.

Das wäre sein Stichwort! Er käme in seinem Super-Felix-Anzug auf die drei zugeflogen und würde ihnen das Fläschchen unter die Nase halten. Und Delia – die würde ihn mit großen Augen bewundern. Er hörte sie förmlich „Mein Held!" seufzen. Und vielleicht wäre sie sogar so hingerissen, dass sie ihn küsste ...!

Felix war derart gefangen in dieser Vorstellung, dass er beinahe dem Porträt der Nephthys einen Kuss verpasst hätte. Doch im letzten Moment wachte er aus dem Tagtraum auf. Angewidert verzog er das Gesicht. Etwas so Altes und Verstaubtes küssen? Igitt.

„Super-Felix schafft es immer", knurrte er entschlossen und steckte den Arm durch das Gitter. Er musste sich ganz schön strecken! Der Abstand zwischen den Eisenstäben und der kleinen Statue war größer, als er gedacht hatte. Noch ein bisschen ... nein, es reichte nicht. Er stellte sich dichter an das Gitter heran und versuchte es aufs Neue.

Immerhin! Diesmal hatten seine Fingerspitzen die Steinhand mit dem Fläschchen erreicht.

Er konnte das glatte Glas fühlen! Aber greifen konnte er es

nicht! Felix wollte gerade laut losschimpfen, um sich selbst anzufeuern, als die Hand, mit der er sich am Gitter abstützte, wegrutschte. Die Finger, die das Fläschchen beinahe erreicht hatten, glitten genau in den steinernen Handabdruck hinein. Es blitzte grün und rot, und Felix zog seine Hand zurück, als hätte er etwas besonders Ekelhaftes berührt.

Felix hielt für einen Moment die Luft an – doch kein Pendel kam auf ihn zugesaust, kein Felsblock stürzte von oben auf ihn herab.

Nie im Leben ist es so einfach!

Warum fiel ihm in diesem Augenblick ausgerechnet dieser Satz von Daniel ein? Er schloss die Augen und versuchte, gleichmäßig zu atmen. Danach machte er sich hastig auf den Weg. Das war ihm nun doch zu unheimlich! Es würde nicht lange dauern, bis Daniel die Hinweise übersetzt hatte. Dann würden sie genau wissen, was zu tun war!

Aber immerhin hatte er ja als Beweis das Bild im Handy.

Zufrieden verließ er den Keller und ging in sein Zimmer. Diese Mutprobe hatte ihn ganz schön müde gemacht.

Dass er das Handy vor Schreck nicht in seine Hosentasche, sondern daneben gesteckt hatte, bemerkte er gar nicht.

Unruhig warf Nina sich hin und her. Es musste ein Traum sein, das wusste sie. Sie hätte den geheimen Gang nie ganz allein betreten. Zu viel konnte bei den Geheimnissen der Winnsbrügge-Westerlings und ihren Rätseln um die ägyptischen Götter, mit denen sie ihr Leben lang zu tun gehabt hatten, passieren. Nur gemeinsam konnte man es schaffen.

Und doch war sie jetzt allein hier, ohne die anderen, und ging durch die Wand der Amneris, dann die Kammer des Anubis, über die Kacheln hinweg, die sie durch die Gewichte unschädlich gemacht hatten und über die schmale Brücke, bei denen die anderen die Pendel ausgeschaltet hatten. Hin zur nächsten Prüfung.

Der Prüfung der Nephthys.

Plötzlich hörte sie eine dumpfe Stimme. Es knisterte ein wenig, so, als würde man eine der alten Wachsrollen abspielen. Das war doch Herr Winnsbrügge-Westerling! Aber die Stimme klang, als wäre sie weit entfernt. Nur Bruchstücke des Gesagten wehten an Ninas Ohr.

„Nephthys, die Göttin der Transformation“, hörte sie. Sie huschte ein wenig den Gang zurück, damit sie besser hören konnte. *„Wie ein Schmetterling aus der Puppe ... kein Weg zurück.*“

Die Stimme verklang.

Kein Weg zurück. Nina lief es kalt über den Rücken.

„Welcher Weg?“, rief sie in die Finsternis hinein. „Ich verstehe nicht!“

Doch so sehr sie auch rief, es kam keine Antwort.

Schweißgebadet wachte sie auf.

Was hatte dieser Traum nur zu bedeuten?

Strahlend lief Mara auf ihn zu. Obwohl Magnus zurücklachte, blieb er erschrocken stehen und lauschte. Es knisterte und knirschte unter Maras Füßen, denn sie lief über dünnes Eis. Gleich würde es brechen, Mara ins bitterkalte Wasser darunter fallen und wieder krank werden! Dabei war ihr Fieber gerade erst gesunken!

Danach zischte und krachte es besonders laut.

Am liebsten hätte Magnus geschrien, doch dann fand er sich auf einmal aufrecht sitzend in seinem Bett wieder.

Erleichtert sah er an sich herab. Er hatte nur geträumt!

Es war früher Morgen, hinter den zugezogenen Vorhängen seines Zimmers begann es bereits hell zu werden.

Allerdings war das Knistern und Knirschen, das er in seinem Traum für brechendes Eis gehalten hatte, noch jetzt zu hören, nachdem er aufgewacht war.

Stöhnend ließ er sich zurück ins Bett fallen und zog sich die Decke über den Kopf.

„Felix!", rief er dabei ärgerlich. „Ich versuch zu schlafen, Cola und Chips-Frühstück sind verboten!"

Das Knistern hörte auf. Magnus hatte aber nicht viel Zeit, um erleichtert zu sein.

Leise Schritte kamen auf sein Bett zu. Plötzlich zog ihm jemand die Decke vom Kopf und kitzelte ihn unter dem Arm. „Na, Herr Superlangweiler?", klang es dumpf.

Magnus schlug die lästigen Finger weg, ohne sich umzudrehen. „Hau ab!"

„Sind wir vielleicht ein kleiner Morgenmuffel? Und willst du von einem unheimlichen Schleimmonster geweckt werden?"

Magnus stöhnte. „Planänderung. Iss deine Chips. Aber lass mich in Ruhe, ja?"

Erleichtert hörte er die quietschenden Sprungfedern in Felix' Bett. Neuerliches Krachen und Knuspern verriet ihm, dass sein Zimmergenosse weiteraß. Nun, immerhin besser, als gekitzelt zu werden.

Doch im nächsten Moment flog ihm etwas an den Kopf. Nichts Schweres. Wahrscheinlich hatte Felix seine Cola-Dose ausgetrunken.

„Alter, es reicht!" Wütend schlug Magnus die Decke zurück. Er nahm die Dose und warf sie in Richtung von Felix' Bett. Zornig sah er zu seinem Freund hinüber. Sofort verflog seine Wut.

Was war denn das?!

Oder besser: *Wer* saß da auf Felix' Bett!?

Magnus konnte es nicht fassen. Ein völlig Fremder grinste ihn an!

20
WO IST FELIX?

Magnus hielt es keine Sekunde mehr aus. Wütend schoss er zu Felix' Bett und packte den Unbekannten am Kragen.

„Wer bist du? Was hast du mit Felix gemacht? Und warum hast du seinen Schlafanzug an?"

Der Unbekannte sah Magnus völlig verdattert an. „Wenn dir mein Schlafanzug nicht mehr gefällt, dann zieh ich den von Delia an", meinte er nach einer Schrecksekunde.

Doch Magnus fand das nicht lustig.

„Was ist denn hier für ein Geschrei? Müsst ihr nicht aufstehen und in die Schule?"

„Rosie", rief Magnus, als die Haushälterin hereinkam.

„Rosie!", schrie auch der Unbekannte. „Hilf mir, Rosie, Magnus ist verrückt geworden!"

Rosie starrte völlig verwirrt auf den Jungen, der auf Felix' Bett saß. Wer war das bloß? Das war doch nicht Felix? Den hatte sie noch nie gesehen.

„Victor!“, schrie sie aus Leibeskräften. „Hilf uns! Ein Dieb! Ein Einbrecher!“

Hämisch grinsend sah Victor Senior auf den Spiegel, hinter dem sein dummer Sohn stand. Erst gestern Abend war er aus diesem … diesem Urlaub wiedergekommen, und anstatt sich sofort zur Stelle zu melden, war er schlafen gegangen! Es geschah ihm recht, dass er sofort eingesperrt wurde und seinem Vater das Terrain überließ. Endlich kam er wieder voran!

Wenn sich Victor nicht um diese ärgerlichen Kinder und um die Träne der Isis kümmern wollte, dann besorgte er das eben selbst. Und der Lärm oben im Erdgeschoss war eine gute Gelegenheit, den Bewohnern dieses Hauses endlich mal zu zeigen, wer hier die Hosen anhatte!

Er stürmte die Kellertreppe hinauf und warf die Tür hinter sich zu. Doch das hinterließ keinen Eindruck. Die dicke Haushälterin kam sogar auf ihn zugestürmt und schrie dabei etwas von einem Dieb. Einem Einbrecher.

Nun, da würde er Abhilfe schaffen! Hier in diesem Haus gab es auch ohne Kriminelle genug Gesindel.

Kurzerhand ging er in das Zimmer, in dem sich der Einbrecher offenbar befand, und packte den vermeintlichen Dieb am Kragen. Dann zerrte er ihn in den Korridor und in die Eingangshalle hinaus. Auf die anderen Gören, die vom Frühstückstisch aufgesprungen waren und mit entsetzten Augen zusahen, wie er hier durchgriff, achtete er gar nicht.

Vor der Tür warf er dem Einbrecher noch einen drohenden Blick zu. „Nun verschwinde schon endlich! Du kannst anderswo die Leute zum Narren halten!“

Die Beteuerungen des Jungen, er sei eigentlich jemand ganz anderes, nämlich Felix Gaber und er wohne hier, schenkte er keine Beachtung. Er warf die Tür zu und widmete sich wieder den Bewohnern, die ihn ehrfürchtig und verängstigt ansahen.

„Nun, was ist?“, fragte er drohend. „Müsst ihr nicht in die Schule? Hier gibt es nichts zu sehen!“

Hastig gehorchte die Schlangenbrut und verschwand innerhalb von Sekunden.

Victor Senior blieb triumphierend in der Eingangshalle zurück. So machte man das! Er lächelte finster. Eigentlich war es schade, dass sein nichtsnutziger Sohn das nicht hatte sehen können, um sich daran ein Beispiel zu nehmen.

Als er wieder in Richtung Kellertür ging – jetzt würde er höchstpersönlich herausfinden, was erst diese Luzy und dann dieser freche Tunichtgut im Labyrinth gewollt hatten –, stieß sein Fuß gegen etwas Kleines, das auf dem Boden lag.

Er sah hinab und hob es auf. Das Lächeln auf seinem Gesicht wurde ein wenig breiter.

Ein Horusauge.

Nun hatte er freie Bahn bei Winnsbrügge-Westerlings Rätseln!

Felix stolperte und landete ziemlich schmerzhaft auf seinem Hinterteil.

Völlig verwirrt starrte er auf die Tür, die sich gerade mit einem lauten Schlag vor seiner Nase geschlossen hatte.

Was war denn nur mit allen los? Ob sie sich für die Streiche rächen wollten, die er ihnen im Lauf der Jahre gespielt hatte?

„Okay!“, brummte er. „Meine Scherze sind manchmal schlecht, aber doch nicht *so* schlecht, oder?“

Er rappelte sich auf und ging hinüber zum Gartenteich. Vielleicht hatten sich alle so erschreckt, weil er sich heute Nacht bei der Nephthys-Prüfung schmutzig gemacht hatte? Er dachte an Delias rote Hände. Vielleicht hatte er Schlamm oder Farbe im Gesicht, sodass ihn keiner erkennen konnte!

Er beugte sich über den Gartenteich, um sich selbst zu sehen. Er blinzelte beim Anblick des Spiegelbilds, das sich ihm bot.

Das konnte unmöglich sein.

Er sah noch einmal genauer hin, schließlich trug er seine Brille nicht. Aber oh Schreck, das Bild blieb.

Das war doch nicht er. Das war nicht Felix mit der Brille, dem breiten Grinsen und den dunklen Locken. Das war jemand ganz anderes. Ein vollkommen Fremder.

Felix schrie vor Schreck und presste die Augen zusammen. Das war ein Albtraum! Er musste aufwachen! Er kniff sich selbst in den Arm. Aber war das überhaupt sein eigener Arm? Weh tat es jedenfalls.

„Au! Ich muss aufwachen. Aufwachen! Aufwachen, bitte!!“

Er stolperte zum Haus zurück. Vielleicht hatte er nicht genau hingesehen, er musste einmal in einen richtigen Spiegel …

„Da! Da ist er!“

Er fuhr herum und sah erleichtert, wer gerade auf ihn zueilte. „Nina! Delia! Und Daniel! Zum Glück, ich muss mit euch reden!“

Daniel blieb stehen und sah ihn stirnrunzelnd an. „Woher kennst du unsere Namen?“

Felix dachte an den vollkommen fremden Jungen, der ihm aus dem Gartenteich entgegengesehen hatte. „Hört zu, das klingt vielleicht total doof, aber ich bin’s! Felix!“

Nun sah auch Nina sehr finster aus. „Du hast recht“, sagte sie. „Das klingt total doof.“

„Warum hast du Felix’ Schlafanzug an?“, fragte Delia. Offenbar war sie wütend. „Hat Kaya recht? Er meinte gerade, dass das alles nur ein besonders idiotischer Streich von Felix sei, der mit dir getauscht hat!“

„Nein!“, schrie Felix. „Ich hab Felix’ Schlafanzug an, weil ich Felix *bin*! Ich sehe nur plötzlich ganz anders aus!“

Felix stöhnte auf. Der Albtraum nahm ja gar kein Ende. Er musste ihnen beweisen, dass er Felix war. Ihm fiel das Horusauge ein, das er trug. Wer außer einem Mitglied des Geheimen Clubs der Alten Weide konnte schon so eins haben? Und mittlerweile wussten sie ja, wie Victors Fälschungen aussahen.

„Wartet! Ich beweise es euch!“ Er griff sich in den Ausschnitt seines T-Shirts. „Tadaa!“

Doch da war nichts. Seine Hand griff ins Leere.

Das Horusauge war weg!

Und damit die einzige Möglichkeit, zu beweisen, dass er Felix war …

„Ich rufe jetzt die Polizei!“, erklärte Rosie am Frühstückstisch, als Daniel, Delia und Nina von ihrer Begegnung mit dem Unbekannten berichtet hatten. „Die wird wissen, was zu tun ist. Und ihr geht zur Schule! Es ist allerhöchste Zeit!“

Doch die anderen waren von diesem Vorschlag nicht begeistert.

Auch Victor nicht. „Hier wird niemand angerufen!“, grollte er.

„Aber Felix wird vermisst!“, widersprach Rosie. „Und du weißt doch, wie es mit Mara und Magnus das letzte Mal ausging – Mara war sehr krank.“

„Unsinn!“, blaffte Victor.

Rosie kniff ärgerlich die Augenbrauen zusammen. Victor sah so seltsam aus, dieses komische Halstuch und dann diese buschigen Augenbrauen! Unfreundlich war er ja immer, auch wenn heute Morgen selbst er offenbar mit dem falschen Fuß aufgestanden war.

„Kinder laufen regelmäßig weg. Leider kommen sie fast immer wieder zurück!“, fügte er knurrig hinzu.

Das war für Charlotte zu viel. Sie hatte ja nicht oft mit Felix zu tun, er war eher Delias und Magnus’ Freund, aber das war unverschämt! „Wie können Sie so was nur sagen!“, empörte sie sich.

Doch der vermeintliche Victor ließ sich nicht erweichen. „Ich war noch nicht fertig! Ihr geht jetzt alle sofort in die Schule.“

„Und Felix?“, protestierte Magnus.

„Wir müssen rausfinden, wo er ist!“, entgegnete Delia.

„Eure Meinung interessiert mich nicht!“, rief Victor. „Habt ihr mich verstanden? Abmarsch!“

Nun schien es wirklich jeder kapiert zu haben. Betreten schlichen sie aus dem Zimmer. Rosie verschwand in der Küche. Selbst die türkisfarbene Blume in ihrem Haar sah beleidigt aus. Schließlich waren alle gegangen, und es wurde still.

Ein bösartiges Grinsen breitete sich auf Victor Seniors Gesicht aus. „Endlich Ruhe!“

Vorsichtig zog Daniel seine Zimmertür hinter sich zu. Nina und Delia starrten ihn ängstlich an.

Delia hatte nasse Augen, aber ausnahmsweise weinte sie diesmal etwas leiser als sonst.

Daniel bekam unwillkürlich Mitleid mit ihr – sie schien sich wirklich Sorgen um Felix zu machen, denn sie verzichtete auf ihr übliches Theater.

„Es ist meine Schuld!“, wimmerte sie. „Ich hab gesagt, dass er feige ist und dass er weggehen soll. Und jetzt ist er weg!“

Nina legte einen Arm um ihre Schulter. „Ihr habt euch ein wenig gestritten, das macht ihr doch ständig! Wo soll er denn sein?“

„Du kennst Felix!“, weinte Delia. „Ich denke, er ist im geheimen Gang! Um zu beweisen, dass er kein Feigling ist.“

„Aber davor hatte er doch schreckliche Angst“, wandte Daniel ein.

„Ja, aber Delia hat vielleicht recht“, sagte Nina.

Delia sah die Freundin erschrocken an. „Wenn er da ist,

dann sitzt er möglicherweise fest! Genau wie Nina damals!“ Sie sprang auf und wollte aus dem Zimmer rennen.

„Nicht!“ Daniel stellte sich ihr in den Weg. „Da draußen ist Victor.“

„Aber wenn Felix was passiert, ist es meine Schuld!“

„Ich gehe“, entschied Daniel. „Allein. Und ihr geht in die Schule.“

Delia nahm ein Taschentuch, das Nina ihr hinhielt, und tupfte sich damit die Augen ab. Sie sah getröstet aus.

Doch Nina schaute Daniel besorgt an.

Wenn das mal gut ging ...

Hastig rannte Daniel die Treppe zum Kellerlabor hinunter. Wahrscheinlich würde Victor, sobald die anderen gegangen waren, auch wieder in den Keller kommen – und dann durfte er nicht mehr hier sein.

Doch nur Corvuz stand im Halbdunkel des Kellers auf dem Tisch und schien ihn anzustarren.

Daniel achtete nicht darauf. Er stieg durch das Loch in der Wand der Amneris und ging durch die Kammer des Anubis und an den Kacheln vorbei. Beinahe erleichtert balancierte er über die schmale Brücke hin zur Prüfung der Nephthys.

Was hatte Luzy gesagt? Das Fläschchen befände sich auf einer steinernen Hand hinter einem Gitter? Ja, das passte. War Felix wirklich hier gewesen?

Er leuchtete mit der Taschenlampe in dem Raum herum. Nichts schien darauf hinzuweisen, dass Felix hierhergekommen war. Auf dem sandigen Boden waren Fußspuren zu erkennen, ob die allerdings zu Felix, Luzy oder ihm gehörten, war nicht zu erkennen. Als aber der Lichtkegel der Stablampe über den hinteren Teil der Kammer fiel, blitzte es in der Nähe des Gitters.

Was war das? Daniel ging hinüber und bückte sich.

Ein Handy. Das musste einem von ihnen gehören! Hatte Luzy es vielleicht verloren?

Kaum hatte er auf eine Taste gedrückt, erschien das Hintergrundbild: eine kleine Abbildung des Filmposters der *Mumie*. Das musste Felix' Telefon sein.

Daniel stand auf. Dann war der Freund also tatsächlich hier gewesen.

Plötzlich spürte er ein Kribbeln im Nacken. Stand da jemand hinter ihm?

Erschrocken wirbelte Daniel herum und leuchtete die Kammer erneut mit der Taschenlampe aus. Doch da war niemand.

Er lauschte. Nichts war zu hören. Wahrscheinlich hatte er sich das alles nur eingebildet.

Er warf noch einen nachdenklichen Blick auf das Handy und steckte es dann in die Tasche.

Es war Zeit, hier zu verschwinden.

Mit finsterem Blick sah Victor Senior diesem Lausebengel hinterher.

Daniel Gutenberg tat immer so brav und freundlich, aber er hatte es offenbar faustdick hinter den Ohren.

Er lauschte den Schritten des Jungen, bis sie in der Ferne

verklungen waren, dann wandte er sich selbst wieder der Prüfung zu. Die Prüfung der Nephthys!

Er trat an das Gitter. So weit war diese Steinhand mit dem Fläschchen nun auch wieder nicht entfernt. Das konnte er gut erreichen, wenn er sich anstrengte ...

Er streckte den Arm durch die Gitterstreben, zögerte aber.

„Einen Moment mal“, murmelte er und zog den Arm langsam zurück. „Wenn es wirklich so einfach wäre, warum hat die Schlangenbrut das Fläschchen nicht schon längst mitgenommen?“

Nachdenklich starrte er auf die Steinhand, die vom Phosphor in der Wand düster angeleuchtet wurde. „Es wäre nicht das erste Mal, dass Winnsbrügge-Westerling eine Falle eingebaut hat.“

Er verzog das Gesicht. Die Kopfschmerzen wurden wieder stärker. Er musste hinter den Spiegel, es half nichts. Aber da war ja noch sein Sohn. Der konnte schließlich auch mal was tun.

„Erst die Anweisung, dann die Prüfung“, murmelte Senior.

Und Victor würde sie ihm beschaffen.

Vorsichtig spähte Felix um die Kante des Kühlschranks herum.

Alles im Haus war still. Rosie, das wusste er genau, war zum Einkaufen gefahren und daher sicher die nächste Stunde nicht da. Victor war in seinem Keller verschwunden, und die anderen waren in die Schule gegangen.

Er sah an sich herunter. Auf Rosies Wäscheleine hatte er

ein paar Sachen gefunden, die ihm halbwegs passten, ohne dass er durchs Haus in sein Zimmer musste. Allerdings waren sie von Victor, und was ihm da an der Länge fehlte, hatten die Hosen und Hemden in der Breite. Aber egal, zumindest war er erst einmal aus dem Schlafanzug heraus.

Und ganz so schlecht war seine Laune auch nicht mehr – selbst wenn er an diesem Morgen noch nicht einmal seine übliche Portion Erdnussbutter gehabt hatte: Denn gerade erst war ihm durch die offene Küchentür zu Ohren gekommen, wie Delia sich beinahe wegen ihm mit Daniel gestritten hatte. Daniel hatte von dem Handy erzählen wollen, das er gefunden hatte – und das er verloren hatte! –, doch Delia war viel zu aufgeregt gewesen, um ihn ausreden zu lassen. Und als sie am Schluss aus Sorge in Tränen ausgebrochen war, weil Daniel keine Spur gefunden hatte, hatte Felix sich hinter dem Kühlschrank bei einem breiten Grinsen erwischt. Delia machte sich Sorgen um ihn!

Und selbst jetzt, wo alle in der Schule waren und er Victors grässliche Sachen tragen musste, war seine gute Laune noch nicht verschwunden. Er war mittlerweile sicher, dass er das alles nur träumte. Nun, irgendwann würde er schon wieder aufwachen. Bis dahin würde er einfach das Nächstliegende tun: Felix öffnete den Kühlschrank und begann, nach dem Toastbrot und einem Glas Erdnussbutter zu suchen, um zu frühstücken.

„Delia liebt Felix, Delia liebt Felix“, sang er, ohne es zu merken, vor sich hin, als er im Kühlschrank herumwühlte, um die Erdnussbutter zu finden.

Wo hatte Rosie die nur hingetan ...? Da hinten, da blitzte der blaue Deckel auf.

Felix schob das Glas mit der Himbeermarmelade und die Joghurts beiseite. Beinahe wäre alles herausgefallen, als er die Erdnussbutter hervorzog.

„Wenn ich träume, bin ich noch ungeschickter als sonst", murmelte er.

„Herr Rodemer?", klang plötzlich eine Stimme dicht hinter ihm. „Sie sind doch gerade erst in den Keller gegangen ...!"

Trübsinnig starrte Nina vor sich hin.

Die Französischvokabeln ratterten nur so an ihr vorbei. Dabei hatte sie gestern sogar noch über eine Stunde lang mit Daniel geübt! Völlig umsonst, wie sich nun herausstellte, denn sie konnte sich nicht eine einzige Sekunde auf den Test konzentrieren.

Sie war erleichtert, als es zum Ende der Stunde klingelte.

„Delia ist ja gar nicht da", sagte Daniel, als Nina ihre Bücher einpackte.

Nina schüttelte den Kopf.

„Sie wollte auf dich warten", sagte Luzy.

„Aber dann ist sie vor mir weg." Plötzlich fiel Daniel etwas ein. Er zog Felix' Handy aus der Tasche. „Seht mal, was ich gefunden habe."

Luzy nahm es und begann, damit herumzuspielen.

„Dann war er also wirklich unten im Keller, wie Delia gesagt hat. Und da war keine Spur von ihm?", fragte Nina besorgt.

„Nein. Er war nicht da. Ich blick echt nicht mehr durch", meinte Daniel ratlos.

„Felix war im Keller!", sagte Luzy ganz plötzlich. „Ganz sicher."

Sie hielt Nina und Daniel das Handy unter die Nase. Darauf war nun nicht mehr das Filmposter der *Mumie* zu sehen.

Sondern Felix. Er stand vor der Prüfung der Nephthys und grinste triumphierend in die Kamera.

Nina war entsetzt. „Was ist da nur mit Felix passiert ...?"

„Ich weiß es auch nicht", sagte Daniel. Dann fügte er entschlossen hinzu: „Ich werde heute Nachmittag sofort die Anweisung entziffern. Wir müssen herausfinden, was es mit der Nephthys-Prüfung auf sich hat!"

„Du sagst mir jetzt auf der Stelle, wo Felix ist!"

Felix packte sich selbst an den Wangen und zerrte daran. Delias Verhör dauerte nun schon eine halbe Stunde und ging ihm langsam auf die Nerven. „Aaargh!", machte er. „Was soll ich dir denn noch sagen? Erdnussbutter ess ich am liebsten auf Brot ..."

Delia verschränkte die Arme vor der Brust. „Das heißt gar nichts, die ess ich auch gern."

„Und das da ist meine Super-De-luxe-Schaufel!"

„Das ist Felix' Super-De-luxe-Schaufel!"

Am liebsten hätte Felix frustriert geschrien. Er nahm sich nur mühsam zusammen. „Wenn nicht einmal du mir mehr glaubst ...?"

„Wenn du Felix bist, was ist dann passiert?“, fragte Delia misstrauisch. „Warst du unten im Keller?“

Felix sah auf den Boden und versuchte sich zu erinnern. „Das weiß ich nicht“, sagte er nachdenklich. „Alles ist total seltsam! Ich kann mich nicht erinnern, alles ist so verschwommen ...“

Da war wirklich nichts mehr in seinem Gedächtnis. Dunkelheit vielleicht, eine Kammer. Ein Gitter, doch was dahinter war ... nein, es fiel ihm nicht ein.

„Dann warst du wohl nicht da, wenn du nichts mehr weißt“, meinte Delia schnippisch. Sie wandte sich ab und wollte gehen.

Felix sprang auf und hielt sie am Bein fest. „Nein! Würde ich dich jemals anlügen?“, jammerte er.

„Keine Ahnung!“, gab Delia zurück und versuchte, ihr Bein zu befreien. „Ich kenne dich nämlich nicht!“

Felix gab nach und ließ sich auf den Rücken fallen. Er wusste überhaupt nicht mehr, was er sagen sollte. „Ich war im Keller, ganz bestimmt. Ich kann mich nur nicht erinnern. Und jetzt ... auf jeden Fall bin ich kein Feigling mehr!“

Delia antwortete nicht. War sie schon gegangen?

Vorsichtig öffnete Felix die Augen. Doch Delia stand noch da und starrte ihn mit großen Augen an.

„Was ... was war das gerade?“, fragte sie langsam.

„Feigling! So hast du mich ja wohl genannt.“ Felix richtete sich auf. Sie sah ihn immer noch so verblüfft an, aber sie konnte ruhig wissen, wie weh es getan hatte, das von ihr zu hören.

Auf einmal kam sie auf ihn zu und nahm sein Gesicht in beide Hände. „Hallo, Feeelix! Bist du da drin?“

Felix riss sich los. „Glaubst du mir endlich?“

„Ich glaub dir immer noch nicht“, sagte Delia schließlich.

Felix ließ sich auf einen Stuhl fallen. „Wie komm ich hier nur wieder raus?“, sagte er verzweifelt zu sich selbst.

„Och“, machte Delia. „Wenn man seinen Körper aussuchen könnte ... Du siehst eigentlich ganz gut aus!“

„Aussuchen?“ Felix wurde langsam wirklich wütend. „Das ist einfach so passiert! Das ist ganz schön schlimm!“

Wieder schwiegen beide ein wenig ratlos.

Felix überlegte fieberhaft, was er noch anführen konnte, um zu beweisen, dass tatsächlich er es war, der in diesem fremden Körper steckte. Doch er wusste nicht weiter. „Denkst du ... denkst du eigentlich immer noch, dass ich ein Feigling bin?“

Zu seiner Überraschung senkte Delia den Blick und wurde rot. Tat es ihr wirklich leid? Er wollte die Frage noch einmal stellen, doch dann fiel ihr etwas ein.

„Ich muss zur Schule“, sagte sie hastiger als nötig. „Aber ich helfe dir, der Sache auf den Grund zu gehen. Und meinetwegen auch erst einmal ohne den Club.“

Felix war erleichtert. Er wollte sich gerade bei Delia bedanken, da war sie schon vor ihm und drückte ihm einen Kuss auf die Stirn. Bevor er begriff, was sie da getan hatte, war sie weg. Er hörte die Haustür.

„Wow!“, murmelte er in sich hinein. Delia hatte ihn geküsst! Freiwillig! Und dabei hatte er nicht einmal geduscht.

Das konnte nur bedeuten, dass Delia wirklich etwas an ihm lag ...!

Nina spähte noch einmal zur Tür hinaus und huschte dann wieder zu Daniel, der im Computerraum vor einem der Bildschirme saß.

Doch er schrieb nicht.

Etwas beunruhigt trat Nina hinter ihn. Ihr war nicht wohl dabei, so eine Mail zu schreiben und damit zu lügen. Aber ihr fiel nicht ein, was sie sonst tun konnten, um zu erklären, warum Felix verschwunden war. Wenn sie die Dinge einfach laufen ließen, mussten sie am Ende noch erklären, dass er in einem geheimen Labyrinth verschwunden war!

Nicht auszudenken, wenn der Pfad der Isis aufflog.

Daniel seufzte. Ihm war ebenfalls nicht ganz wohl dabei, eine Mail von Felix vorzutäuschen. „Okay, wie würde Felix Magnus ansprechen?"

„Etwas Typisches? Zum Beispiel: Alter!", schlug sie vor und musste kichern, denn Daniel hatte das Wort gleichzeitig gesagt.

„Hey, Alter, ich musste nach Zürich", schlug Nina vor.

„... denn ... meine ... Tante ... ist ... schwer ... krank", ergänzte Daniel halblaut und tippte dabei mit zwei Fingern die Worte ein.

„Hm." Nina sah ihn zweifelnd an. „Sollen wir wirklich das mit der Krankheit schreiben?"

„Naja", sagte er dann. „Sonst glaubt Magnus es nicht."

„Und wenn wir ihm die Wahrheit sagen?"

Daniel schüttelte den Kopf. „Dann müssen wir ihm noch viel mehr erzählen. Das mit Mara zum Beispiel."

In diesem Moment ging die Tür auf. Magnus kam herein.

Nina erschrak und drückte sich noch dichter an Daniel.

Magnus lächelte sie nur kurz und ein wenig von oben herab an und setzte sich am anderen Ende des Computerraums an ein Terminal.

Daniel tippte schnell noch Felix' Namen unter die Mail und drückte auf *Senden*.

„Die Mail ist weg", wisperte er dann.

Gespannt sah Nina zu Magnus hinüber, der ganz mit dem Bildschirm beschäftigt war. „Wie lange dauert es eigentlich, bis so eine Mail ...?"

Ein leises *Ping* ertönte. Magnus' Computer!

Er verzog das Gesicht.

Nina duckte sich unwillkürlich hinter Daniels Schulter.

„Alter ...!", murmelte Magnus. „Das ist ja wohl bescheuert."

„Was denn?" Daniel hob den Kopf und sah zu Magnus hinüber.

„Felix ist bei seiner Tante in Zürich", sagte Magnus. „*Musste sofort weg, werde wohl ein bisschen bleiben müssen. Wie gefällt dir mein Ersatz-Felix?*", las er vor. „So ein Spinner!"

Nina duckte sich noch ein bisschen tiefer und hob den Daumen.

Daniel nickte ihr leise zu.

Das war ihnen gelungen. Fürs Erste hatten sie bei den anderen einen freien Rücken, was Felix anging.

Erleichtert schloss Nina die Tür hinter sich.

„Ich hab was zu der Anweisung“, sagte Daniel leise, während sie zur Mathestunde gingen.

„Und?“, fragte Nina aufgeregt. „Steht was drauf, was uns mit Felix weiterhilft?“

„Nein“, sagte Daniel mit gerunzelter Stirn. „Es hat aber irgendetwas mit der Steinhand zu tun. Ich glaube, sie ist vergiftet! Deshalb auch Delias rote Hände. Das ist ein Hinweis.“

In diesem Moment klingelte es.

„Heute Abend Versammlung“, sagte Daniel. „Am besten bei dir und Luzy im Zimmer. Wir müssen besprechen, wie es weitergehen soll!“

Nina nickte.

Sie mussten Felix unbedingt wiederfinden.

21
GESTATTEN, FERDI KURZ!

Nur langsam kam Felix auf den Boden der Tatsachen zurück.

Delia hatte ihn geküsst! Trotz Victors Klamotten! Doch langsam dämmerte ihm seine Lage. Er hatte etwas gegessen und Delia auf seine Seite gezogen, nun musste als Nächstes etwas Anständiges zum Anziehen her.

Er überlegte kurz. Sollte er in sein Zimmer gehen? Doch seine Sachen passten ihm in diesem seltsamen neuen Körper nicht, das hatte er an seinem Schlafanzug gesehen.

Er sah nach draußen, wo Rosie erst kurz nach dem Frühstück Wäsche aufgehängt hatte. Da hingen Kayas Pulli und eine Jeans von Daniel.

Felix sah an sich hinab. Ja, diese Klamotten passten besser zu seiner neuen Statur!

Er ging hinaus und nahm Kayas Sweatshirt von der Leine. Endlich wieder Sachen, die seinen eigenen ähnelten!

Er hatte den Pulli noch nicht über den Kopf gezogen, als er Rosies Stimme vernahm.

„Was machst du denn noch hier, Kaya?“

Felix erschrak. Er ließ den Pulli, wo er war – über dem Kopf. „Ich bin der kopflose Geist!“, sagte er nach ein paar Sekunden. „Buuuh!“

Doch Rosie war nicht in der Stimmung für Scherze. „Der ist frisch gewaschen, und so beult er sich aus!“, erwiderte sie entschieden und zog ihm das Sweatshirt über den Kopf.

Ehe Felix sichs versah, hatte er Rosies ärgerliches Gesicht vor der Nase.

Sie fuhr entsetzt zurück, als sie feststellte, wer sich darunter verbarg.

Felix versetzte es einen Stich. Er hatte sich also doch nicht wie ein Wunder in sich selbst zurückverwandelt!

„Du wieder! Ich hab keine Angst vor dir!“, erklärte sie tapfer. „Verschwinde!“

Felix sank das Herz. Abermals wollte ihn jemand fortjagen! „Nein, bitte nicht, Rosie! Ich bin’s doch, Felix!“

Rosie blieb angriffslustig. „Ich sehe vielleicht nicht stark aus, aber ich werde dich durch den ganzen Garten jagen, wenn du nicht freiwillig abhaust!“

„Wie damals, als du Frau Engel die Bratpfanne auf den Kopf gehauen hast?“, sagte Felix geradezu flehend. „Beim Karaoke-Wettstreit!“

Rosie starrte ihn verblüfft an. „Woher weißt du das? Und sag nicht, dass du Felix bist!“

Nun hieß es improvisieren. Aber Felix wäre nicht Super-

Felix gewesen, wenn ihm nicht etwas eingefallen wäre! „Ich bin ... ein Freund von deinem Neffen, Rosie. Mein Name ist ... Ferdi. Ferdi Kurz."

Rosie schien nicht überzeugt.

Felix überlegte fieberhaft. Wie konnte er erreichen, dass Rosie ihm vertraute? Da kam ihm eine Idee. Eine wahnwitzige Idee, aber er war sicher, sie würde funktionieren. Und ihm vielleicht sogar ermöglichen, hier im Haus zu bleiben.

„Ich bin ... äh ... naja." Felix sah sich um, als fürchte er, dass jemand mithören könnte. „Ich bin seherisch veranlagt. Und ich fühle, dass du ein Mensch bist, mit dem ich das teilen kann. Diese übersinnlichen Erfahrungen, meine ich", fügte er schnell noch hinzu und sah Rosie treuherzig an.

Er hatte Delia dazu gebracht, ihn auf die Stirn zu küssen. Da würde er doch wohl Rosie von sich überzeugen können!

Sie zögerte und sah ihn weiter mit steinerner Miene an.

Felix hielt den Atem an.

Doch dann begann Rosie von einem Ohr zum anderen zu strahlen. „Mein Junge!", rief sie und nahm ihn fest in die Arme. „Warum hast du das nicht gleich gesagt! Komm, wenn du mir einen Gefallen tust, sorge ich bei Victor dafür, dass du hier übernachten darfst ..."

Frustriert schob Daniel die Tür zu Delias Dachkammer auf.

„Und Magnus hat das geglaubt?" Delia sah Nina und Daniel stirnrunzelnd an.

„Er hat jedenfalls sofort geantwortet", erwiderte Nina und blickte besorgt zu Daniel. „Was ist los?"

„Ich habe gerade die Karte in der Kiste gesucht. Ich glaube, ich weiß, was der Rest der Anweisung bedeutet."

„Und?", fragte Luzy gespannt.

Daniel antwortete nicht. Er schaute ratlos in die geöffnete Kiste hinein, die er in den letzten Tagen immer bei sich behalten hatte. Seit der Sache mit der Todesdrohung im Spiegel wollte er lieber auf Nummer sicher gehen. „Ich finde die Karte nicht", sagte er. „Sie ist nicht mehr da!"

„Vielleicht ist sie beim letzten Mal runtergefallen", vermutete Delia und legte sich quer über ihr Bett. Ihr Kopf hing beinahe auf dem Boden. „Hier ist sie!", rief sie plötzlich und angelte die Karte unter dem Bett hervor.

„Wie kommt die denn da hin?", fragte Daniel. „Na, egal, wir müssen besser aufpassen. Auf der Anweisung ist das Zeichen für Gift oder Gefahr. Diese Hand aus Stein ist vielleicht giftig. Und da steht auch, dass nur die Auserwählte das Tor öffnen kann."

„Mara", hauchte Nina.

Luzy schluckte.

Sorgenvoll sah Daniel auf die Karte. „Wir brauchen also Maras Hand. Aber wir dürfen sie nicht in Gefahr bringen."

„Können wir nicht irgendwie an ihren Handabdruck kommen?", fragte Luzy.

Daniel schüttelte den Kopf. „Aber wie? *Mara, steck deine Hände doch mal grade in diesen Eimer voll Gips. Danke.*"

Betreten sah Luzy ihn an. Das war wohl keine gute Idee.

„Das wäre was für Felix gewesen!", sagte Nina leise. Die anderen schwiegen.

Doch irgendetwas fehlte in der Stille.

Irritiert sah Nina sich um. „Warum bist du denn so still?", fragte sie Delia. Sie hatte erwartet, dass sie bei der Erwähnung des Namens Felix laut aufheulte.

Doch Delia starrte nur träumerisch ins Leere und schien überhaupt nicht zugehört zu haben.

„Vermisst du Felix denn gar nicht?"

„Ich?" Delia schreckte auf.

In diesem Moment flog die Tür auf.

Daniel und Delia konnten sich gerade noch vor die Karte stellen, die Luzy schnell hinter ihrem Rücken zusammenfaltete.

„Ihr denkt wohl, dass ich völlig bekloppt geworden bin, was?" Magnus stand vor ihnen. Und er war ganz schön wütend.

„Was meinst du denn?", fragte Daniel erschrocken.

„Die Mail!" Zornig wedelte Magnus mit einem Blatt Papier vor Ninas und Daniels Nase herum. „Die ist nicht von Felix, sondern von euch! Ihr wisst, wo er ist!"

Nina stellte sich vor Daniel. „Wir wissen genauso wenig wie du!", sagte sie wahrheitsgemäß. Dass Felix verschwunden war, lag auf der Hand. Warum und wohin, das wussten sie ja wirklich nicht.

Doch Magnus glaubte ihnen kein Wort. Blitzschnell hatte er sich Daniels Tasche geschnappt und zog etwas aus der Seitentasche, bevor Daniel protestieren konnte.

„Hey, das ist mein ..."

„Das ist Felix' Handy!", schrie Magnus triumphierend.

„Und der Beweis, dass ihr was mit seinem Verschwinden zu tun habt!“

„Ach das!“, mischte Delia sich ein. Sie lachte kurz und winkte ab. „Das hat er hier auf dem Dachboden verloren! Du weißt doch, dass er öfter hier oben ist“, fügte sie in spitzem Ton hinzu. „Du lässt ja keine Gelegenheit aus, ihm das unter die Nase zu reiben!“

Das ließ Magnus verstummen. Seine Wut verwandelte sich in Verlegenheit.

„Er hat es sicher hier verloren und dich deshalb nicht angerufen“, fügte Daniel hinzu.

Nina atmete innerlich auf. In seiner Stimme lag die gewohnte Ruhe und Selbstsicherheit.

Doch so leicht gab Magnus nicht auf. „Ich glaub euch kein Wort“, sagte er trotzig. „Ich geh jetzt runter zu Mara, aber ich werde euch im Auge behalten!“

„Was ist denn mit Mara?“, fragte Nina sofort beunruhigt.

Der Zorn auf Magnus’ Gesicht verschwand und machte einer sorgenvollen Miene Platz. „Sie hat einen Rückfall. Sie ist ganz schwach und hat auch wieder Fieber. Sie hat Rosie beim Vertreiben eines hartnäckigen Verehrers geholfen, und das war wohl zu viel für sie.“

„Ich gehe mit dir“, sagte Nina entschlossen, doch Magnus wehrte ab.

„Nein!“, sagte er zornig. „Das mach ich allein! Ihr haltet euch von ihr fern!“

Betroffen blieb Nina stehen und sah Magnus hinterher.

Unruhig warf Nina sich auf die andere Seite und schob die Decke von sich. Sie war viel zu warm. Kaum eine Minute später fror sie und deckte sich zu. Sie konnte nicht schlafen. In einer Sekunde starrte sie Löcher in die Dunkelheit, in der nächsten schloss sie die Augen, denn sie sah Schatten, die gar nicht da waren.

Wie oft in den letzten Wochen hatte sie so wach gelegen! Aufs Neue hatten sie so viele Gefahren zu überstehen gehabt, und nun war Mara doch wieder krank geworden! Es war immer das Gleiche, sie fand einfach keine Ruhe mehr, seit der Geist von Sarah Winnsbrügge-Westerling ihr wieder erschienen war. Warum nur hatte Felix die Kiste aus dem Grabmal mitgenommen!

Aber vielleicht steckte viel mehr dahinter, wer konnte das schon wissen ...?

Nervös drehte Nina sich erneut auf die andere Seite. Hoffentlich wachte Luzy nicht auf! Sie schloss die Augen und versuchte, Schäfchen zu zählen. Vielleicht schlief sie so endlich ein!

„Nina! Nina!“

Nina erschrak bis ins Mark und fuhr auf. „Was ist denn?“

Sarah saß neben ihr. Wie immer leuchtete ihr weißes, knöchellanges Hemd, als sei es aus fluoreszierendem Stoff gemacht.

„Du musst auf der Hut sein, meine Freundin“, sagte Sarah. In einem Moment schien sie Nina ins Ohr zu flüstern, im anderen war die Stimme nur wie aus weiter Ferne zu hören.

„Warum?“, fragte Nina.

Der Geist der alten Frau sah sie eindringlich an. *„Verrat! … Er ist näher, als du denkst. Wem kannst du vertrauen? Wem nicht?“*

„Verrat?“ Nina konnte es kaum glauben. „Was meinst du?“

Doch Sarah schwieg und sah sie nur an. Dann stand sie auf und ging in Richtung Tür. Dort drehte sie sich noch einmal um. *„Pass auf, Nina, sei vorsichtig. Sei vorsichtig!“* Mit diesen Worten verschwand das Gespenst durch die geschlossene Tür.

Ängstlich starrte Nina zu der Stelle, an der Sarah verschwunden war.

Im Zimmer war es nun wieder dunkel.

Umso mehr erschrak Nina, als auf einmal ein Handy vibrierte!

Sie brauchte ein paar Sekunden, um sich zu fassen. Erneut ertönte ein Brummen. Irritiert sah Nina zu Luzys Bett.

Es war leer. Wann war Luzy denn gegangen? Und warum hatte sie das nicht mitbekommen? Hatte sie etwa doch geschlafen?

Wieder zitterte das Handy auf Luzys Bett. Leise stand Nina auf.

Verrat! Er ist näher, als du denkst. Sarahs Stimme hallte in ihrer Erinnerung.

Langsam hob Nina das Telefon ans Ohr. „Hallo?“

Aber niemand antwortete. Nur ein ganz leises Rauschen war zu hören.

Und Nina war ganz sicher, da atmete jemand, also hatte derjenige am anderen Ende auch nicht aufgelegt.

„Hallo? Ist da jemand?“, fragte sie zum zweiten Mal.

Aber die Leitung war tot.

Morten Vierstein starrte überrascht auf den Hörer des altmodischen Telefons in seiner Hand.

Das war doch nicht Luzys Stimme, die er da gehört hatte.

„Was ... was ist los?“, krächzte der Kranke in den weißen Laken direkt neben ihm.

Am liebsten hätte Vierstein nichts gesagt, um ihn nicht aufzuregen, aber es gab keine Möglichkeit, es zu verheimlichen. „Das war nicht Luzy“, sagte er.

„Jemand ... jemand anderes?“, wollte die atemlose Stimme wissen. „Wie kann das sein?“

„Jemand muss das Telefon gefunden haben“, sagte Morten Vierstein nachdenklich.

Der Kranke hustete laut. Der Husten war laut und trocken und wollte kein Ende nehmen. Die knöchrige Hand ballte sich langsam zur Faust.

„Die Zusammenarbeit mit Luzy wird zu gefährlich“, brachte der Kranke zwischen Hustenanfällen schließlich mühsam hervor.

Vierstein nahm die Hand und hielt sie fest.

„Kein Problem. Wir lassen sie einfach das kleine Haus stehlen und zu uns bringen. Dann brauchen wir sie nicht mehr.“

Das Husten des Kranken nahm wieder etwas zu. Erst nach ein paar Sekunden erkannte Vierstein, dass es ein Lachen war. „Nicht mehr lange. Nicht mehr lange, und die Träne der Isis gehört mir ...“

Die Kreide kratzte so fest über die Tafel, dass es quietschte und Nina schauderte.

Vorsichtig sah sie zur Seite.

Daniel schrieb das alles ganz entspannt mit, während Delia neben ihr die Stirn runzelte, als verstünde sie nur Bahnhof.

Dann drehte Herr Altrichter sich um und warf einen ernsten Blick auf die Klasse. „Denken Sie daran, dass alles, was wir heute behandelt haben, in der Arbeit abgefragt werden kann. Sagen Sie das bitte den Schülern, die heute nicht am Unterricht teilgenommen haben, also auch Mara Minkmar und Felix Gaber!"

Er schaute bedeutungsvoll zu Magnus, der wiederum Daniel und Nina eine Grimasse schnitt.

Herrn Altrichter entging nicht, dass Nina und Daniel auf einmal sehr bedrückt aussahen. „Darf ich fragen, ob Sie über den Verbleib von Felix Gaber informiert sind?", wollte er wissen.

Daniel räusperte sich. „Er ist in der Schweiz."

„Bei seiner kranken Tante", fügte Nina hinzu.

„Hat er Ihnen keine Mail geschrieben?", fragte Luzy in gespielter Verwunderung.

„Da komme ich ja gerade richtig, das kann ich bestätigen!", flötete eine fröhliche Stimme vom Eingang des Klassenzimmers her. „Entschuldige, Hubert, dass ich so in deine Mathematikstunde platze!", flötete Frau Engel. „Aber ich wollte die Klasse noch vollständig haben, bevor es in die Pause geht! Ich habe hier nämlich einen Austauschschüler, der eine Zeit lang im Haus Anubis wohnen wird und der mir von Rosie ans Herz gelegt wurde."

Die sieben Internatsbewohner sahen sich verblüfft an. Davon wussten sie ja gar nichts! Oder hatten sie nur nichts mitbekommen, weil Felix' Verschwinden sie so beschäftigt hatte?

„Und deshalb dachte ich, dass die Hausbewohner sich seiner annehmen könnten", sagte die Deutschlehrerin weiter. „Es wäre sehr nett, wenn sie ihn ein wenig herumführen könnten!"

„Ja", sagte Herr Altrichter begeistert. „Das ist wirklich eine gute Idee. Nun, Daniel, Sie sind doch mein Musterschüler, Ihnen lege ich das besonders ans Herz!"

Luzy und Delia verdrehten die Augen. Auch Daniel und Nina waren alles andere als begeistert. Sie mussten sich dringend um die Prüfung der Nephthys kümmern, Mara war wieder krank geworden und Felix verschwunden – und da sollten sie sich zudem noch um einen Austauschschüler kümmern?

„Na, nun komm schon herein, Ferdi!", sagte Frau Engel herzlich in den Flur hinaus.

Langsam kam hinter Frau Engel ein Unbekannter ins Zimmer, der von der Klasse eher gleichgültig betrachtet wurde. Nur die Bewohner des Hauses Anubis sahen sich verblüfft an.

Der Unbekannte war ihnen gar nicht so unbekannt.

Denn es war der Fremde, der von sich behauptete, er sei Felix!

Victor Senior hatte es wirklich eilig.

Es gab keine andere Möglichkeit. Und er kannte diese Schlangenbrut, es würde nicht lange dauern, bis sie entdeckt hatten, wie die Prüfung der Nephthys zu lösen war.

Wieder einmal verwünschte er die Tatsache, dass er hinter den Spiegeln gefangen war. Er wollte sich unbedingt aus dieser düsteren Welt befreien! Und er würde alles dafür tun.

Er musste es nur noch seinem nichtsnutzigen Sohn beibringen.

„*Es muss sein!*“, sagte er streng zu dem Häufchen Elend, das gerade vor dem Spiegel stand und wie schon so oft diesen staubigen Raben, an sich gedrückt hatte. „*Diese Mara muss in den Gang und sie muss die Steinhand berühren.*“

„Hm ... wie willst du Mara denn in den Gang bringen?“, fragte sein Sohn ratlos.

„*Ich nicht. Du!*“, donnerte Victor Senior.

Er konnte nicht fassen, als er erkannte, dass Victor Skrupel hatte. Warum nur?

„Aber wenn die Hand doch giftig ist“, argumentierte sein Sohn. „Vielleicht passiert Mara etwas, das geht nicht!“

„*Die Träne der Isis gehört mir! Hörst du das? Du sorgst dafür, dass Mara mitkommt, egal wie!*“

Doch sein Sohn drehte sich um und ging.

Er lief einfach davon! Victor Senior konnte es nicht fassen.

Er hämmerte gegen den Spiegel und versuchte, seinen Sohn zurückzurufen. Aber ohne Erfolg.

Wieder blieb ihm nichts anderes übrig, als abzuwarten.

Entschlossen schüttelte Victor den Kopf. Das würde er niemals tun.

Klar, dachte er. *Mara gehört auch zu dieser Schlangenbrut. Aber sie entführen und sie einem Gift aussetzen? Da geht mein Vater einen Schritt zu weit. Natürlich will er die Träne der Isis haben, genau wie ich – wer möchte es schließlich nicht, das ewige Leben? Aber was, wenn Mara ernsthaft erkrankt? Oder wenn man mich dabei erwischt, wie ich sie entführe?*

Victor wusste genau, dass er dann hinter Gitter kommen würde. Und selbst wenn er die Träne der Isis hätte – was nutzte sie ihm im Gefängnis? Nichts.

Bedrückt schlich er in sein Büro. Er wollte in Ruhe nachdenken, ob es vielleicht eine andere Lösung gab. Eine, an deren Ende nicht die Zerstörung all dessen stand, was er eigentlich wollte.

Er musste es irgendwie anders schaffen, an die Handabdrücke der Auserwählten zu kommen.

Und er hatte auch schon eine Idee. *Mara ist krank*, überlegte er. *Es dürfte nicht allzu schwer sein, während sie schläft, Gipsabdrücke ihrer Hände zu machen! Zur Sicherheit könnte ich mit einem Schlafmittelchen nachhelfen. Ich habe noch ausreichend davon in Reserve.*

Victor lächelte unwillkürlich. Die Schlangenbrut war noch in der Schule. Er konnte also gleich loslegen. „Es wird ein Kinderspiel, Corvuz."

Er sah Corvuz an, der mit glänzenden, schwarzen Knopfaugen zurücksah und zuzustimmen schien.

Delia konnte sich kaum auf das konzentrieren, was Frau Engel vortrug. Sie saß neben Ferdi – oder war es doch Felix? – im Aufenthaltsraum in der Sitzecke und hörte Charlottes Vorschlag fürs Weihnachtsmusical zu, das sie unter der Leitung von Frau Engel aufführen würden. Charlotte erzählte irgendetwas von einem Jungen, der immer mit seiner Freundin wetten wollte und damit seinen Freunden ganz schön auf die Nerven ging.

Klingt ganz nach Kaya, schoss es Delia durch den Kopf. *Eierwettessen. Wer kann länger wach bleiben? Wer hält es länger ohne Essen aus? Und die Idee, den selbst ernannten Wettkönig schließlich aufs Meer zu schicken und Ferien in Hawaii zu machen, ist wirklich lustig.*

Doch ihre Gedanken schweiften immer wieder ab. Ständig musste sie zu Ferdi sehen, der neben ihr saß. Klar, sie hatte versprochen, ihm zu helfen und zu beweisen, dass er Felix war. Aber wie sollte sie das tun, ohne selbst wirklich daran zu glauben ...?

„So, vielen Dank, Charlotte!"

Stolz setzte Charlotte sich unter allgemeinem Applaus neben Kaya.

Frau Engel sah erwartungsvoll in die Runde. „Hat noch jemand eine Idee?"

„Ich wette, du traust dich nicht!", flüsterte Ferdi Delia ins Ohr.

Entrüstet wandte Delia sich ihm zu. „Klar trau ich mich!", stieß sie empört hervor.

„Oh! Das ist aber schön!" Frau Engel strahlte zu Delia und

Ferdi hinüber. Aller Augen wandten sich den beiden zu. Von dem Neuen oder Delia hatte wirklich niemand eine Idee für ein Weihnachtsmusical erwartet.

„Meinen ... meinen Sie mich?“, fragte Ferdi stotternd. Das hatte ihm noch gefehlt.

Doch Frau Engel sah gar nicht ihn an, sondern Delia.

„Siehst du?“, zischte sie ihm zu. „Du hast gesagt, ich trau mich nicht. Tu ich aber doch!“

„Gut!“, strahlte Frau Engel. „Dann machen wir drei Minuten Pause und hören uns den Vorschlag von Delia an! Ich freue mich, dass du dich so engagierst, Delia, ich bin stolz auf dich!“, sagte sie noch, bevor alle aufstanden.

Entsetzt sah Delia Frau Engel an. Erst jetzt wurde ihr klar, was sie sich da eingebrockt hatte! Sie sprang auf und zupfte Nina, die sich gerade mit Daniel etwas zu trinken holen wollte, verzweifelt am Ärmel.

„Ich hab mich doch gar nicht gemeldet, weil ich eine Idee hatte, sondern ... Was mach ich denn nun?“

Nina lächelte sie an. „Eine Geschichte erfinden. Du kannst das doch! Du hast noch genau zweieinhalb Minuten! Du schaffst das!“ Sie nickte Delia aufmunternd zu und ging mit Daniel fort.

Delia quiekte entsetzt. „Mist!“, murmelte sie und ging ein paar Schritte vor Ferdi her. Bewegung sollte ja gut fürs Gehirn sein! „Denk nach, denk nach, denk nach!“, jammerte sie. „Das schaff ich nie! Wo ist Felix, wenn man ihn braucht?“

„Ich bin ja hier“, flüsterte Ferdi. „Wie wär's mit einer Geschichte über Aliens und fleischfressende Bakterien?“

Delia rümpfte die Nase. So weit kam es noch! „Was hat das denn mit Weihnachten zu tun?“

Ferdis Kopf verschwand ein Stück zwischen den Schultern. „Nichts“, meinte er kleinlaut. Doch plötzlich hatte er eine Idee. „Tja, wenn Delia nichts einfällt, dann vielleicht Nancy Ninja?“

Delia wirbelte herum. Sie war sprachlos. Woher wusste denn Ferdi ...? Sie packte ihn an den Schultern. „Woher kennst du diesen Namen?“, rief sie aufgeregt.

„Hallo? Weißt du das nicht mehr?“ Verblüfft grinste er sie an.

Delia kniff die Augen zusammen und sah genauer hin. Für einen Moment hatte sie wirklich geglaubt, dass Felix sie mit seinem breiten Lächeln angrinste, das ihr so vertraut war!

Er hob die Hand und tippte an ihre Stirn. Beinahe sanft war das.

„Nancy Ninja ist doch deine Lieblingscomicfigur!“, sagte er amüsiert.

Delia blieb der Mund offen stehen. Das konnte nur einer wissen. Und der hätte es niemandem verraten.

Sie warf sich nach vorne und schlang die Arme um Ferdis Hals. „Felix! Mein Felix! Du bist es wirklich!“

22
VERRAT

Wo blieb er nur?

Delia sah noch einmal die Treppe zu ihrem Zimmer hinab. Sie hatte Ferdi doch erlaubt, in ihrem Zimmer zu übernachten statt im zugigen und kalten Gartenhaus!

Sie warf den anderen einen verstohlenen Blick zu. Der Club hatte sich auf ihrem Bett versammelt und studierte noch einmal die Karte. Sie hatten immer noch nicht die geringste Ahnung, wie sie an Maras Hände kommen sollten. Vielleicht gab es ja eine andere Möglichkeit oder sie hatten etwas übersehen ...

Ob der Club Ferdi, nein, Felix!, vertrieben hatte?

In diesem Moment erklang ein lautes Rülpsen.

Delia erschrak.

Nina und Luzy sahen Daniel mit angewidertem Gesicht an.

Der meinte, sich verteidigen zu müssen. „Das war ich nicht!“, sagte er sofort.

„'tschuldigung!"

Verblüfft schauten alle auf den Boden, von wo die Stimme gekommen war.

Delia musste kichern, als Ferdi seinen Kopf unter dem Bett hervorstreckte.

„Da bist du ja!", sagte sie erleichtert. Im nächsten Moment wich sie ein wenig zurück.

Die anderen drei sahen sie vorwurfsvoll an. Nina hatte sogar ein Kissen auf das Haus gelegt.

„Ja ... also ...", stammelte Delia verlegen. „Das ist ... Felix."

„Sag nicht, du glaubst das jetzt auch!", stieß Daniel hervor.

Delia warf einen Blick auf Ferdi, der mittlerweile unter dem Bett hervorgekrochen war. Dann sah sie wieder zu Nina und Daniel. „Das *ist* Felix!", sagte sie ruhig. Ja, sie war sicher. „Ich weiß auch nicht, wie das sein kann", fügte sie noch hinzu. „Aber ... Nancy Ninja."

Felix unterdrückte ein Lachen, doch Daniel, Nina und Luzy verstanden scheinbar nur Bahnhof.

„Felix – Ferdi – nein, Felix hat von Nancy Ninja gesprochen, und diesen Namen kann nur der echte Felix kennen", erklärte Delia.

In diesem Moment erklangen Schritte auf der Treppe.

Delia seufzte beinahe ärgerlich auf. Ihr Zimmer war ja der reinste Taubenschlag! Ständig störte jemand.

Felix versteckte sich schnell unter dem Bett. Nina warf eine Decke über das Miniaturhaus – und Luzy schien über die Störung genauso wütend zu sein wie Delia. Jedenfalls sah sie Nina böse an.

Doch Delia dachte nicht weiter darüber nach. Die Tür flog auf.

„Das hab ich mir schon gedacht! Noch eine Versammlung!“ Grimmig sah Victor in die Runde. Mit seinen buschigen Augenbrauen sah er besonders bedrohlich aus.

„Wir machen was für die Schule“, sagte Daniel geistesgegenwärtig.

„Das ist mir egal“, knurrte Victor und rückte sein Halstuch zurecht. „In einer Viertelstunde geht das Licht aus, und dann liegt jeder in seinem eigenen Bett, sonst ...“

Nun wurde es Delia zu bunt. Sie stellte sich vor den Hausverwalter und äffte ihn albern nach: „Ja, ja! Schon verstanden. Sonst können wir draußen schlafen!“

Doch Victor zuckte nicht zusammen wie sonst, wenn man ihm Widerworte gab.

Er sah Delia noch einige Augenblicke an, mit einem besonders gemeinen Gesichtsausdruck, danach drehte er sich um und ging.

Der Club schwieg eine Weile.

„Boah“, brach Luzy schließlich das Schweigen. „Der ist ja heute oberseltsam drauf.“

„Er hat vorhin noch bei Mara ins Zimmer geglotzt, als wolle er sie klauen, dieser Fiesling“, sagte Delia und rümpfte die Nase.

„Bei Mara?“ Erschrocken wechselten Nina und Daniel einen Blick. „Ob er was weiß?“

„Wenn er auch nur ahnt, wie wichtig Mara ist, ist sie in Gefahr!“, sagte Luzy.

„Wir müssen Wache halten", entschied Daniel. „Vor ihrer Tür."

„Das mach ich!"

Alle drehten sich um.

Es war Ferdi, der da gesprochen hatte. Er stand hinter Delia und nickte entschlossen. „Victor weiß nicht, wer ich bin."

„Wir aber auch nicht", sagte Daniel skeptisch nach ein paar Sekunden.

Felix hob eine Faust. „Super-Felix!"

Luzy verzog misstrauisch das Gesicht. „Ich bin mir da ganz und gar nicht so sicher."

„Du wolltest auch eine zweite Chance, oder?", fragte Delia ärgerlich. „Und du hast sie gekriegt. Das ist Felix' zweite Chance."

Delia grinste Felix an, der das Lächeln erwiderte.

Sie vertraute ihm! Und sie wusste genau, das würde sich bezahlt machen ...

Langsam gingen Daniel und Nina die Treppe hinunter zu Daniels Zimmer.

„Findest du es richtig, dass Delia diesem Ferdi so vertraut?", sagte Daniel schließlich leise. „Ich meine, wir wissen überhaupt nichts von ihm."

Nina antwortete nicht sofort. „Ich vertraue *Delia*", sagte sie dann.

„Was, wenn Sarah recht hat und es einen Verräter gibt?", wandte Daniel ein.

Nina seufzte. „Aber Delia ist sich so sicher. Und Luzy ist in letzter Zeit so komisch."

Daniel sah sie fragend an.

„Na, ja", sagte Nina. „Da ist die Sache mit diesem Telefon vor ein paar Tagen. Und die Tatsache, dass sie so plötzlich wieder in den Club wollte. Das ist schon merkwürdig."

Sie fühlte sich nicht wohl dabei, das zu sagen. Und Daniel teilte diese Ansicht auch nicht, wenn sie seinen Gesichtsausdruck richtig deutete.

Immerhin lächelte er. „Gut, dass wir wenigstens uns vertrauen können."

Nina konnte nur nicken. Sie hatte wirklich Glück, Daniel gefunden zu haben.

Ächzend rückte Felix das Kopfkissen zurecht, das er von Delia bekommen hatte. Immer noch spürte er den harten Boden unter der Isomatte. Er überlegte kurz, ob er sie noch nach einem weiteren Kissen fragen sollte, aber dann kam er sich vor wie die Prinzessin auf der Erbse. Delia hielt ihn nun für einen Helden, und das wollte Felix sich auf keinen Fall verderben!

Er gähnte und lehnte sich noch einmal an die Kommode, die an der Wand zwischen Ninas Zimmer und dem von Charlotte und Mara stand. Boden und Schlafsack waren eben doch sehr unbequem. Felix hoffte, dass sich bald alles regelte, damit er wieder in seinem Bett schlafen konnte.

Erneut rückte er sich den Schlafsack zurecht, dann stand er auf.

Nur einmal kurz ins Bad! So konnte er sich – wenn auch kurz – wenigstens die Beine vertreten. Er sah nachdenklich auf die geschlossene Tür von Maras und Charlottes Zimmer. Ja, für ein, zwei Minuten konnte er die beiden wohl ohne Wache zurücklassen. Er würde auch im Bad genau hinhören. Er hatte Delia versprochen, dass Mara nichts geschah.

Und er würde dieses Versprechen halten.

Schlug da nicht die Badezimmertür ins Schloss?

Und die Tür ihres alten Zimmers hatte Luzy nicht gehört. Sicher war es dieser Ferdi, der ins Bad gegangen war.

Jetzt oder nie! Sie musste das Haus haben, sonst verriet Vierstein alles! Das durfte nicht passieren.

Besorgt warf Luzy einen letzten Blick auf die schlafende Nina, dann öffnete sie die Tür und spähte in den Gang. Der Korridor war leer, Ferdis Bettstatt verlassen. Unter der Tür des Badezimmers war ein Lichtspalt zu sehen. Die Geräusche, die aus dem Bad zu hören waren, ließen Luzy die Nase rümpfen, doch sie ließ sich nicht ablenken.

Leise, aber flink schloss sie die Tür und huschte die Treppe hinunter. Ohne weiteren Zwischenfall kam sie vor Daniels und Kayas Zimmertür an. In diesem Moment hörte sie Schritte. Da schlich jemand eine Treppe hinauf oder hinunter.

Victor!?

Panisch sah sie sich nach einem Versteck um. Sie huschte in die Küche.

Und hielt die Luft an.

Victor Seniors Hand schloss sich fest um den Zerstäuber, den er in der Hand hielt.

Damit würde es ihm gelingen, Mara zu entführen und in den Keller zu bringen. Müde war sie ja sowieso schon von ihrer Krankheit, sie hatte den ganzen Tag verschlafen.

Er musste nur aufpassen, dass diese Lotte Bachmann ihm nicht in die Quere kam. Magnus von Hagen, den hochnäsigen Lausebengel, hatte er ja schon ins Bett geschickt. Und nun war es so weit, er würde sich Mara holen und mit ihrer Hilfe endlich die Träne der Isis finden.

Erwartungsvoll huschte er die Treppe hinauf. Wenn ihm nur diese Gören nicht wieder in die Quere kamen, Nina Martens und der neunmalkluge Daniel Gutenberg.

Er spähte um die Ecke und sah, dass der Flur frei war. Da war jemand im Bad. Er schlich sich, so schnell er konnte, zum Zimmer von Mara Minkmar und Charlotte Bachmann und sah hinein. Beide Mädchen schienen tief und fest zu schlafen.

Jetzt ging im Bad die Spülung der Toilette. Hastig schlüpfte Victor Senior ins Zimmer der Mädchen. Beide regten sich nicht.

Victor Senior hielt den Atem an und spähte zurück in den Flur. Immer noch war alles dunkel. Nichts rührte sich mehr. Und wenn nicht, dann hatte er seinen Zerstäuber mit dem K.-o.-Spray in der Hand!

Er tappte leise zu Lottes Bett.

Sie schien zu spüren, dass jemand neben ihr stand, sie rührte sich ein wenig. Ihre Stirn legte sich in Falten.

Rasch sprühte Victor Senior ihr eine Ladung aus dem Zerstäuber ins Gesicht.

Sofort entspannte es sich, der Atem ging wieder regelmäßig.

Ein bösartiges Grinsen breitete sich auf seinem Gesicht aus.

Dann ging er zu Mara.

Sie atmete ruhig und schien zu schlafen, doch auf einmal schlug sie die Augen auf. Einen Herzschlag lang starrte sie Victor Senior an.

„Herr Rodemer?", fragte sie verschlafen. „Was machen ...?"

Schon hatte er ihr das Betäubungsmittel in die Nase gesprüht.

Sofort schlief Mara ein.

Er wollte sie gerade hochheben und über die Schulter hieven, als er auf dem Gang etwas hörte. Getrampel. Laute Rufe.

Dann begann jemand zu schreien ...!

Leise, um niemanden zu wecken, klappte Felix die Badezimmertür zu. Eigentlich freute er sich nicht besonders darauf, es sich einmal mehr vor Maras Zimmertür bequem zu machen. Auf Delias Dachboden war es viel gemütlicher ...

Seufzend ließ er sich auf dem Boden nieder und wollte gerade in den Schlafsack schlüpfen, als sein Blick auf Maras und Charlottes Zimmertür fiel. Warum stand die denn offen? Als er ins Bad gegangen war, war sie geschlossen gewesen, da war er sich ganz sicher.

Er hielt den Atem an. War Mara wirklich in Gefahr?

Leise Geräusche und ein Ächzen waren zu hören, als würde jemand etwas Schweres heben, ein Rascheln von Stoff auf Stoff.

Hastig tastete Felix seine Taschen ab. Hatte er nicht erst gestern darin ...? Ja! Da war sie! Eine Rauchbombe.

Felix überlegte nicht lange und schleuderte sie neben die Kommode auf den Boden.

Sofort entstand dichter Rauch.

Er sprang auf. „Feuer!“, brüllte er aus Leibeskräften. „Feuer!!“

Er schaute sich hastig um, während er weiter Zeter und Mordio schrie, sah den Feuerlöscher, der neben der Kommode angebracht war, und riss ihn aus der Halterung.

„Feuer! Alle aufstehen!“, schrie er, in der Hoffnung, dass wenigstens Luzy und Nina aufwachten.

Dann stieß er die Tür zu Maras und Charlottes Zimmer auf, doch bevor er hineingehen konnte, kam Victor erschrocken herausgerannt.

Er hielt sich den Kopf, als hätte er sich gestoßen, aber Felix grinste nur kurz. Geschah ihm recht, wenn er Mara entführen wollte!

Felix legte los. Es dauerte keine Sekunde, da war Victor von oben bis unten mit Löschschaum eingesprüht.

Felix musste sich das Lachen verkneifen.

„Ufff!“, machte er übertrieben panisch. „Das war aber echt knapp!“

„Was denkst du dir ...? Blblblb...“, klang es unter dem

Schaum hervor. Victor tastete auf seinem Gesicht herum und wischte sich den Mund ab. Selbst durch das weiße Gewölk sah man, dass er eine Grimasse schnitt.

„Was machst du hier? .... Aaah..." Er stöhnte laut auf, bevor Felix etwas zu seiner Rechtfertigung sagen konnte, und rannte auf einmal ohne eine Antwort abzuwarten, die Treppe hinunter.

Luzy zog leise die Haustür hinter sich zu.

Hoffentlich war niemand aufgewacht!

Sie rannte, so schnell sie konnte, in Richtung der Straße und blieb dann erst keuchend stehen. Sie sah auf den schwarz-blauen Rucksack hinunter, der Daniel gehörte. Am liebsten hätte sie auf der Stelle losgeheult. Sie konnte gar nicht fassen, was sie getan hatte! Sie war wirklich und wahrhaftig wie ein Dieb, wie ein Verbrecher, in Daniels und Kayas Zimmer geschlichen und hatte das Modell des Hauses Anubis gestohlen!

Es war schon das zweite Mal in den letzten vier Wochen, dass sie etwas gestohlen hatte. Das erste Mal hatte sie zumindest den Grund anführen können, Max zu helfen. Doch jetzt? Wenn sie ehrlich war – und Luzy war immer stolz darauf gewesen, ein aufrichtiger Mensch zu sein –, musste sie zugeben, dass sie es nur aus Feigheit getan hatte. Nur, weil sie sich nicht getraut hatte, die Wahrheit zu sagen.

Sie war so in Gedanken versunken, dass sie die Scheinwerfer gar nicht sah, die in einiger Entfernung aufblendeten. Ein

Auto rollte langsam auf sie zu. Luzy merkte es erst, als das Auto direkt vor ihr stehen blieb und eine verdunkelte Seitenscheibe heruntergefahren wurde.

„Das Haus?“, hörte sie eine bekannte Stimme statt einer Begrüßung sagen. „Ist es da drin?“

Luzy nickte widerwillig. Ein Arm streckte sich aus. Zögernd händigte Luzy den Rucksack aus.

„Hat dich jemand gesehen?“

„Nein. Sind wir jetzt fertig?“

„Wenn du so fragst, steig ein!“ Die Hintertür des Wagens ging auf.

Wie schon einmal wurde Wut aus Luzys Niedergeschlagenheit und Angst. „Vergessen Sie's!“, stieß sie hervor. „Nie im Leben komm ich mit Ihnen!“

„Wir wollen dich nicht mitnehmen, mein Auftraggeber will nur kurz mit dir reden.“

In dem Moment schnellte eine Hand aus dem Wagen und packte Luzys Handgelenk. Alt sah diese Hand aus, uralt, beinahe wie die einer Mumie.

Erschrocken versuchte Luzy sich zu befreien, doch sie wurde unerbittlich in Richtung Wagen gezogen. Sie erkannte sofort, mit wem sie es zu tun hatte.

„Zeno Trabas!“ Luzy schrie den Namen laut aus.

Ein hässliches Lachen kam von dem alten Mann. Zeno Trabas sah alt und krank aus, aber er lachte. Wie konnte das sein? War er nicht tot? So wie Raven?

„Wir haben uns ja lange nicht mehr ...“ Zeno Trabas musste sich unterbrechen, ein Hustenanfall schüttelte ihn.

Luzy nutzte die Gelegenheit und riss sich los.

Vierstein wollte sie packen, doch Zeno Trabas gab ihm einen Wink. Er ließ sie los und schlug die hintere Tür zu.

„Lassen Sie mich endlich in Ruhe!“, kreischte Luzy.

Vierstein, der gerade einsteigen wollte, blieb noch einmal vor ihr stehen. „Oh nein. Uns fällt bestimmt etwas ein, wie du uns nützlich sein kannst!“ Er lachte auf, setzte sich hinter das Lenkrad und fuhr mit quietschenden Reifen davon.

Tränen stiegen in Luzys Augen, als sie den Schlusslichtern des Wagens hinterhersah.

Es musste doch einen Weg geben, alles zu beenden …

Eigentlich stand Daniel gern auf. Aber an diesem Morgen kam Rosies allmorgendliches Klopfen auch für ihn viel zu früh. Am liebsten hätte er sich noch einmal die Decke über den Kopf gezogen und „Nur fünf Minuten …!“ gemurmelt. Wenn nur Kayas Stimmübungen nicht gewesen wären, mit denen der für das Lakritzwettessen mit Charlotte trainieren wollte!

Doch es klopfte wieder an seiner Tür. Seufzend und mit einem Seitenblick auf Kaya, der ganz versunken in seinen Übungen war, öffnete er. Und es lohnte sich für ihn: Nina stand da!

„Guten Morgen!“, lächelte sie und stellte sich auf die Zehenspitzen, um ihm einen Kuss auf den Mund zu drücken.

Daniels Laune hob sich.

Kaya grinste und sagte: „Na, dann geh ich schon mal frühstücken.“

„Ich wollte dich nur zum Frühstück abholen", sagte Nina, als Kaya die Tür geschlossen hatte. „Und ich wollte mit dir sprechen, wie es heute weitergeht."

„Ja, wir haben einiges zu besprechen", bestätigte Daniel. Er wandte sich um und nahm die Karte vom Schreibtisch, um sie in seinen Rucksack zu stecken. Dann blieb er plötzlich irritiert stehen.

„Was ist denn?", fragte Nina.

„Mein … mein Rucksack!", stammelte Daniel. „Er ist weg!" Er sah auf. „Hat ihn einer von euch?"

Nina schüttelte den Kopf. Sie war blass vor Schreck geworden. „Das Haus! War es darin?"

Daniel konnte nur nicken. Er hatte das Gefühl, als sei seine Kehle wie zugeschnürt. „Und du bist dir ganz sicher, dass er nicht auf dem Dachboden ist?", fragte er.

„Nein, du hast ihn gestern Abend, nachdem Victor uns erwischt hat, mit zu dir genommen."

Daniel begann, hektisch das Zimmer abzusuchen. Und Nina half ihm dabei.

Doch der Rucksack blieb verschwunden.

Ratlos ließ Nina sich schließlich aufs Bett fallen. „Das Haus ist nicht hier!", sagte sie. „Wer könnte es bloß genommen haben?"

„Victor?", schlug Daniel vor.

„Nein. Der war die ganze Nacht unterwegs … Und er wusste ja auch gar nicht, dass das Haus in deinem Rucksack war."

Eine beinahe unangenehme Pause entstand.

„Dann gibt es nur eine Lösung", sagte Daniel schließlich.

Nina sah ihn an, als hätte sie Zahnschmerzen. Sie kannte die Antwort, doch sie wollte sie nicht aussprechen.

„Dass es jemand aus dem Club war“, sagte Daniel leise.

„An wen denkst du?“, fragte Nina vorsichtig.

„Ferdi. Wenn das sein richtiger Name ist.“

„Felix meinst du“, sagte Nina.

„Das ist nicht Felix!“ Verzweifelt sprang Daniel auf und ging ein paar Schritte im Zimmer auf und ab. „Delia wünscht sich so sehr, dass es Felix ist – sie denkt gar nicht richtig darüber nach!“

Seufzend unterbrach er sich beim Anblick von Ninas unglücklichem Gesicht.

„Und weißt du“, fuhr er fort. „Ich wäre auch überglücklich, wenn es Felix wäre. Wirklich! Aber wer außer Ferdi kommt denn infrage?“

„Luzy.“

Das Wort war leise gesprochen, doch Daniel sah Nina ernst an. „Ich hätte wissen müssen, dass du das sagst.“

„Du musst ja nicht gleich böse werden.“ Nina klang sehr kleinlaut.

Daniel entschuldigte sich sofort. Doch überzeugt war er nicht. „Bei dir und Delia ist es immer Luzy. Aber ich vertraue ihr, schon wegen der Dominosteine.“

Nina nagte an ihrer Unterlippe. „Sicher bin ich mir auch nicht“, sagte sie dann. „Aber ich glaube nicht, dass es Felix, also Ferdi war.“

Daniel sah sie erstaunt an. „Warum nicht?“

„Wegen heute Nacht“, erklärte Nina.

„Wegen heute Nacht? Was war denn da?“ Daniel verstand nur Bahnhof.

„Komm“, meinte Nina. „Ich erzähle es dir auf dem Weg zur Schule.“

„Das Haus! Victor, du musst mir das Haus wieder holen! Victor! Victor!“

Diese Kopfschmerzen ...! Victor wollte nicht aufwachen. Warum nur musste ihm jedes Mal, wenn er seinem Vater half, hinterher beinahe der Kopf platzen vor Schmerz!

„Victor, wach auf, du Taugenichts! Das Haus! Du musst das Haus wiederfinden!“

Victor wagte es schließlich, die Augen zu öffnen. Sein Vater würde ja doch keine Ruhe geben, bis er antwortete. Kurz überlegte er, ob er den Spiegel vielleicht einfach zerschlagen sollte. Jeden Spiegel im Haus Anubis zerschlagen, vielleicht hatte er dann seine Ruhe!

Schnell verwarf er den Gedanken. Er sah zum Spiegel und erschrak. Was war denn das? Bisher hatte er den Eindruck gehabt, sein Vater werde von Tag zu Tag realer. Er war immer deutlicher, mit immer mehr Details im Spiegel zu sehen gewesen. Doch jetzt ... er wirkte verschwommen, blasser, so als würde die Dunkelheit hinter der Scheibe langsam, aber sicher wieder Besitz von ihm ergreifen. Auch die Stimme schien mehr zu hallen und längere und lautere Echos zu werfen.

„Endlich bist du wach, du Nichtsnutz!“, donnerte es aus dem Spiegel. Wenigstens kam es bei Victor so an. Oder war

die Stimme seines Vaters leiser als sonst? *„Ich war so nah dran, ich hatte sie schon! Doch dann …“*

„Was soll ich tun, Vater?“

„Mara muss die Prüfung der Nephthys bestehen! Und ich brauche das Haus, du musst es mir wiederbeschaffen!“

Victor straffte sich und ignorierte die Kopfschmerzen. „Vielleicht ist es besser, wenn du eine Weile da drin bleibst. Besser für alle.“

Victor Senior begann zu lächeln. Nur kurz, es schien, als würde ihm die Kraft fehlen. *„Nicht für alle, mein Sohn.“*

Victor starrte entsetzt auf den Spiegel, in dem die blasse Gestalt gerade etwas hinter dem Rücken hervorzog, was sie bisher versteckt gehalten hatte.

Corvuz!

Victor stürzte vor und hämmerte gegen den Spiegel. Vergeblich. „Nein! Corvuz!“

„Hat der kleine Victor Angst, weil ich ihm sein Spielzeug wegnehme?“

Victor Senior nahm eine von Corvuz’ Schwungfedern zwischen Zeigefinger und Daumen.

Ein Schauder lief Victor über den Rücken. Das würde er doch nicht tun! Nein, das …

Ein Ruck, und Corvuz hatte die Feder verloren.

Victor blieb fast das Herz stehen.

Doch im nächsten Moment griff sein Vater sich plötzlich an den Kopf. *„Au!“*, rief er. *„Das kleine Haus! Es entfernt sich immer weiter. Du musst es wiederbeschaffen! Und Mara holen, jetzt!“*

Obwohl sein Gesicht schmerzverzerrt war, packte Victor Senior erneut eine von Corvuz' Federn.

„Nein!", schrie Victor. Er fühlte sich, als würde man ihm das Herz aus der Brust reißen. „Alles! Ich tu alles, was du willst! Bitte tu Corvuz nichts mehr. Ich tu alles, was du willst ..."

23
IN HÖCHSTER GEFAHR

Zufrieden sah Zeno Trabas auf die Miniaturausgabe des Hauses Anubis, die vor ihm auf dem Bett stand. Fast perfekt war sie, mit den kleinen Schlagläden an den Fenstern, den winzigen Dachschindeln, dem niedlichen Zwiebeltürmchen. Etwas anderes hatte er von Sarahs Vater auch nicht erwartet.

Ein schlauer Fuchs, dieser Winnsbrügge-Westerling, dachte er. *Schließlich hat er es geschafft, meinen Vater zu hintergehen. Aber ich weiß, dass ich ihm in nichts nachstehe.*

Nun würde er sich in aller Ruhe den Prüfungen widmen können, die Winnsbrügge-Westerling erfunden hatte, um die Träne der Isis zu schützen.

Er brauchte nur noch die Auserwählte. Seine Gegner, die ebenfalls nach der Träne der Isis suchten, würden sicher im Dunkeln tappen, er dagegen wusste, dass sie eine Nachfahrin der Amneris war und im Haus Anubis lebte!

„Wir müssen also die Auserwählte suchen?“, fragte Morten Vierstein, der gerade ins Zimmer gekommen war. „Wo sollen wir sie finden?“

Trabas nahm die Schülerzeitung hoch, die Vierstein ihm gebracht hatte, und deutete mit zitternder Hand auf ein Bild mit zwei Schülern, die um die Wette Lakritzschnüre aßen.

„Da, im Hintergrund ... das Mädchen mit den langen schwarzen Haaren und den ägyptischen Augen. Das ist Prinzessin Fasihja. Hier in Deutschland nennt sie sich Mara Minkmar.“

„Sind Sie sicher, dass sie die Richtige ist?“

Langsam wurde Zeno ungeduldig. Warum glaubte Vierstein ihm nicht? Er nahm einen Umschlag und holte ein paar Bilder heraus: altägyptische Malereien von Isis, Amneris und Kleopatra. „Siehst du die Ähnlichkeit? Prinzessin Fasihja, oder Mara, steht in direkter Blutlinie zu Isis und Amneris. Sie ist es. Sie muss ihre Hände auf den Stein legen.“

Vierstein nickte. Er hatte verstanden. „Und ich soll sie für Sie holen?“

„Genau. Und sie zur Prüfung der Nephthys bringen.“ Trabas hustete erneut. Es dauerte lange, bis er wieder sprechen konnte. „Morgen. Morgen bekommen wir von Mara, was uns gehört!“

Hastig eilte Mara die Straße hinab.

Vielleicht kam sie doch noch rechtzeitig zur Probe zurück! Es war wirklich lästig. Seit einer Woche übten sie das Weihnachtsstück, das sie aufführen wollten. Alles war arrangiert, und es machte viel Spaß. Doch heute hatte sie die Probe unterbrechen müssen, weil sie diesen total nervigen Arzttermin hatte!

Aber Magnus und Rosie hatten darauf bestanden. Und sie hatten sich in den vergangenen Wochen so lieb um sie gekümmert!

Mara hielt es für ihre Pflicht, alles zu tun, damit sich die beiden keine Sorgen mehr machten.

Wieder dachte sie an das Weihnachtsmusical. Sie sollte in dem Stück den Engel spielen, der den Hirten auf dem Feld die Geburt Jesu verkündete. Luzy, Kaya und Nina waren die drei Weisen aus dem Morgenland, Charlotte die Maria, Daniel der Josef, Max führte mit Frau Engel Regie, und Delia war die Erzählerin. Immerhin war es ja auch ihre Idee gewesen. Sogar Victor hatte eine Rolle zugewiesen bekommen: Er steuerte den musikalischen Hintergrund bei, denn er konnte Klavier spielen.

Nur Magnus war mit seiner Rolle unzufrieden: Er musste zusammen mit Ferdi Kurz, dem Austauschschüler, Ochs und Esel spielen. Ferdi gefiel das, doch Magnus, der immer auf seine Würde bedacht war, fand es schrecklich, in einem Tierkostüm herumzulaufen.

Mara lächelte bei dem Gedanken an Magnus' enttäuschtes Gesicht. Heute Abend würde sie ihn sicher trösten müssen, doch das tat sie gern. Das hatte er sich verdient, zumal er sich während ihrer Krankheit immer so liebevoll um sie gekümmert hatte!

In diesem Moment klingelte ihr Handy. Als sie aufs Display

schaute, um zu sehen, wer sie anrief, vertiefte sich ihr Lächeln. Es war Magnus.

„Und? Was hat der Arzt gesagt?", fragte er eifrig.

„Es war genauso, wie ich gedacht hab. Alles in Ordnung!", beruhigte sie ihn.

Magnus atmete erleichtert auf. „Du weißt gar nicht, wie froh ich bin!"

Mara lächelte. „Und du hast keine Ahnung, wie froh ich bin, dass du jetzt nicht mehr so überbesorgt sein musst!"

Magnus war zufrieden. „Hey, ich muss wieder zur Probe", sagte er. „Kommst du gleich?"

„Ja, bin gleich da!", antwortete Mara. Sie legte auf und steckte ihr Handy in die Tasche.

Zuerst fiel ihr der schwarze Bus gar nicht auf, an dem sie vorbeiging. Als sie jedoch ein Stöhnen vernahm, blieb sie abrupt stehen. Die Schiebetür des Fahrzeugs war geöffnet, und im Innern war es schummrig.

„Hilfe! Au! Ist da jemand?", erklang eine dumpfe Stimme.

Besorgt beugte Mara sich näher an den Wagen heran. „Hallo? Was ist passiert?"

Wieder war nur ein Seufzen zu vernehmen. Jemand schien starke Schmerzen zu haben.

„Kann ich Ihnen helfen?", fragte sie und kletterte in den Wagen. Sie musste deutlicher sehen, was hier vor sich ging.

In diesem Moment rauschte die Schiebetür zu und schloss sich mit einem Knall. Ein Motor heulte auf, und das Auto raste los.

Mara kam ins Schwanken und fiel hin. Schnell rappelte sie

sich auf und versuchte, zur Tür zu kommen, doch vergeblich. Der Bus fuhr nun mit hoher Geschwindigkeit um eine Kurve. Erneut verlor sie das Gleichgewicht und stieß mit dem Kopf gegen die Wand.

Es wurde dunkel.

Luzy warf einen letzten Blick in den Spiegel der Schultoilette. *Ich soll einen Weisen darstellen*, dachte sie, dabei fühlte sie sich alles andere als schlau! Außerdem hatte sie ein zunehmend schlechtes Gewissen. Sie hatte das Haus gestohlen und alle betrogen. Auch mit Max war alles aus, denn der war schließlich nicht dumm und hatte natürlich gemerkt, dass sie ihm immer wieder auswich.

So durfte das nicht weitergehen.

Luzy schloss die Augen. Sollte sie den anderen die Wahrheit sagen? Die Vorstellung, was dann passieren konnte, war schrecklich: Bestimmt würde niemand mehr mit ihr reden. Sie würde großen Ärger mit der Polizei bekommen und am Ende sogar im Gefängnis landen.

Vielleicht musste sie sich an den Gedanken gewöhnen, dem Club endlich die Wahrheit zu sagen.

Luzy straffte die Schultern und machte sich auf zur Probe. Doch als sie die Tür öffnete, prallte sie zurück. Da stand Nina!

„Hi!“, sagte Luzy nervös. „Ist irgendwas?“

„Weißt du, wer das Miniaturhaus gestohlen hat?“ Ninas Frage kam wie aus der Pistole geschossen. Sie sah Luzy herausfordernd an.

Luzys Herz pochte. Kannte Nina die Wahrheit?

„Nein“, stieß Luzy ohne zu überlegen hervor. „Echt nicht. Wieso fragst du?“

„Na ja, das Telefon auf deinem Bett. Die Schuhe, die du beim Schlafen anhattest. Die geheimnisvollen Briefe, die du abends kriegst ... Entschuldige, aber du verhältst dich irgendwie seltsam.“

„Und die Todesdrohung im Spiegel?“, fragte Luzy angriffslustig. „Das war ich wohl auch?“ Sie fühlte sich ertappt, konnte die Wahrheit angesichts von Ninas vorwurfsvollem Gesicht allerdings nicht sagen. Es ging einfach nicht! „Es gibt irgendjemanden, der das Mini-Haus sucht, das wissen wir doch.“

Erleichtert sah Luzy, dass Nina nachgab. „Da hast du recht.“

„Nina, Luzy, wo seid ihr? Helft ihr bitte? Die Schulrätin kommt gleich!“ Frau Engel stand plötzlich in der Tür. Sie schien es eilig zu haben.

Erschrocken sahen die beiden Mädchen sich an. Sie hatten die Schulrätin völlig vergessen!

Nina warf Luzy noch einen nachdenklichen Blick zu, dann folgte sie Frau Engel in Richtung Proberaum.

Luzy zögerte einen Moment und senkte den Kopf. Wieder hatte sie gelogen! Es war schrecklich!

„Na? Wirklich zu schade, dass du mir nicht gesagt hast, dass das Haus allein nicht viel nutzt!“, zischte ihr auf einmal eine Stimme ins Ohr.

Erneut zuckte Luzy zusammen.

Luzy wurde am Arm gepackt und fortgezerrt. Erst jetzt sah sie, dass es Morten Vierstein war, der sie in die Ecke gedrängt hatte. „Ich habe Ihnen das Haus gegeben! Reicht das nicht?"

„Nein!", antwortete Vierstein mit einem gemeinen Grinsen und drückte sie noch fester gegen die Tür der Besenkammer. „Wir haben das Haus, und wir kennen die Prüfung. Und Mara haben wir auch schon! Oder sollte ich sagen, die Auserwählte, Prinzessin Fasihja? Nun fehlt nur noch eins!"

„Lassen Sie Mara in Ruhe!", schrie Luzy aufgeregt. Das konnte doch nicht sein Ernst sein – er wollte Mara? Nicht schon wieder! Und sie war schuld! Es durfte einfach nicht passieren, dass jemand deshalb Schaden erlitt, nur weil sie zu feige war, die Wahrheit zu sagen!

„Ups, ich weiß nicht, ob ich das kann", sagte Vierstein seelenruhig.

„Ich geh zur Polizei!", drohte Luzy. Nun war ihr alles egal. Mara durfte nichts passieren! Solch skrupellosen Menschen durfte sie nicht in die Hände fallen.

„So mutig bist du plötzlich? Keine Sorge, ich brauche nur noch eine Sache von dir." Vierstein griff nach der Kette, die Luzy um den Hals trug. Ninas Horusauge! Mit einem Ruck riss er sie an sich. „Mach dir keine Sorgen um Maras Augen! Wenn sie den Stein erst berührt, wird sie keine Schmerzen mehr haben. Nie mehr!"

Er lachte leise und schien sich über die Angst in Luzys Gesicht zu freuen. Sie wollte fortrennen, doch er hielt sie fest und schubste sie in die Besenkammer. Dann sperrte er ab.

Luzy war gefangen!

Was war denn hier los?

Verwirrt starrte Daniel auf den Unbekannten mit Sonnenbrille und grauem Kapuzensweatshirt, der Luzy festhielt und in die Besenkammer schob.

Frau Engel hatte ihn geschickt, um Luzy zu holen, denn die Schulrätin wollte sehen, was sie schon alles eingeübt hatten.

Und nun stellte sich heraus, dass Luzy angegriffen wurde! Im Haus Anubis war Daniel ja mittlerweile an viele seltsame Ereignisse gewöhnt. Aber hier in der Schule, das hatte er immer gedacht, seien sie sicher.

Er fragte sich noch, ob er den Mann verfolgen oder Luzy befreien sollte, als ein lautes Pochen ihn wieder in die Wirklichkeit holte.

Daniel sprang zur Besenkammer und drehte den Schlüssel um.

Luzy, die von innen aufgeregt an der Tür gerüttelt hatte, kam herausgestolpert. Erschrocken starrte sie ihn an, als hätte sie jemanden anderes erwartet. „Wo ist er? Wo ist Morten?“, rief sie hastig.

„Wer? Dieser komische Typ?“, fragte Daniel verwirrt.

Luzy fuhr herum und packte ihn an den Schultern. „Morten, das war Morten!“

Daniel schwieg verständnislos.

„Der Typ, dieser Morten Vierstein, der arbeitet für Trabas!“, sprudelte es aus Luzy heraus. „Sie haben das Haus! Und sie haben Mara! Sie wollen ihre Hände auf den Stein legen!“

Daniels Gedanken wirbelten wild durcheinander. „Dieser Kerl arbeitet für Trabas? Zeno Trabas?“, wollte er schließlich wissen.

Das war also der geheimnisvolle Unbekannte, der neben Victor hinter der Träne der Isis her war! Und der hatte jetzt das Haus?

Daniel konnte es nicht fassen. Enttäuschung stieg in ihm hoch. Er hatte Mara schützen und das Rätsel lösen wollen, doch nun wendete sich das Blatt.

War wirklich alles vorbei? Es sah so aus.

Frustriert schlug er mit der Faust gegen die Tür der Besenkammer und schrie vor Wut auf. Er bemerkte gar nicht, dass Luzy erschrocken zurückwich. Dann wandte er sich um und wollte loslaufen.

„Wo willst du hin?“, kreischte sie ihm hinterher.

„Zu Ferdi!“, rief er. „Er hat das Haus gestohlen! Er ist ein Spion!“

„Nein!“, schrie Luzy laut auf.

Daniel blieb stehen, so entsetzt klang ihre Stimme. Er ging zu ihr zurück.

„Bitte nicht!“, wiederholte Luzy ängstlich.

Er sah sie an. „Warum nicht? Na los, sag schon!“

„Ich ... ich hab ...“ Luzys Stimme klang erstickt. Sie konnte kaum sprechen, so sehr weinte sie. Sie klappte ein paar Mal den Mund auf und zu. „Ich bin schuld“, brach es plötzlich aus ihr heraus. „Ich hab das Haus geklaut.“

Daniel starrte sie entgeistert an. „Was? ... Warum?“

Luzy schniefte. „Ich erzähl’s dir, aber nicht jetzt. Wir müssen Mara retten.“

Daniel überlegte fieberhaft. „Wenn sie Mara zu dem Stein bringen wollen, dann sind sie unten im Gang.“ Er sah auf. „Du holst Nina und die anderen. Wir sehen uns zu Hause.“

Luzy nickte verzweifelt und wischte sich erneut über die nassen Wangen. „Es tut mir so leid!“, murmelte sie.

Daniel sah auf sie herab und antwortete nicht. Es gab nichts mehr zu sagen.

Er drehte sich um und rannte los.

Vor der Kellertür musste Daniel einen Moment innehalten.

Er schnappte nach Luft und hielt sich die Seiten.

Ich hätte öfter mit Kaya Sport machen sollen, dachte er. *Dann wäre ich nicht so außer Atem.*

Schnell verdrängte er den Gedanken.

Er sah sich kurz um und packte den Knauf der Tür, auf der wie immer das große Schild *Zutritt verboten!* prangte. Noch nie hatte ihn diese Warnung weniger interessiert als heute.

Er ging in den Keller und wollte gerade an Victors Labortisch vorbei, als er im Augenwinkel eine Bewegung auffing.

Erschrocken blieb Daniel stehen. Victor?

Nein, der konnte es nicht sein. Der war doch auf der Probe für das Weihnachtsmusical und spielte Klavier.

Daniel atmete tief durch. Wahrscheinlich hatte er sich von

einem der unzähligen ausgestopften Tiere irritieren lassen. Oder von seinem Ebenbild in dem alten Spiegel dort hinten.

Aber was war denn das?

Daniel wollte seinen Augen nicht trauen, sein Herz schlug ihm bis zum Hals. Da, in dem Spiegel, hinter dem angelaufenen Glas, stand Victor und beobachtete ihn mit hasserfülltem Blick!

Hastig schaute Daniel sich um. Er war allein.

Plötzlich fiel ihm ein, was Felix vor Kurzem gesagt hatte, als sie die Todesdrohung auf dem Spiegel in Delias Dachkammer entdeckt hatten: *Hallo! Ist da jemand im Spiegel?*

„*Wage es nicht, in das Labyrinth zu gehen!*", ertönte auf einmal eine donnernde Stimme. „*Das Elixier gehört mir! Hast du mich verstanden?*"

Daniel hatte keine Zeit, zu antworten, denn schon im nächsten Moment hörte er einen entsetzlichen Schrei.

Mara!

Er warf noch schnell einen Blick auf den Spiegel, dann stieg er entschlossen durch das Loch in der Wand der Amneris. Dabei hielt er sein Horausauge fest umschlossen.

Er würde Mara retten. Das stand fest.

Und nichts würde ihn davon abhalten.

Noch nie hatte Nina so ein Chaos gesehen. Es war ein absolutes Tollhaus. Sie konnte nur hoffen, dass die alte Theaterweisheit „Schlechte Generalprobe – gute Premiere" sich bewahrheiten würde.

Alles hatte damit angefangen, dass Delia beleidigt gewesen war. Anscheinend war ihr die Rolle der Erzählerin im Musical zu Kopf gestiegen. Sie hatte wie ein kleines Kind mit dem Fuß aufgestampft und beinahe geheult, weil Frau Engel vergessen hatte, ihr ein Kostüm zuzuweisen.

Nina war von Delia viel Theater gewohnt, wenn es um ihr Aussehen und ihre Kleider ging. Doch das Gezeter, das Delia heute zu Beginn der Probe veranstaltet hatte, war selbst ihr neu.

Dann hatten Daniel und Kaya die Kostüme getauscht, ohne es jemandem zu sagen. Wahrscheinlich, damit Kaya seinen Einsatz für die verlorene Wette im Lakritzschnüre-Essen einlösen konnte und Charlotte das auch ja nicht verpasste: Kaya musste sich vor allen in Badehose präsentieren.

Nina fragte sich, was Daniel wohl dazu gebracht hatte, bei dem Spielchen mitzumachen, bis sich Kaya und Lotte vor den Augen der Schulrätin ganz außerplanmäßig um den Hals fielen und küssten.

Und nun waren auch noch Daniel und Luzy verschwunden – und sie war als Balthasar der einzige Weise auf der Bühne.

Nina tat ihr Bestes, so zu tun, als wäre sie nicht allein, sondern gleich drei Weise auf einmal. Aber als sie den Blick der Schulrätin und ihr hektisches Kritzeln in ihrem Notizbuch sah, wusste Nina, dass sie nicht überzeugend ihre Rolle spielte.

Es kam noch schlimmer. Auf einmal stürmte mit dumpfem Gebrüll der Ochse auf die Bühne – obwohl es noch gar nicht an der Zeit für seinen Auftritt war. Dem Geruch nach zu urteilen, den das Kostüm mit Ferdi und Magnus darunter ausströmte, war gerade eine Stinkbombe losgegangen.

Nina seufzte. Wenn Daniel noch irgendwelche Zweifel hatte, was Ferdi anging – diese Geschichte räumte sie wohl aus! Niemand außer Felix Gaber hätte so etwas fertiggebracht.

In der panischen Flucht vor dem Gestank sah Nina jetzt entsetzt, dass der Ochse den Schlitten umwarf, in dem Delia in ihrem neuen Kostümkleid saß und den Text deklamierte.

Entsetzt beobachtete sie, wie der Schlitten von der Bühne rutschte – genau in die Schulrätin hinein! Der Dame knickten die Knie weg, und sie landete unsanft auf Delias Schoß, die ganz verwirrt auf die Schulrätin hinabstarrte.

Für einen Augenblick war alles still.

Dann stürzten Frau Engel und Herr Altrichter auf den Schlitten zu und zerrten die Schulrätin aus ihrer unangenehmen Lage hoch.

„Ich weiß, dass es nicht so aussieht, aber wir haben die Lage unter Kontrolle!", versicherte Herr Altrichter und mühte sich angestrengt ein Lächeln ab, während sich die Schulrätin nicht vorhandenen Staub von ihrem grauen Rock klopfte.

Frau Engel stand neben ihr, ohne ein Wort zu sagen. Stattdessen zupfte sie ein Staubflöckchen vom Blazer ihrer Vorgesetzten.

Mit Grauen hörte Nina die Antwort der so auf Würde bedachten Schulrätin. „Mir fehlen die Worte! Wie können Sie derart respektlos mit der Weihnachtsgeschichte umgehen!

Der Text ist indiskutabel, Josef trägt eine Badehose, und der Ochse benimmt sich wie eine wild gewordene Büffelherde! Und könnte dieser Mann da drüben bitte mit dem schrecklichen Gedudel aufhören?"

Victor warf ihr einen empörten Blick zu.

Herr Altrichter und Frau Engel wussten nicht, was sie sagen sollten, und sahen traurig auf das Chaos auf der Bühne.

Nina empfand Mitleid mit den beiden. Sie meinten es immer gut mit ihren Schülern, und die Strafpredigt der Schulrätin hatten beide nicht verdient.

Beinahe war sie froh, dass in diesem Moment Luzy hereinstürmte und Delia aus dem Schlitten riss.

„Delia! Wo ist Nina?"

Mit einem letzten Blick auf das Chaos zog Nina die beiden Freundinnen hinaus in den Korridor.

„Was ist los?", fragte sie Luzy. So aufgeregt hatte sie Luzy noch nie gesehen! Nicht einmal damals, als Linn verschwunden war.

„Mara wurde entführt!", stieß Luzy hervor. „Hinter allem steckt Zeno Trabas! Morten Vierstein will mit ihr zum Stein der Nephthys!"

„Was!?" Delia und Nina sahen sich entsetzt an.

Luzy nickte hastig. „Daniel ist schon hinter Morten her."

„Was machen wir dann noch hier?", fragte Nina und riss sich das unpraktische Gewand vom Leib. „Wir müssen nach Hause!"

„Aber ..." Delia zögerte. „Ich spiele doch die Hauptrolle!"

Nina achtete nicht auf sie.

Auch Luzy hatte einen Einwand. „Und Felix?"

Nina warf einen kurzen Blick auf die Bühne. Der Ochse lief immer noch orientierungslos umher und brachte die Kulissen zum Einstürzen. „Keine Zeit!", entschied sie.

Delia und Luzy folgten Nina.

Vielleicht war noch nicht alles zu spät!

Nina riss die Tür zur Eingangshalle auf. „Luzy, du hast kein Horusauge, du gehst nach oben und suchst da. Delia und ich gehen in den Keller."

Luzy nickte und wollte schon losstürmen, als ein erstickter Schrei sie davon abhielt.

Es war Delia, die die Hand vor den Mund geschlagen hatte und mit dem rechten Zeigefinger in Richtung der Kellertür deutete. Sie hatte die Augen weit aufgerissen.

Ninas Blick folgte erschrocken Delias ausgestrecktem Arm. Dann hatte sie auf einmal das Gefühl, dass ihr Herz stehen blieb.

Auf dem Boden vor der Kellertür lagen zwei Gestalten. Sie waren offenbar bewusstlos.

Nina rannte eilig hinüber und ließ sich vor den beiden auf die Knie fallen.

„Daniel!" Entsetzt starrte sie auf den bewusstlosen Freund und nahm vorsichtig sein Gesicht in die Hände. „Mein Daniel! Bitte wach auf! Wach auf!"

Aber Daniels Augen blieben geschlossen. Er rührte sich nicht.

Delia war zu Mara gelaufen. Ihre Stimme überschlug sich fast: „Mara? Mein Gott, was ist mit ihr? Ist sie tot!?"

Inzwischen war auch Luzy herbeigeeilt. „Schaut mal!“, rief sie entsetzt. Sie nahm Maras Hände und drehte die Handflächen nach oben.

Delia schluchzte.

Nina spürte, wie eine eiskalte Hand nach ihrem Herzen griff.

Maras Handflächen waren leuchtend rot.

Sie waren zu spät gekommen.

Hi Anubis-Fan,

du möchtest wissen, wie es weitergeht?
Das erfährst du im 6. Band von „Das Haus Anubis“!

DIE TRÄNE DER ISIS

Damit hatten Nina und die Sibunas nicht gerechnet: Außer Mara ist plötzlich auch Daniel in großer Gefahr!

Die Freunde sind verzweifelt. Alles, was sie tun, um den beiden zu helfen, geht schief. Hat die Suche nach der Träne der Isis überhaupt noch einen Sinn?

Zum ersten Mal will Nina wirklich aufgeben, doch dann taucht einer ihrer schlimmsten Gegner auf: Zeno Trabas. Und der schreckt vor nichts zurück, weder vor Raub noch vor Erpressung. Er wäre sogar bereit, einen Mord zu begehen.

Können die Sibunas ihn rechtzeitig bezwingen und die Träne der Isis finden, bevor sie in seine blutrünstigen Hände gelangt?

SPASS –

PRODUKTE ZU DEINER LIEBLINGSSERIE!

**Hörbuch
Sammelband Staffel 1**

**Hörbuch
Sammelband Staffel 2**

**Hörbuch
Band 5**

**Brettspiel
„Der Schatz von Anubis"**

**Brettspiel
„Das geheimnisvolle
Amulett"**

**Brettspiel
„Pfad der 7 Sünden"**

**Brettspiel
„Das Haus Anubis"**

**Brettspiel
„Das Lebenselixier"**

Puzzle 1000 Teile